毛泽东文学院精品文丛

清欢

曹志辉 著

Fan Shi

敦煌文艺出版社

图书在版编目(CIP)数据

清欢 / 曹志辉著. －－兰州：敦煌文艺出版社，2015.9
(毛泽东文学院精品文丛)
ISBN 978－7－5468－0996－0

Ⅰ.①清… Ⅱ.①曹… Ⅲ.①中篇小说－小说集－中国－当代②短篇小说－小说集－中国－当代 Ⅳ.①I247.7

中国版本图书馆 CIP 数据核字(2015)第 230933 号

清　欢
(毛泽东文学院精品文丛)
曹志辉著
出版人：吉西平
责任编辑：刘仕杰
封面设计：君阅书装
敦煌文艺出版社出版、发行
本社地址：(730030) 兰州市城关区读者大道 568 号
本社邮箱：dunhuangwenyi1958@163.com
本社博客(新浪)：http://blog.sina.com.cn/lujiangsenlin
本社微博(新浪)：http://weibo.com/1614982974
0931－8773084(编辑部) 0931－8773235(发行部)
北京兴星伟业印刷有限公司
开本 787 毫米×1092 毫米 1/16 印张 13 字数 210 千
2016 年 1 月第 1 版 2016 年 1 月第 1 次印刷
印数：1~3 000

ISBN 978－7－5468－0996－0
定价：38.00 元

如发现印装质量问题，影响阅读，请与出版社联系调换。
本书所有内容经作者同意授权，并许可使用。
未经同意，不得以任何形式复制转载。

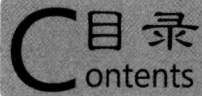

清　欢	1
冬　青	22
玉　扣	83
贱　狗	100
人淡如菊	110
茶亦醉人	131
初恋的爱情符号	138
女书香	142

清　欢

1

　　清欢是昆剧团唱旦角的台柱子。穿上戏服，化了妆，水袖一舞，百媚千娇在婉彻的京韵中绵延："原来姹紫嫣红开遍，似这般都付与断井颓垣。良辰美景奈何天，便赏心乐事谁家院？"怎奈她袅袅婷婷似弱柳扶风，眼神流传可梅破惊心，却也难改昆剧团的命运。

　　清欢19岁艺校毕业后，在剧团一待就是十年。也不是没红过，那年她演杜丽娘，场场爆满。灯光恍惚、明亮。她翘着兰花指，运气，提神，唱腔委婉，眼神流转。台下人头攒动，掌声如潮。她不得不在掌声中一次次深情款款地出来谢幕。说起来也是命好，剧团复杂纷繁的人际关系，并没有怎么着她，有师傅和老团长一干人替她挡着呢，她只管单纯地活在戏文里。

　　可是，唱着唱着，剧团就不景气了。

　　好不容易设法买了一辆供演出的大客车，车厢的四壁往下放，撑开来便成了流动的戏台子。到乡下演出几次，被小孩子追着赶着，但乡下除了孩子和老人，也实在没有别的观众了。机灵点的年轻人，谁不上城市里找活干，赚点零花钱呢？

　　剧团入不敷出，再无回天之力。不得已将车租给个体演出队，轰轰烈烈地开到外省表演脱衣舞去了。

反正无戏可唱，清欢也懒得梳妆。她不过偶尔出门，去喧嚣的菜市场买几根开春的萝卜，或是买几棵入冬的白菜，去儿子的学校接送儿子，她行在大街上，仍是干干净净、利利落落的，一头秀发绾着个髻，阳光下黑亮得让人心惊，然而，正面一看，她一脸的安静、疏离，眉目之间，汪着一层薄雾似的，有些微薄的凉意，如从遥远的时代走来。

她微蹙着眉，眼里有些迷离。当小学老师的父亲略读过些诗书，喜欢宋词《醉翁操》里的"琴与君兮宫商。酒与君兮杯觞。清欢殊未央"，替她取名清欢。倒应了这名，人前人后，清欢总是安静的，安静得像一幅画，只有在台上演戏，长袖一舞，才光鲜亮丽起来。

窗外，柳枝上鼓着些绿芽苞，急于要将蕴了一冬的心事一吐为快。而那些急性子的碧桃，等不及桃叶长出，便兀自开放起来。这种永远不结果的树，总是把花事弄得绚烂多彩，轰轰烈烈地来，了无牵挂地去。

阳光透过窗帘，斜斜地照了进来。在清欢脸上渡了一层柔和的光泽，细碎、温暖。

忽然，一只受酒香诱惑的小昆虫，"卟"地掉进了开口的葡萄酒瓶内，被仅存的几滴酒打湿了翅膀。它扑愣着，无力振翅飞翔。它挣扎着从瓶底爬出来。刚往上爬几步，又滑了下去。一次一次地往上爬，又一次次地从光滑的玻璃壁落下去，只是徒劳地挣扎而已！

清欢捏着酒瓶丢到户外的垃圾箱里，看着小昆虫慌慌张张地逃命而去，忽然就觉得有些凄惶，眼泪不由分说地溢了出来。肚里分明有声音在唱："明媚鲜艳能几时，一朝漂泊难寻觅。花魂鸟魂总难留，鸟自无言花自羞。"

邻院里忽然鼓声大作，哀乐齐鸣。鞭炮声中有男高音隔墙飘过来："我早已为你种下九百九十九朵玫瑰……"清欢听出正是自己的搭档，演小生的江天风的声音。邻院有位老太去世了，请了唱夜歌子的班子在闹丧。

江天风粗犷的声音无遮无拦地倾泻而来。她依稀忆起两人在戏台上的那些唱白，仿若隔世。

这座城市，人们总有本事把白喜事办得比红喜事还热闹，欢天喜地的样子，看不出哀悼逝者应有的凄婉与悲怆。昆剧团几位待岗演员也算得上与时俱进，组建了一个唱夜歌子的队伍，专混死人饭吃。老马几次来邀清欢去唱歌，都被清欢慌不迭地推辞了。老马便眯缝着眼睛看了看她，摇摇头说："这戏啊，唱着唱着就把人的命运唱薄了哟。"

2

清欢有些饿，出门到巷口买玉米。这一片是老城区，巷子狭小得容不下一辆小汽车，只能勉强开进来摩托车和老爷车。小巷两边，古旧斑驳的院墙裸露着灰白的脸，像清洗不尽、已辨不出颜色的旧衣裳。巷口出去，便是临江大道。一溜儿摆着烤红薯、修单车、配锁的形形色色的小摊位。

老炉火煮的玉米糯糯的，香甜可口。卖玉米的大嫂远远看见清欢，立即挑上最大的一颗嫩玉米，细心地用塑料袋装好。有几粒已爆开了皮，迫不及待地露了出里面乳白多汁的肉。老玉米香，嫩玉米甜，清欢一向喜欢吃嫩玉米。她爱怜地递给清欢："妹子，啥时能听一回你的戏，卖多久的玉米也值了。"她笑起来的时候，眼睛成了一条细线，古铜色的脸上便像涂了一层釉，忽然就柔和了几分。

清欢浅笑，咬一口嫩玉米，一份浓浓的糯香与甘甜便浮在舌尖了。

还没走进院子，便听见赫团长在冲她家使劲喊："清欢，在家吗？"

清欢答应着，赫团长转过身，眼神里闪过一抹欣喜："可找到你了，我找你好半天了"，他亮亮的嗓门穿过春日的凉风，有一种爆米花似的温厚。和善的团长脸上，泛着红光，额角上粗大的皱纹里密集着汗珠。当年戏台上那个打虎的英雄，而今已老了。三碗不过冈的雄姿，不过残留在老一代戏迷的记忆里。

单位好久没有演出之类的公事了，赫团长突然找自己干吗？清欢心下正疑惑，赫团长心急火燎地说："走，跟我去林海大酒店吃饭。"

清欢推辞道:"我去不合适吧,我一向不会应酬。"

赫团长的眼神有些着急,有些巴结的意味:"分管财政工作的市领导楚天也出席,他是你的戏迷,你无论如何得为我撑台面。"

楚天?那个梳着大背头,高大帅气,成天在电视里露脸,不是剪彩便是发表讲话的楚天?

清欢看着自己的脚尖,小声地说:"不。"

容不得她推辞,赫团长一把把她推进屋里换衣服。他叉着腰,立在门外守着,生怕她飞了似的。

她折进小屋,立在镜子前,把一头黑亮的长发盘起来,想了想,又披散开来,随随便便用一方手巾挽在脑后。额上的刘海儿错落有致,不着痕迹地遮掩住那些细碎的皱纹。在脸上扑了些脂粉,精心地修了眉,描好唇线、眼线,一张脸立即生动起来,流光溢彩的样子。

穿什么衣服呢?衣柜里倒是有几件年代久远的衣服。有一件旗袍,藕色、无袖,还是刚结婚那阵儿买的,倒是能勉强穿得进去。她摇摇头放回柜子,怕穿不好被人误认为迎宾小姐。

她挑了一件月白色的真丝连衣裙,上面绣了两朵精致的荷花,又选了件墨绿色的、有长长流苏的披肩,闲散地搭在肩上,脚穿米白色的高跟鞋,袅袅婷婷地出得门来。

3

楚天在市委组织部工作时,曾听过清欢演唱《牡丹亭》。舞台深处的投影里,镁光灯映照出她的剪影,袅娜、飘逸。缓缓抬起的一张俏脸上,明眸似水,没来由地让人着迷、沉醉。忽有烟雾喷出,将她渐渐幻化成一团模糊的影。只有那低回婉转,让人愁肠百结的唱腔,依旧穿越风,穿越静默的人群,径直划过他的心田:"朝飞暮卷,云霞翠轩,雨丝风片,烟波画船,锦屏忒看的这韶光贱。"

他凝神,心在刹那被触动。

后来，他由市委组织部调到县里任职，主管全县一百多万人口的生计，忙了，那些个美目流转，水袖轻舞，也就渐渐淡忘了。

楚天再次调回市里，已是分管全市财政工作的领导，算得上大权在握了。

剧团发不出工资，赫团长把自己倒腾成念经的和尚，隔三差五去念穷经，文化局的段局长被缠得没法子，带他去找财政局局长。局长实在推挡不过，说："你先去找主管副市长签字吧。"领着他去见楚天。楚天看似无意地问起当年演杜丽娘的清欢。赫团长会意，立即说："午餐请领导吃饭，顺便叫上清欢。"

此刻，清欢跟在赫团长的身后，上了 K1 路大巴。她表面上平静如水，心里却打着鼓，颇有些忐忑不安。

不一会儿，便到了林海大酒店。这是一家新建的五星级酒店，坐落在市南郊公园内。清欢第一次进到酒店大堂，不由得暗暗惊叹它的奢华。一千多平方米的大堂装饰得富丽堂皇，两盏大落地水晶灯照得整个大堂金碧辉煌。咖啡厅中央，摆了一架巨大的钢琴，黑白琴键正跳跃起伏，自动演奏着一曲《献给爱丽丝》。

透过落地窗，能看到别有洞天的园中景。人工瀑布从乱石中飞泄而下，惹起一池的鸟语喧哗。白的红的杜鹃花从女贞树的新绿中跳跃出来，让人眼前一亮。樱花已开放了，浅白粉红自清妍。而园子的东侧，早已是梅云梨雪，偶有蝴蝶上下翻飞。

进了包厢，一干人客客气气地让座，清欢被让到了楚天的身边。她脸上看起来仍是惯有的平静，心里却有一面小鼓在不停地敲打着。

餐桌上，暗花的金黄色桌布铺展开来，晶莹剔透的玻璃杯里插着用餐巾扎成的别致的花。楚天将餐巾从玻璃杯里拿下来，替她平摊在桌上。

清欢平日里少应酬，此刻，见着如此排场，不由得暗自拉了拉衣裙，平息下紧张的心绪。她保持上身微微前倾的坐姿，手优雅地在小腹前交叉相握，并不时冲和她寒暄的楚天含笑颔首。

八大凉碟摆好之后，上来的是一大份生鱼片，淡红色的生鱼片搁在白色的冰块上，无端地给人一种凉爽的感觉，诱惑着胃酸分泌。清欢试着夹一块鱼片沾点芥末，送进嘴里，却被呛得缩了舌头，她吃不惯这种口味，轻轻地放到小盘中。

她尝了尝像粉丝一样的鱼翅汤，嫩滑爽口。

这时，又上来一份深海鲍鱼，黄澄澄的，配着汁。

清欢不愿让人看出自己的窘迫，行事总比人慢了半拍。外表看起来却是优雅而内敛的。

看着人家开始动手吃了，她才用刀叉细细地把鲍鱼划开，一小口一小口地送进嘴里。

赫团长兴致盎然地说着一些奉承话和自认为有趣的八卦。

楚天看着她，笑容笃定而自信。

赫团长乐得裂开嘴，生怕清欢不肯喝，绕到她面前，替她堪满一杯酒，笑嘻嘻地望着她，几乎一把把她推到楚天的身边了。

清欢便站起来，把酒杯举起，一双美目望着楚天："我先干为敬。"

楚天端着一杯酒，用浑厚的男中音，豪气啊十足地说，"来，为我们的昆曲艺术干杯。这些年，昆曲不景气，不是戏剧本身的问题啊，我们中国的国粹艺术，还是很有魅力的，我们的清欢，唱得多好啊。"

"当然了，如何在市场竞争中稳住阵脚，"楚天略用眼神瞟了一下赫团长，"我认为也可以在传统剧目中适当加入一些时尚元素。在昆剧独有的基础上，挖掘和开发，变消极为积极，要保持生命力，在竞争中发挥特色，以实力挽回观众。"

一席话，说得赫团长不住点头。

在热烈的赞美中，楚天一饮而尽。

清欢一口气敬了他七八杯酒。估摸着剧团终于能有点资金了，赫团长兴奋得不知该用什么表情，只是裂开一张大嘴傻笑。

清欢脸上有了微微的酡红，越发好看了起来。她摇着头，有些不胜酒力的样子。

楚天举着杯子，转到她的身边敬酒，用眼神盯着她："清欢啊，十年前我就是你的粉丝呢，我得感谢你，让我了解什么是真正的古典气质美女。来,我敬你一杯。"

清欢不胜酒力,眼神有些迷乱了。

楚天眼神稠密,盯着她的脸,她微耸的肩,咬着唇狡颉地笑。

她低眉浅笑,洁白的齿贝露出来。她拢了拢刘海,这不经意的动作,如一尾鹅羽,轻柔地撩动了他的心。

他什么女人没见识过?却在这一刻,心思恍惚。

清欢想着大伙几个月都没着落的工资,便往楚天的杯里倒酒,一杯接一杯地敬他。

大家齐声叫好,清欢喝得有些高。总共有二十几杯吧,也就是说,如果运气好,财政将拨付给团里的钱,够昆剧团一段时日的开销了。

4

崔秘书提议,让清欢现场清唱一段,在酒桌上唱戏,清欢可从未经历过。唱高了的她觉得有什么堵在了嗓子眼里,像根鱼刺,进又进不去,出又出不来,只是生生地卡着难受,泪水便漾在眼圈了。

赫团长急了,拉着她的衣袖:"清欢你是个好女子,就唱一段吧。"

清欢便晃悠悠地站起来,醉眼迷离地立在窗帘下:"为什么还敲得心急情切,为什么特兀的装痴做呆……"她的心,像被一把无形的箭击中,战栗起来:"只有破壁残灯零碎月。"心里这些年来的凄惶仿佛终于找到突破口,倾泻而出。

大家不觉噤声,侧耳倾听。

她看见眼前晃动着模糊的笑影,像是在梦里似的,依稀不真切。这些年,她和崔氏一样,粗茶淡饭,日子过得很是不堪。丈夫下岗,遭遇车祸,丢下孤儿寡母艰难度日,有多少的凄惶,于她来说,生活如一场花好月圆的梦,来不及芳香,便渐渐地枯萎、破碎。

丈夫古乐当年是塑料厂的车间主任,大她六岁,追清欢那阵子,清欢正唱得走红。大街小巷,谁不知道清欢?他天天领着一帮弟兄子来捧她的场子。

古乐的哥们为他出了不少主意，最后还是一个兄弟出了损招。这兄弟拦在清欢必经的路上，嬉皮笑脸地欲行非礼，被古乐几拳打跑，英雄救美，清欢对他的好感大增。此后，古乐每天必来接送她上下班，并倾囊而出，用积攒了几年的奖金买了架钢琴送给她，琴面油光可鉴，灼灼的光辉照亮了她简陋的单身宿舍，也照亮了她的心。

塑料厂要集资建房了，得有结婚证才能报名，古乐找清欢商量，清欢犹豫着，古乐便软磨硬泡了一个星期，说迟早要结婚的，不如趁现在要套房子，两人便打了结婚证。

可是，好日子于她来说，就像一只短尾巴的兔子，跑得飞快；穷困却像耐性极好的乌龟，不离不弃地如影相随。

说不清什么时候起，小城里已家家户户都有了电视机，一家老少围坐着看电视。剧团演出越来越没人看，卖出去的票钱连租场地的费用都不够，老演员唱不动了，年轻人不愿学，学会的也纷纷改行，另辟蹊径。生活逐渐变成一幕乱纷纷的演出，越来越找不到自己的角色。

工厂改制，古乐说下岗便下岗了，厂子变相地成为几个人的。本来可以慢慢地找份体面些的工作，可清欢正怀着孩子，一大堆的费用等着他付账。他等不及，跟亲友借钱买了辆的士，早出晚归，维持生计。成天在外和一帮进城的农民工司机抢生意，走背街小巷躲交警，为几块钱和人讨价还价，他的心情也越来越坏。

古乐一张白净的脸，没多久就被打磨得像生了锈的铁，黑里透着黄，眼神也不再清晰明亮。粗糙的生活，使他的性格也变得粗糙起来，和那些开的士的人混久了，他学会了喝酒、打牌，生活越发往俗里去了。

她劝他，一言不合，他粗的声浪便在她耳里植根一片钢筋林，密不可透。似乎所有甜蜜的初始，都只是伤害的铺垫。

一天，古乐喝了点酒，半路上载了个客人，脚踩油门风驰电掣般地往火车站奔。客人吓得哇哇乱叫，连声让他慢下来，他才不管呢，上了狭窄的老大桥，从两辆小车中挤过去，险些被撞到前盖，又摇摇晃晃地越过了好几辆大巴,风一般过了桥头,差一点压住一条受惊的流浪狗,流浪狗回过头来凄惶地朝他吠了几声,拖着受伤的腿,逃命而去。

当他快速驶过丁字路口时,斜刺里却杀出辆大卡车,他刹车不及,撞在卡车的前轮上,大卡车装了满满一车玉米,经此一撞,几袋玉米从卡车上砸下来,有一包正好砸在的士的左前轮上,车翻了个底朝天,被撞飞好几米。

当清欢赶到急救室时,看到的已是血肉模糊的古乐。无论她和儿子怎样哭天喊地,他再也醒不来了。好在乘客只受了点表皮伤。从此,清欢便孤儿寡母艰难度日。

夜里安静下来,那些笛声、箫声、古筝声便纷纷在脑海里响起,声声绕梁,声声勾她的魂魄,勾她的心气,她又轻盈盈地飘到舞台上,水袖轻舞,美目流传。可是,醒来不过是南柯一梦。

悯人悯己,清欢的唱腔悲凉比旧时更甚,当真是悲从中来。

一曲唱罢,四座寂然无声。

5

半月后,财政局的资金如期拨付到了剧团。

赫团长兴高采烈地谋划着重排《牡丹亭》。

一些旧时的演员被逐一召唤了回来,没有太大的分歧,杜丽娘由清欢主演。江天风修眉一画,戏装一穿,除了已微微有些发福,仍是那个眉目含情的柳梦梅。试妆之后的清欢,自己觉得有些细微的不对劲,便办了张健身卡,每天去练一次瑜伽。

她报的是高温瑜伽班,在平和宁静的乐声中,吸气、呼气、下腰、压腿,她柔软的身姿能把每一个动作都做到极致,馆里窗户紧闭,不一会儿,汗如雨注,水雾蒸腾。很快便恢复了从前的神韵。

6

楚天习惯性地打开戏剧频道,有一台昆曲荟萃,演员照例是年轻的,不经苍桑的面容。白娘子演得过于凄切,而缺乏应有的柔美和韵味。姣好的一张脸,眼神一流转便成了对鸡眼,他苦笑。

调到本市的无线台,正播出昆剧团即将重新开演的新闻。清欢在银屏上浅笑。是的,她的确不再年轻了,然而,她是一个天生的戏坯子,典雅、韵味十足。时光流逝,却把她酿成一坛岁月的佳酿,于无声处,散发出一种悠远的陈香。

他踱到书房,稍稍犹豫了一下,开始拨她的电话,想说:"今夜,斜月三分醉,卿本七分狂。"

想说:"昨晚竟梦见你,沉静端庄的样子,是我喜欢的神态,醒来后想给你电话,却怎么都联系不上。"

可电话通了之后,他只是问了句:"还好吗?""还好。"清欢答。电话里两人便静默下来。

清欢想,也许有些欣赏,只需远远的,已然足够。

第一场演出,票连卖带送,居然坐了个爆满,许多老戏迷前来捧场。楚天坐在前排,听过后认真地给赫团长提了意见。

7

不料,剧团演出了几场后,江天风嫌工资低,不如唱夜歌子来钱快,三天两头请了假赶去唱白喜事。

有一回人家给的钱多,一直唱到夜里一点钟。睡眼蒙眬的他,第二天上午竟在戏台上唱破嗓子。这是大忌,赫团长气得脸色酱紫,忍不住拍桌大骂。

江天风脱下长袍，拂袖而去。

替补的小生，作、打、念、唱、皆不如江天风，这出戏也就无法开锣了。

剧团每况愈下，第二年经营更为惨淡，几百人的剧团，全年演出收入才20几万元，有的场次演出门票收入竟跌到不足600元，还不及音响场地租借费的三分之一，几乎是演一场亏一场。看着剧团的状况，赫团长心寒了，工资难以发放，矛盾日渐突出，演出何以为继？

更让剧团雪上加霜的是，不久后市里又开始了新一轮的机构改革，剧团的存留首当其冲。一时间，剧团人心惶惶，何去何从成了最大的问题。

市里的决策者们出现了两种截然不同的声音：以市委副书记吴刚为代表的人认为，中央提出文化体制改革要事企分离，干脆把剧团由事业编制改制为企业单编制，把它推向市场，任其在市场经济的大潮中寻找出路。而以楚天为代表的人则认为：剧团是市里的门面，不能就这么不负责任地丢掉，如果任其自生自灭，文化遗产谁来保护？言外之意，要政府将剧团养起来。最终，以三分之二的票数通过了第一种方案，楚天也奈何不得。

赫团长打探到这个消息后，当即带着些骨干去找市里主要领导，越过门卫，径直拦住市里主要领导的车，领导语气倒是委婉，先是肯定剧团这些年所做的工作，然后说起机构改革的难度，赫团长模糊记得那嘴里送出来的坚如铁、硬如钢的三个字："一刀切"，头便大起来。

眼看着剧团一步步陷入瘫痪，赫团长再也无回天之力了，一生气，提前办了退休，拿着女儿从美国寄过来的越洋机票飞走了。三年前，他赴美留学的女儿，生下金发碧眼的小外孙时，就请他去，他舍不得剧团。此次临行前，他把自己珍藏多年的一套昆剧脸谱送给了清欢。

几个月后，剧团提前退休的退休，分流的分流，下岗的下岗。几百个人的单位，就留下来20几个人，每个月拿着三五百块的最低工资。

缺乏资金，获批的拨款不到位，剧团像架破风车，摇不好就得全散架。新团长为着剧团的生存，忙着在各大企业周旋，他一天到晚腆着脸到处拉赞助，发动大家主动参与节庆、部门活动等，谁给钱便给谁唱，整个剧团，已然变成一个旧式的戏班子，哪有工夫正经编排一出戏？看起来是活了些,然而,在清欢看来,剧团是真正走进了"死胡同"。

8

风叹息着,带走一两片落叶。

再次闲下来的清欢,翻看着赫团长送的那些脸谱,常常陷入一种冥想之中。她看看自己葱白的兰花指,看看棱花镜里新添的一丝皱纹,拢了拢滑落的深灰披肩,心在行云流水的昆曲世界里明明灭灭。

有朋友知道楚天欣赏清欢,使劲儿来游说她,邀她参与房地产开发。说给她占干股,由她出面找楚天疏通关系。

清欢听了,只笑了一下,并不接茬儿。同学嗔道:"唱了这么多年的戏,越发过不好人间的俗日。"

一方面,她厌恶死水般微澜不兴的生活,有急于冲破牢笼的欲望;另一方面,心里又有一种无形的障碍,很难跨越。她想,一旦跨越了,就可能找不到自己了。她害怕自己把持不住,害怕自己的心远离魂魄,害怕自己渐行渐远,一步步走向这人间欲望的狂欢盛宴。

一个夏日的午后,楚天电话里说,晚上有点空闲的时间,想约清欢出来聊聊,虽然是问句,但并不给清欢推辞的机会,说好时间地点,便兀自挂了电话。

清欢想,这人怎么这样啊,她想不去。但犹豫了一下,还是安顿好上小学的儿子。画了淡妆,出得门来。

两人在咖啡厅包厢里坐下,点了饮料、点心、果盘。他和她聊起老派的昆曲演员,原来,他母亲极喜欢戏剧,从小,他便随着母亲看戏听戏,对昆曲也就多了一份喜爱。清欢只是静静地听他诉说,偶尔抬眼看他一下,他看着她清澈安静的眼神,一些类似美好的情绪从心底慢慢升起,如此遥远而又近切。

果盘上来的时候,他拿了一片西瓜,递到她手里。一种成熟男人的气息扑面而来,温暖、燥热。此刻,他不是领导,他是楚天,是一个男人,是一个对她存着些好感的男人。他和她聊起了慧能:"不是风动,不是幡动,是仁者心动。"她蓦地脸红。

他握住她柔软的手,她心中一颤。他身上流露出来的那份优越环境所叠造出来的自信和沉稳,是她不习惯的。她身体僵硬,语言也像凝固了似的。

她忽然冒出一句连自己都颇感意外的话:"你太太还好吧?"这句话让他们之间迅速拉开距离。楚天的笑容凝固了,只一瞬间,他又恢复了惯常的表情。

当他脉脉地把红酒举向她唇边时候,她心里莫名有些慌乱。

手机铃声却在这一刻,尖锐地响起来,她拿出手机,正要接听,他霸道地夺过去,顺手按下了关机键。他抚摸她的长发,目光灼灼地盯着她,时光像要凝滞了,而他的呼吸,在她的耳边,渐渐汹涌起来,几乎要把她淹没。

她蓦地站立起来,理了理衣裙,理性却在这一刻苏醒过来,儿子还独自在家呢。她慌里慌张地拿出手机,开机一看,五个未接电话都是从家里打出来的。清欢走出包厢,着急地拨打家里的电话,只听见儿子在那一头哭得稀里哗啦,说肚子疼。

清欢飞快地折转身去,跟楚天说:"我儿子生病了,我得走了。"她飞也似的从包间里逃离,迎面撞到服务员,把托盘里的咖啡杯撞飞后,又一头撞到倚墙而立的竹竿上。

楚天跟上去,替她拦了一辆计程车。

清欢气喘吁吁地跑进了家里。儿子无助的眼神看得她好心疼,好在儿子并无大碍。

9

窗外,电闪雷鸣,清欢没有开灯,抱着双膝坐着。雨一下一下地敲在她的心坎上。一道闪电照见了古乐的遗像。

雨越下越大，狭小的两居室里，母子俩静默着，时光像凝固了似的，缓慢、悠长。

是古皓一落千丈的成绩单惊醒了她。一向成绩优异的儿子，中考语文只得60分，数学74分。

她这才蓦然发现，自己的心已游走得太远，在魂魄之外。她想，不能再这样消沉下去了，应该给儿子一些温暖和鼓励。

她想振作起来，做些事情。她不相信生活会一直这样下去。守得云开见月明，她有的是耐心。

她打定主意开一间小店。她一面四处托人找门面，一面寻思着做什么生意。开网吧，审批手续很繁琐，何况她不忍心面对着急寻找偷偷上网的孩子的父母。她倒是很想开间咖啡店或是茶馆，闲闲的，放一些经典的昆曲或是古筝，让生活在茶香氤氲中行云流水般惬意，可本金又远远不够。

一天，清欢走出巷口，一眼就看到一家店铺贴了招租启事，是一家卖太阳能热水器的小店急于转租。

清欢是个外表柔顺，骨子里极有主张的人，她立即打电话约见对方，双方很快谈妥了租金及水电支付方式，合同当场签了下来。清欢雇人做了简洁的装修，天蓝的吊顶，淡蓝的墙壁，米白的地板砖，配以红白相间的货柜，让人觉着清新、明亮。

又一天早上，清欢去了批发市场，逛到快要失望而归时，在一家装饰品批发店看中了一些精致的陶艺品。有古币瓶、长颈瓶、月牙瓶等等，都形状各异，各领风骚。陶艺上的画，有的抽象、夸张，有的精致、唯美，更有仿清明上河图、爱莲说之类的上乘之作。店主说，这些陶艺都是由画师手工绘制，再加以烤培的。

清欢买回一两件，从标签上查到该公司的网站。上网一查，很快便查到公司的网页，做得很有品质。暗红的底色，衬以黑色雅致的线条，一件件精致的陶艺品从大面积的深灰中跳脱出来。

清欢照着网站的电话打过去，订了货。货到的那天，清欢忙着清理各式各样的陶艺上柜，满心欢喜。月凉如水，稀疏的几棵星挂在天边。

她的身影孤寂地投到地面,而肠胃,也似乎在这一刻清醒过来。

原来从中午起,自己还没吃东西呢。清欢到厨房下了碗清水煮面条。她以前最爱吃古乐煮的清水面条,古乐开玩笑说,你倒挺好养的。

手机铃声忽然响起来,按下接听键,却是楚天的声音,低沉而富有磁性。

她奇怪声波能准确无误地传递一个人与另一个人的细微差别。过去的时光,他曾打过几次电话,问她需不需要帮助,都被她婉拒。他甚至来过她住的那条小巷附近,将车子泊在沿江大道边的槐树下,问她能否出来见一面,好让他从容地走自己的路。

儿子那么孱弱,她怎能忍心再让他独自在家?那夜的恐慌还如影相随。他问:"你为何不换电话号码?"

她觉出他的霸气,轻声反驳:"为什么我一定要换电话号码?"

他反问她:"为什么我要拨通你的电话?你为什么不跟我联系?"

她叹了一口气,不答话。丝绸般缠绵的细枝末节,在她心里的一角,浮起,闪亮,又悄无声息地滑落下去。"我一直无法走出对你的思念。"他忽然低声。她立时噤声。漫长的夜,有多少孤寂的灵魂在游走。也许他真的喜欢她,也许不过是逢场作戏,感情的事,谁能说得清楚?

两人互道晚安,她便迅速挂断电话。

几分钟后,他发来短信:"朋友会是永远,如果你想超越,请回我信息。"

她回:"如果朋友能永远,那么为何一定要去超越?"他道:"而我却梦想能超越"。她心内闪过一丝温柔的怜悯,回道:"那么,请努力超越你的梦想罢。"

10

清欢推开窗,月的光芒穿透乌云和黑暗,直射而来,将周边的云映成无数黑色腾跃而起的海豚。放眼望去,整个夜幕上都凝滞着轻薄、立体、鱼鳞状的黑云。青色的夜幕上，连颗小星星也没有。

古皓正伏在桌子上认真地临摹店内的陶艺品。他写完作业后，好奇地观察那些陶艺品，越看越喜欢，便拿出绘画本画起来。

他临摹那些陶艺画时，偶尔还会来点小小的、却是别出心裁的改动。比如，在浅粉的荷花瓣上画只红头绿蜻蜓，在水波中画上一只帆船，竟比原来的画面更生动好看。

清欢夸他画得好。古皓有些腼腆地笑了起来，紧绷的小脸像一块慢慢融化的冰。

店里那些坛坛罐罐有了另外的含义了，它们都成了古皓的好朋友。他和它们对话，给它们画像。

清欢看着儿子一天天快乐起来，心里有一种无言的安慰。

可某些恍惚的刹那，她想起那些水袖轻舞的日子，那些逝去的时光，胸口总有些突兀的疼痛。

一天，她画了淡妆，主动要求儿子替她画像。

从那以后，每天晚上古皓做完作业，都会主动替她画一幅像。古皓的手法越来越娴熟，画面上的她，或端庄娴静，或风雅俏丽。

11

日子深深浅浅地流淌。

转眼，古皓上高一了。清欢想给他请一位美术辅导老师，以便将来报考美术专业。

有人推荐美院的周季老师，说他带出来的学生没有专业分数不上线的。

她领着古皓前去见面。周季穿着一件绛色的长衫，清瘦的脸，留着连鬓胡须，一双眼睛黑亮、锐利、智慧。

古皓拿出自己的习作给他看，他支着下巴看了看，不露声色地拿起画笔，在几处看似不起眼的地方添了寥寥数笔，画面立即鲜活起来，像给一个封闭已久的空间忽然注入了新鲜的空气，注入了活力。那些静的物体立即有了立体感，有了神韵，有了生命，而不再是一幅幅静止的画面。

古皓忍不住伸手触摸那些被老师加工过的画，欣喜之情溢于言表。

周季擅长国画，清欢细看了他的作品，皆栩栩如生，水墨婉转。一副题名《破壁、残灯、零碎月》的国画，让她凝神了半天。数点淡墨，虚实相连，便行云流水般烘托、渲染出《烂柯山》中崔氏失意后，悔恨、凄惶的心境。竟如用点、线、面，在纸上演出一幕无声的昆曲。

《断桥》则以淡淡的写意，描绘白娘子与许仙相会的情形，如梦如幻，充满着旖旎的风情和善意的期盼。

丹青妙处是天然。清欢深深沉醉，埋在心底的那份昆曲情怀，瞬间又被激活。她禁不住照着周季画上的崔氏，在心里比划起一招一式，闭目凝神间，又回到了久违的戏台。

周季看出她瞬息的变化。这清丽女子的眼神，是那样的熟悉，有似曾相识的感觉。

古皓惊羡之余，说："妈妈，我想跟周老师学画画。"把她从遐想的思绪中拉了回来。

得知周李老师的课时费为每小时80元，她的眼神立时暗淡了下去。自己开的那间小店，赚点费用两人勉强度日还可，要支付如此昂贵的学费可就难了。

清欢一筹莫展。古皓看出妈妈为难，便安慰道："妈妈，我自己买些书来学就是了，不跟老师学了。"

清欢说："我再想想办法。"

两人从美院出来，清欢径直去了母亲家。母亲正挂着一瓶液体在打点滴。母亲患了糖尿病，布满褐色老年斑的手上，青筋暴出，满是挨挨挤挤、密密麻麻的针眼。她吃力地抬起水肿的双眼，爱怜地看了一下清欢，招呼着让她自己去冰箱里倒杯绿豆沙。

清欢终于没好意思开口提借钱的事情。

一轮下弦月，斜斜地照进了室内，冷冷的清辉。电话铃声响起，是周季打来的，他说："古皓这孩子有绘画天赋，这样吧，如果你肯来给学生当人体模特，我可以免费让他来学画画。"

她犹豫着，要当众脱光衣服，面对那么多目光，多难为情。亲友们知道了，会怎么看她？想着想着，心里便有些说不出来的委屈。

她说我考虑考虑再给你答复吧。

暗夜里，她拥着薄衾一床，盘腿而坐。"实际呀，实际呀。"秋蝉的叫声喑哑而尖锐，越窗而来，一阵紧似一阵，生生地揪着她的心。

有那么一刻，她几乎忍不住要给楚天打电话了，她颤抖着手，输入一连串的号码，在即将接通时却取消了呼叫。

三天后，她终于敲开了画室的门。

站在周季眼前的她，穿着黑色短袖羊毛上衣，白领子，一条黑色休闲裤，头发就那样简简单单地挽在脑后。脸上照例是浅浅的微笑，眼眸深处，却隐着一抹不意觉察的愁。

她请求他替她保守秘密，不让古皓知道，她怕儿子难为情。

她去画室做模特的时间，正是儿子在中学上文化课的时间。

得知自己终于可以跟周老师学画画了，古皓兴奋得抱了抱妈妈。看着儿子突出的喉结，浓密的头发，她蓦然发现，儿子真的长大了。

12

去美院做模特前，清欢在浴缸里放了满满一缸水，沐浴露的香，充溢在狭小的浴室。水轻柔地拂过她的脸，她的胸。有泪，在睫毛上轻颤着，无声地融入水中。"别紧张，别害怕，一切都会好起来的。"她安慰自己。

她仔仔细细地清洗自己的身体，不愿自己身上有一丁点不洁的感觉。

她撑着一把伞，走在路上。

今日起，她将与从前的清欢告别，她心里暗想，只要我自己愿意，自己能坚持,哪管得了尘俗的眼光如何看待?

路上的行人三三两两,偶有人被她的气质迷住,回过头来看她,见她一脸的肃穆,护着衣裙,一幅凌然不可侵犯的样子。

到了美院,周季怕她太尴尬,让她先做几天着衣的模特,她这才松了口气。

一周后,在教室的屏风后,她鼓足勇气脱掉乳白的外套,露出淡粉的内衣。她披着睡袍出来。然而,面对学生们扫射过来的目光,她浑身不自在,只想找个地方藏起来。

她慌里慌张地迅速穿起外套,求救似的看着周季,然而,周季只是用温和的眼神鼓励着她。

她终于横下一条心,将自己毫无保留地呈现在孩子们眼前。她雕塑般端坐在椅子上。

当了几次人体模特以后,她渐渐做到心无旁骛,与学生们对视、交流,坦然面对他们目光的雕琢和打磨。

秋凉了。

老天爷像更年期的女人,刚刚还是紧绷着张脸,火燎燎地炙烤着大地,一会儿却又气温陡降,没完没了地下起雨来。

教室的空间大,空调效果不好,她无意中打了个喷嚏,周季担心她着凉,递给她一件外衣。然而,还是冷,上牙嗑着下牙,不住地颤。坚持了一会儿,她的脸像抹了胭脂似的红,眼眶也红起来。颧骨一阵阵发热,身子骨却冷得发颤,愈发轻飘起来。他给她倒了一杯茶,那茶却像长了刺,灼到炙热的咽部,一路翻腾到胃里。他抬手摸了一下她的额头,滚烫,见她烧得厉害,他执意送她去医大附属医院看病。

下了计程车,他替她举着淡蓝的雨伞。她虚弱地移着碎步,一个趔趄,差点滑倒。他及时扶住了她,她轻飘飘地回望了一下,由着他牵着她的手横过人行道。

斑马线外的奥迪车内,楚天恰好看到这一幕。他摇下车窗玻璃,远远看着他俩的背影。他取下眼镜,呵了口气,试擦了一下镜片,重新戴上眼镜。不错,那个青衣素裙的女子,正是清欢。

绿灯亮了。车水马龙，从他耳边呼啸而过。他摇上车窗玻璃，车缓缓穿越城市的动脉，抵达城市的心脏。

古皓每天都坚持替清欢画一幅像，在周季的指引下，他已学会怎样处理光与影，虚与实。他牢牢地记着老师说的话："一笔不废，增之嫌多，减之嫌少，移之便死。"他着力于用线条的粗细、浓淡、干湿来勾勒作品。

清欢陪着儿子去学画，听周老师说的绘画理论，颇受启发，觉得和昆曲有异曲同工之妙。

周六的下午，因为要参加一个美术展，大学生要求她加班。清欢打扮得漂漂亮亮地出了门。

她要去干什么？古皓很好奇，偷偷地在后面跟踪她。这些年，他一直觉得是自己害了父亲，他不愿意因为自己的缘故，再给徒增母亲一点点伤害。他想，自己一定要保护好母亲。

他从沿江大道，一直跟到解放大道的美术学院。看着她转入学校，又亲眼看着她进了临摹室。

他站在教室外，贴近窗玻璃，几分钟后，终于看到母亲脱光了衣服，半躺在长沙发上，给十几位学生做人体模特。

头一次看到一丝不挂的母亲，他震撼了，仿佛心里打翻了一瓶五味酱。他把眼睛迅速转向别处，倔强地仰起头，不让眼泪掉下来。

他以最快的速度跑回家。在沙发上愣了一会神，他开始手忙脚乱地下厨，他要亲手给妈妈做一顿饭。他用清水煮了一大碗面条，稠稠的，又往里敲了几个鸡蛋，搅动了几下，面条便和鸡蛋稀里哗啦地混为一团。

天幕渐渐暗了下来，星星像唯一醒着的眼睛。古皓听见母亲开门的声音，立即端出为她做的面条。

看着儿子煮的面条，清欢颇为吃惊。饭后，古皓又替她打来洗脚水，古皓蹲在地上，细心地替她洗脚："妈妈，我不想学画画了。"

"古皓，我们不能这样半途而废，你将来会后悔的。"清欢着急地说。

"妈妈,我想早点出去赚钱,不想让你这么累,我不要你去做模特。"古皓仰头望着她。

清欢先是一惊,而后安慰儿子:"妈妈不偷不抢,有什么可丢人的。"她话是这么说,一行清泪却顺着脸庞逶迤而下。她迅速抬起头来。

"古皓,困难也是个欺软怕硬的主,只要我们自己坚定,就没有过不去的坎你是画画的,应该知道,只要人心干净,看到的就是干净的。"

古皓站起来,禁不住抱着母亲的头痛哭。

古皓的一幅题为《安》的国画,在周季老师的指点下,用墨滋润、鲜活、淡雅。画面上的清欢,神态安详,侧身坐在一把椅子上,脖颈白皙,手优雅地交叉放在胸前,眼神里有一种母爱的温情。这幅画,在全国中学生美术比赛中获了一等奖。是的,她孕育了儿子,儿子却用画笔鲜活地创作了她。

七月,古皓接到了美术学院的录取通知。院子里的紫薇花开了,温柔淡紫的花朵,晶莹剔透。微风拂过,满院里似乎响起风铃般清脆的花开的声音。

冬　青

1

　　吊脚楼旁的毛桃树开花了，粉红轻俏的样子，柳树上那些小拳头般紧拽的小芽苞也终于伸展开来，有了些绿柳的模样了。苦楝树也换上了新绿的春装，伞似的撑开了绿荫。

　　冬青站在朝南的木窗往外看，看见不远处的小溪边，梨树也开花了，粉白的一大片。溪边小道上，一位穿着白T恤、牛仔裤的时尚女子正袅袅地走着，细看，却是同学春芳。

　　春芳去广州打工，才几年的工夫，穿着打扮已不似从前。

　　春芳问她过得怎么样，冬青不禁叹了口气。因为爹爹病逝，小哥哥贱狗受刺激犯了疯病，她出面为四哥治病借的贷款，眼看着还贷的日子一天比一天近了，家里又急需买化肥的钱，却是半个子儿也没能攒上。

　　这时，家婆把竹叉巴掀得山响，边赶边骂："瘟鸡子，也不看看自己长什么样，还当自己是只会飞的凤凰。"

　　惊得几只母鸡咯咯地叫着，满地乱飞，羽绒乱坠。原来，冬青的鸡啄了她几粒谷。冬青听由她指桑骂槐，泪水止不住流了下来。见冬青娘家越发中落，家婆也就越踩落她，时不时说些空话给她听。

　　春芳小声道："我的假期也快休完了，过几天回厂，你不如跟我一起去广州打工吧。"

冬青有些心动:"我倒是想去,只是半夏还太小了。"春芳说:"那你好好考虑一下,想去的话,给个信,我们结伴去。"

一会儿,家婆灶间的炊烟袅袅地升到瑶村的上空,屋内有肉香飘过来。半夏闻着肉香,馋得直流口水,她巴巴地跑到阿婆面前,又不好意思要吃,只是看着她问:"阿婆,肉好香香吧?"然而,家婆只是白了她一眼,并不曾夹一筷子肉给她尝,反而大声唤来孙子小敏,把肉不停地往他口里塞,生怕他吃不够,见小敏吃得欢,家婆笑得像一朵菊花。

半夏咽着口水,怏怏地往回走,她经不起馋,死活缠着冬青要肉吃,被冬青打了一巴掌,更大声地嚎哭起来,心狠的婆婆假装没听见。看到孩子哭得眼泪鼻涕一大把,冬青自己心疼得不行,撩起衣角,替孩子擦了擦眼角的泪水,牵着她进了厨房。

灶台旁,只剩下一只风干的胡萝卜,冬青勉强切成片,在锅里放了一丁点油,炒熟了,给半夏填肚子。

冬青牵着半夏回娘家去,她心里明白,只有娘,才是她无助时最大的心理依靠。

烟雨里的瑶村,莫名地浸了一身轻愁,一路上,翠竹清流,如水墨画般徐徐展开,淡雅别致。

石拱桥两旁,开满了小黄花,远远地,半夏看见了外婆家的吊脚楼,半夏像只小雀子似地欢叫起来:"外婆,外婆",一头扑进正在纺棉花的外婆怀里。棉线被撞断,白花花的棉堆滚落在地,外婆把半夏夹在腋下,手里捏着线头,沾了点唾沫,把棉线重新接好。

娘家历经劫难,已穷得吃了上顿没了下顿。一应大小事情,都由娘劳心劳力,想办法解决。

冬青怕娘心疼,不敢提婆婆的是非,眼泪却瞒不过娘的眼睛。无人处,娘问起冬青,她略向娘说起与婆婆交恶之事,娘红了眼圈,说:"都怪我先前看错了人家,让你受了这么多的委屈。"

掌灯时分,贱狗不声不响地拿着手电筒出去了。

他去田埂边、草丛里捉青蛙。青蛙被手电筒的光猛然射到后,呆住不动。四哥趁着青蛙发呆的功夫，迅速扑过去，用双手紧紧捂住，再小心地掀住一条青蛙腿，把青蛙放进蛇皮袋里。好不容易捉回几只绿脊背、白肚皮的青蛙，眼睛还被一只青蛙用尿射着了，又肿又胀的。

娘摸黑去地里摘了一把青椒，把青蛙剥了皮，炒了蛙肉，把鲜嫩的青蛙腿递给半夏解馋。

夜幕落下来，鸟儿也归巢了，喧闹的瑶村渐渐安静下来，虫声哇鸣分外响亮起来。

月光从苦楝树间倾洒下来，照在窗前，像一幅素描淡彩。不知谁家的孩子折了支叶笛，吹出悠扬的曲调。

冬青躺在床上，像烙饼似的，睡不着觉，生下半夏后，自己一日三餐都是清汤寡水的，连一顿饱饭都吃不上。奶水不足，冬青困了，半夏却因为吃不饱，不依不饶地用小手抓住她的乳头，一天到晚地吸啊吸，她觉得自己快要被吸干了。

太多的不愉快郁积在心底，没有好好地释放过。来不及结痂，复又叠加，它们纠结在一起，充溢在胸口，似一团乱麻，无处不在，触哪都像触痛了它。有时它又似乎全然已没有了踪影，好像一切都已经过去了。然而，稍不留神，那种钝痛的感觉又来了。心中的疼痛，甚至让她羞于见人，它们纠结成一团自卑，横亘在她的胸口，赶不走、驱不散。

娘问："女呀，你心里有什么难处吧？"

冬青便说："借的债务快要到期了，半夏一天比一天大，也得准备点学费了。"她说想和春芳一起南下打工。

最远只到过县城，她知道远的地方会有许多意料不到的困难和不便，虽心生不舍，但她一向知道女儿的个性，决定了的事情很难改变。便说："娘不能帮你别的忙，半夏我会替你好好照看着，你放心吧，我不会饿着她、冷着她的。"

冬青腾出时间去乡里办生育证、务工证。

冬青走的那天，娘起得很早，烧了三炷香，往南方虔诚地拜了拜："大慈大悲的观世音菩萨，保佑我的儿一路平安、顺利。"

娘勉强凑了些零散钱给冬青作盘缠，从怀里掏出几个热烘烘的煮鸡蛋,让冬青带到路上吃。

冬青早上只吃了一个水煮红薯,她掀开衣服,给尚未断奶的半夏递上奶头,奶了半夏最后一次奶水。

她背着蛇皮袋,一步一回头,看到半夏在娘怀里哭着喊着,挣扎着朝她扑过来,要跟她一块儿走。她狠狠心,强忍住泪水,别过脸去,头也不回地往前走。

冬青背着一个白蓝相间的蛇皮袋,和春芳一道,挤上了去县城的中巴车,然后又换了一辆大巴车,去市里坐南下的火车。

最远只去过县城的冬青,要去一个叫广州的大城市打工了。她心里既惶恐,又充满向往。她带着满脑子的幻想,被滚滚的人流挤进了火车站。

购票的队伍像长蛇般,一直排到车站坪里的大香樟树下。春芳去排队买票,她看着行李,两个时辰后,春芳举着两张最便宜的站票来到她身边。

南下的火车特别拥挤,春芳硬是把冬青从敞开的绿皮车窗里塞了进去。

车厢里人声嘈杂,空气浑浊,连个插脚的地方都没有。冬青还来不及站稳,火车便启程了,哐当地唱着首单调喑哑的歌向着南方驶去。

火车上人挤人,寸步难移,连过道、厕所门口都挤得满满的。

这是一趟没有空调的闷罐车,各种异味混杂着扑鼻而来。打工仔、打工妹三五成群,脸色惶恐又兴奋,说着乡音向着别人的家乡而去。沿途又上了好些旅客,几乎无立锥之地,旅途的辛苦与燥热自不必说,列车上的零卖工,还隔三差五地推着小推车来兜售各种麻辣食品,直把人挤得怨声载道。

一夜煎熬,凌晨5点,便到了广州。下了车一看,车站内外,全是从外乡蜂拥而至的打工者。有的铺张报纸席地而睡,有的相依而坐,脸上茫茫然的样子。冬青跟着春芳到她打工的厂里,求门房让她进去留宿。

2

冬青走在烈日下的大街上,嗓子干得像着了火。路过小卖店时,她想买瓶矿泉水,一看,要两元钱一瓶,她犹豫了一下,又把钱放回兜里,硬是舍不得买一瓶水喝。她忍着饥渴,走到立交桥下,见消防水龙头忘关了,汩汩地往外冒水。

她快步跑上前,凑过身去,先把手洗尽了,捧了一大捧水,大口大口地喝了生水后,使劲把水龙头关上才离开。

穿过立交桥,见一家酒店门口竖着块红色的招聘启示。她眼前一亮,走近一看,原来是餐饮部正在招收服务员。

这是一家大酒店,青灰色的外墙,玻璃门自动旋转着,里面装修豪华,一盏落地水晶灯把大厅照得透亮,流光溢彩的样子,咖啡厅内,一曲萨克斯《回家》如泣如诉,眼看着两个客人进了店,冬青迟疑着,刚要鼓足勇气踏进门去,不料玻璃门刚好转回来,"咣"的一声,撞中了她的脑袋,撞得两眼冒直金星。

冬青顾不上摸一下,紧跟着被门推进大厅,她从酷暑中进入室内,汗湿的衣服贴在身上,黏黏的,被大堂的冷空调一吹,有了些微薄的凉意。脚上娘做的绣花布鞋已洗得有些发白,先前断裂过的地方,缝上线头,勉强穿了两天后,又裂开了口子,像一张愁苦的脸。此刻落在光洁可鉴的大理石地板上,更让她羞愧难当。她摸了摸胸口,稍稍安下神来,怯怯地问一位正在拖地的女服务员:"请问这儿还招人吗?"

那女服务员里指了指里间,说方经理在里边。

冬青推门进去,一位衣着讲究的女子抬起头来看了她一眼。这正是负责餐饮部的方经理。她深蓝色的制服上,别着一朵雅致的胸花,头发纹丝不乱地盘在头顶,冬青暗想:这女孩长得真是俊俏。

冬青说明来意,方经理冲她微笑着说:"你先填张表。"看冬青籍贯上写着湖南,方经理心里念道:原来是个老乡。又见冬青笑起来眼如杏仁，水灵灵的样子，月白色的衬衣干干净净，布鞋虽烂，却显出一种质朴的美来，便说："你明天上午来面试吧。"

第二天上午八点，冬青准时来到酒店。她梳着齐眉的刘海，清纯干净。脚上是找春芳临时借的一双球鞋。

这里一共聚了十几人面试，轮到冬青时，她跟气质优雅的方经理面对面站着，她不由自主地缩了缩脚，紧张得手心里都攒出汗来。心里暗暗自卑，觉得方经理像个天鹅，而自己像个丑小鸭。

这种自卑感在心里一闪而过，她不停地给自己打气："别紧张、别害怕。都是人么，又不会吃了我。"她抚平微微上翘的衣角，努力恢复常态。

方经理问："你有没有酒店方面的工作经验？"冬青记起春芳说过，当人家问有没有工作经验时，一定要说自己有，不然人家看不上。就立马点头道："有啊，有的。我们瑶家做酒时，我常被叫去帮人端茶送水，添菜打饭呢。"

方经理笑了，问："那么，客人如果来我们酒店，你应该怎样招呼他？"

方经理话音刚落，冬青便一个箭步跨上前，牢牢地挎住了方经理的双手，热情地将方经理按到座位上，开口唱道说："桃红丝线九个结哩，今日来了远乡的客哩。"

方经理完全没料到冬青会来这种动作，身体下意识一紧，眼神错愕着，颇有些不快。

可是，冬青脸上那种毫无芥蒂的笑容和浓郁的瑶乡口音，又让方经理控制不住地笑了起来。方经理说："这样热情过了头的话，客人会被你吓跑的。"

冬青不好意思地看了看脚尖，也自我解嘲地笑了起来。

方经理又问："你能听懂白话不？"

冬青一听这话，立马低下头去，一边不自觉地用脚尖在地上划着圈。

实话说，刚从瑶村出来，除了能勉强听懂普通话，对于广东方言她可是一句不懂。想老实回答不会，可转念又想，不会我认真学就是了啊，要是因为自己不会白话而找不到工作，那多冤哪？这么着回老家，不是连车费也白搭了吗？想起家婆对她的冷脸，心有余悸，不混个人样来，怎么好意思回家？

这么想着，一心想得到这份工作的她，抬起头来，看着方经理，使劲地点了点头："能的，能听懂的。"

不料方经理又问："那你会说白话吗？"

冬青瞠目结舌，她哪知道什么叫白话啊，但事已至此，她只得含糊其辞，继续点头。

"'请问您想点什么菜？'用白话怎么讲？"

冬青愣了一会，只得勉强用说英语的语调，别扭地用瑶族方言说："请问你想吃嘛咯菜？"

一屋子人再也忍不住，笑得前俯后仰起来。一位止不住揉肚子，另一位则笑着抬手抹眼泪。

冬青见她们一个个笑弯了腰，不由得涨红了脸，索性横下一条心来：我是来找工作的，又不是来给你们看笑话的，我第一次来广东，听不懂这边的方言，有什么稀奇。但我一定能学会的，酒店要我便要我，不要我，我就上别处找工作，活人还能被尿憋死了？

这么想着，心里反而坦然起来了，一副悉听尊便的样子。嘀咕道，我虽不会讲白话，但我会唱女书呢！

这话正好被方经理听，她在电视上曾见过有关女书的新闻，她好奇地说："当真？"

只见冬青从包里拿出一方手帕，上面绣着些奇奇怪怪的菱形字，她一字一字唱给方经理听："瑶家苦来瑶家苦，蕨根苦菜来填肚。瑶民日子似黄连，受尽苦来无处诉。寒冬腊月盖蓑衣，身上衣服补打补。千山万岭都住过，小米高粱好日子。天下最苦是瑶民，过年无米无肉蒸。瑶家苦情说不尽，白了头发没处住。"千百来，瑶民如吉普赛人般，在崇山峻岭间不断迁徙流浪，好在他们热爱大自然，热爱歌唱。此刻，冬青的歌声里有一种言说不尽的忧伤和愁怨。

泪眼迷离中，冬青仿佛看到苦命的娘和女儿半夏，嗓子慢慢哽咽起来，像堵了什么东西。

那唱腔仿佛蕴含着无限的哀怨，有一种直抵人心的力量。

方经理一时怔住了。她先前从电视里得知有一种奇特的文字，只在女人之间流传，却没有料到会有这么纤巧柔美，更没有料到唱腔是这样的凄婉。

她一时听得入了迷，又问："能不能再唱些别的听听？"

瑶族本是能歌善舞的民族，这可难不倒从小在瑶歌声里长大的冬青。她将两手握在胸前，一板一眼地唱起来："甜茶一杯真有心，哥哥不要太用心，妹妹生来丑又蠢，没有言语表心情。"一边唱，一边跳瑶族采茶舞。冬青所在的瑶乡盛产苦丁茶，她的名字也来源于苦丁茶。

一曲终了，冬青又唱《敬酒歌》："好烧酒，家里也有好妹娘；喝了一杯顶千杯，好酒喝下透心凉……"她的声音婉转中有些不可言说的凄美，见方经理颔首微笑着，冬青止不住又唱一首。

方经理看她唱得掏心掏肺的，也红了眼。又见她穿着打扮虽土气些，却长得眉清目秀，质朴灵慧的样子，又显出一种格外的执拗来。性情还算本真，心里不免又添了几分同情与好感。想，这女孩虽刚从偏远的农村来，一句白话也不懂，好好调教一下，日后说不定倒是一个好帮手。

便问："你会干什么活呢？"

冬青一听这话，觉得事情还有转机，立马点头说："我什么都能干的，方经理您让我干什么活我都乐意。哪怕是扫地、洗厕所呢，我都愿意，只要有份活儿干就行。"

方经理沉吟了一下，破例留她下来试用三个月。

冬青眼巴巴地看着方经理点了头，立即拍着胸脯保证道："我保证做牛做马也不会忘了你的恩情。"

就这样，冬青住进了公司员工宿舍，四人一间，包吃包住。

头一月下来，冬青就寄了一千元给娘。

比起从前的日子来，真是幸福。

她珍惜这来之不易的机会，每日里殷勤地给客人倒茶递水，铺桌收拾。下了班，照例捧着录音机学白话。很快学会了用粤语跟客人交流。

集训时，她总是把胸部挺得高高的，仿佛有使不完的劲。

她很感谢方经理信任她，把她留下来工作，若自己不努力，怎么对得起方经理呢？

这么想着，行事更加认真，又跟着领班学习酒店礼仪，如山野的清风般让人舒服。

3

花城的春天来得迅速和热烈，碧绿的叶子很快伸展开来，满眼春光。紫荆花开了，木槿花也开了，香气扑鼻的。满街像飘着玫瑰色的云。走到花树下，清香满径。酒店大堂的水池里，睡莲含苞欲放，冬青亭亭地走在九曲连环的走廊上，两旁是大朵的牡丹花。

但冬青更喜欢酒店外墙上卧着的那丛迎春花，黄灿灿的，让她想起家乡的味道。她和酒店的女同事在迎春花前合影，把照片寄给了在县城工作的叔叔。照片上的她，穿着淡蓝的衬衣，青春、洁净、笑容明媚而清爽。高远处是海蓝的天空，阳光把她额前的一缕发映成金色的，像风信子一样。叔叔托人捎给了她娘，娘用手抚摸了半晌，欢喜地压在老旧的玻璃台板下。指着冬青的照片，给半夏讲冬青小时候的故事。

酒店老板是个潮汕人，喜欢唱粤语歌。高兴了，就请管理层聚餐，去歌舞厅等娱乐场所玩玩。

这样的时候，方经理总会叫上冬青同往。

冬青第一次去歌厅时，见墙壁居然都是用玻璃镶嵌的，被霓虹灯映照着，泛着青的、蓝的、红的、紫的光，图形变幻莫测，莫不是进了龙王爷的水晶宫？她一时头晕目眩。劲爆的音乐，声嘶力竭的歌声，敲击着她的耳膜。冬青看着他们劲舞，听他们放开喉咙歌唱，那一瞬间，她的耳旁回响的，却是远古而来的长鼓声，鸟语一样明脆的山歌声。她觉得自己像是来自另外一个世界的人。

中场休息时,方经理让叫 DJ 关了音乐,把话筒递给冬青,让她唱瑶歌给大家听,冬青忸怩了半天,清唱了一曲女书歌:"日头出在三丈高,姊住天上绣关刀。哪个行我关刀过,先砍头来后砍中。"声音悠远,歌词却铿锵有力。

大家齐声叫好。她又唱:"身坐南京位,脚踩北京城。手拿苏州斧,两眼看长沙。"她唱这些女书歌谣,一改平日的凄婉,倒有些大胆奔放、女中豪杰的样子。

在酒店里待了两年,不用风吹雨淋的,肤色也白了许多,她越发出落得楚楚动人,像刚出校门清纯可人的女大学生。

4

归途中,冬青见月色下有栀子花在寂静地开放,这些本该在五月开放的花朵,居然开在了如火的八月。酷热之下,如水般柔情,散发着幽微的香。而花丛深处,蟋蟀与知了,此消彼长地吟唱。

冬青打开方经理借给她的录音机,一本正经地跟着练习说白话,录音机里传来男声:"我母鸡呀",她止不住大笑起来,她想:"原来白话说'我不知是'我母鸡'呢,真有意思。"

看着来酒店消费的那些有钱人一掷千金,有些菜只是蜻蜓点水般动过一两筷子便倒掉了,她很是惋惜,想,怎么一顿饭吃掉这么多的钱呢,真是可惜了,要是捐给村里的孩子们,不知能买多少铅笔和作业本呢。

再看那些随父母来酒店吃饭的小孩子,个个穿得像王子公主,想起自家那光着屁股到处爬的半夏,想:人与人真是不一样啊!

冬青好不容易下决心花钱给家里装个电话,她强忍住思念的泪水,故意在电话里有说有笑,只捡高兴的事情说,给娘传递喜悦之情,好让娘知道她在这边过得舒心。

听见娘和半夏的声音,冬青声音就哽咽了,她怕娘听出她声音的异样,便谎称有事,急忙挂了电话。她把手按在胸口,眼泪止不住流下来。

把半夏放在娘家,给娘压上了一个沉重的大包袱,她不忍心再给娘心添牵挂和不安。

她用手帕擦着泪水,在外的艰辛,说得出来的,说不出来,她都一个人默默忍受着,自个儿往肚里咽。

冬青不仅能听懂,并且能说一口流利的白话了。她对客人谦和有礼,行事又大胆泼辣,深得方经理信任。她聪明伶俐,又肯吃苦,很快就提到了餐饮部大堂副经理。

春节的时候,冬青把节省下来的工钱悉数交给娘,替小哥哥还了治病的贷款。更让一家人欢天喜地的是,冬青还趁酒店电视机更新换代,低价抱回一台二手的黑白电视机。每天吃完晚饭,麦子的娘,光头的爹,只要有空,就搬条凳子来看电视。

5

街旁的桂树上已含了小小的花苞,像藏着许多细微的秘密。路旁的铁栏杆处,几棵瘦竹探出头来,像瑶乡的毛竹。女贞树上长出一些新绿来,陈叶未凋,新叶却已长出,让这深秋的季节,颇有了一些春的意味。冬青想,自己每天脚步匆匆,没想到这样一个必经的园子,还有许多不曾细察的风景。

来到酒店,见那位叫大伟的广州本地客,又带来了一大帮朋友。

他是个房地产老板,常到酒店吃饭。冬青热情地招呼客人在包厢内坐下来,他知道冬青来自湖南瑶乡,因喜欢她的伶俐活泼,每每点名让她来递茶倒水。

大伟把大哥大竖在桌上,跟冬青说:"阿青,帮我泡了壶苦丁茶来。"

冬青泡了茶端上来，一一倒在茶杯里，微笑着垂立在侧。

一桌人热热闹闹地吃饭，大伟买完单后，因急着回去签一份重要的合约，忘记把大哥大拿走了。

冬青心想，看不出这人猴急的，连这么贵重的东西都忘了拿，她赶紧交到收银台那里。

大伟忙完工作，想起那只丢失的大哥大的时候，已是晚餐过后。

他一到店里，冬青立即把他的大哥大拿来递给他。大伟从包里拿出几百元钱，说要感谢冬青替他拾到了手机。

冬青急忙推辞，您是我们的客人，帮您看好东西是分内的事情啊。

大伟便说要请冬青外出吃饭。冬青一个劲地拒绝："这是我该做的事情，用不着请吃饭的。"

冬青接到大伟打来的电话，完全是那种大哥对小妹的口吻，"晚上一块吃晚饭好吗？"冬青犹豫着，电话那边略安静了一会儿，不等她答应，便用很肯定的语气说："那么，我来接你，就这样定了罢！"

冬青下班时，果然看见在离酒店不远的街角停着大伟那辆乳白色的奥迪，大伟把车窗玻璃摇下来，冲她招招手，一脸温和的笑。

冬青推辞不掉，只好上了驾驶室的右座。两人驱车来到花城大酒店，选靠窗的座位坐下。

大伟让冬青点菜，冬青微红了脸，浑身不自在。她一来广州便在酒店当服务员，从来都是立在客人身边，为客人端茶递水，还从没像模像样地在酒店坐下来吃过饭呢。

她摆弄着眼前的青花瓷碗，一颗心突突地跳得厉害。

和大伟单独坐在大庭广众之下，非亲非故的，让人看见，说不定以为自己是个轻浮、不知检点的女子呢，那样可不好。她说："我没所谓的，你点什么都可以的。"

服务员说店里有新上市的大闸蟹，大伟便说，来四只吧，冬青一听一只要168元，骇了一跳，立马摆手制止："别介，这么贵啊，我不吃了。你实在要点的话，就点一只你自己吃吧，我吃点青菜就好了。"

大伟说笑着说："没关系的，不就是只蟹吗？要不是你帮忙，我的大哥大都掉了,算算,能吃多少只蟹啊?"

冬青这才不吱声。她再也不让多点菜,大伟点一道菜,她便制止道:"够了够了,吃不完,浪费了多可惜。"

大伟笑着说:"还没吃呢,浪费什么啊,再说,我挺能吃的呐。"他不由分说地又点了四五道菜。

大闸蟹上桌后,冬青不知该从哪里下手,又不好意思问大伟,弄了半天,只勉强把几个蟹腿掰下来,放到嘴里嚼了嚼,没吃出特别美的味道。又连壳带肉地咬下蟹螯,这才看到一点嫩白的蟹肉。她用筷子剔出来吃了,味道倒也鲜美。

最后剩下只圆溜溜的蟹脐,冬青咬了一下,见丝毫没反应,想,这东西贵得离谱,还这么坚硬,要用手掰开那硬壳,又不知从哪里打开。

正发愁呢,大伟从她手里接过来,把蟹身翻转,动作娴熟地掀开蟹腹部的白盖,把它扯下来,露出里边金黄的蟹黄,大伟说:"螃蟹最营养的部分在这里。"

冬青不好意思地接过来:"我以为这个圆溜溜的东西尽是硬壳,没法吃呢。"她咬一口,道:"果然味道鲜美,与我老家小溪里的蟹不可同比。"她边吃边感慨。

大伟只是微笑着,看着冬青吃。

冬青被看得颇不好意思,说:"你是不是在心里取笑我没有淑女状?"他摇了摇头,说:"不,我倒很欣赏你这种自然、不造作的性格。"

服务员帮她换了干净的碟,她回想自己刚来广州酒店见工时的尴尬事,当笑话说给大伟听,把大伟乐得直笑。

大伟叫服务员拿来一瓶酒,给冬青也倒了一小杯。冬青想起娘酿的瓜箪酒,忍不住又给大伟说故事:

"八仙之一的铁拐李路过永州,一时顽性上来,想试探一下人心。他从怀里掏出个破葫芦,挨家挨户向人讨水喝,因为他穿得又脏又破,且又懒又拐,没有人愿意舀水给他喝。

当他经过瑶村时,好心的村民倒给他一碗米汤水。

铁拐李因感念瑶村民风纯朴，便用铁拐戳地穿井，这口井形状像酒瓮，2米深，七十公分宽，沿壁长满了碧绿的青苔，井底有一个铜钱大小的泉眼，不断地往上涌泉，形似莲花盛开。

这口井流出的不是泉水，而是美酒。村民靠买酒为生，过上了丰衣足食的日子。

若干年后，村里出了个懒汉，不务正业，又好酗酒，他嫌去舀酒太远，就把溪水掺进酒里挑到集市上去卖。

铁拐李知道后，生了气，在天空向井口遥遥一指，从此这口井便不再产美酒了，但用这口井里的泉水酿出来的酒，却依然甘醇如故，可以贮存千日。

小时候，总是跟娘去井里挑泉水，然后把米淘洗干净，浸泡几天之后，米渐渐软了，用手一捏，能捏成粉状。娘把水先放到锅里煮一下，然后再捞出来，装到那口被柴火熏得墨黑的饭锅里，架到灶头，娘在灶间添柴火，烟熏得她眼睛酸酸的，直流泪。

蒸好米饭，娘用竹筛摊开散热，冷却后，再轻轻撒上一层捻成粉末状的酒曲，均匀地拌在米饭中。再把米饭盛到葫芦里，用厚厚的棉布密封保存。娘说，不能揭开锅盖看，那样会跑了酒气，米饭就醒了，酿不成酒的。

两三天后，米饭发酵好了，将锅盖轻轻揭开，酒香四溢。酒糟香香甜甜的。娘开始蒸酒了，她系着青蓝色的头巾，围上蓝色印染布的围裙。

水蒸气沿着锅沿，再沿着粗粗的竹竿，不断地滴入酒瓮，整栋房子里香气弥漫起来。

娘用瓢舀一点尝过味道后，脸上的笑容便如菊花般绽放开来。"

大伟竟听得有些发呆，原来天下竟有这么好喝的米酒，想象着这样一幅美妙的人间景象，心里竟微微地醉了。他对冬青生长的地方又好奇，又感慨，道："冬青，你这么好的口才，人又聪明伶俐，若是继续学业，考上理想的大学，一定是个了不起的人物。"

冬青心里微颤了一下，勉强笑了一下，当初自己不得已放弃读书，是内心深处的不可触碰的隐痛。

　　这时，夜幕已完全落了下来，城市里华灯初上。刚下过雨的街道干净极了，窗玻璃上隐约可见冬青粉黛不施的脸，大大的双眼皮，俏而挺的鼻子，笑起来时，嘴角优雅地向上展开一道弧线，纤尘不染的样子。

　　一位卖花的小女孩走过来，她怀中有一大束玫瑰，其中竟有少许紫色的玫瑰，从没见过紫玫瑰的她，一下子便被这些与众不同的紫玫瑰吸引住了，眼里露出惊喜的神色来。

　　大伟付了款，把小女孩手里仅有的几朵紫玫瑰全挑了出来，递给冬青。冬青不好意思，把它们置放在洁白的餐桌上，显得古朴而典雅。大伟说，紫玫瑰是台湾的一个品种，最为难种，花开的也少。

　　临座忽然响起了热烈的掌声，一辆载着巨型蛋糕的餐车正驶过来。原来，一位头发斑白的教授在此度过了他六十岁的生日，学生们为他点唱了一首《九百九十九朵玫瑰》，冬青颇受感染，和着节拍跟唱起来。

　　大伟颇有些心动，他已经许久没有这样放松、这样开心了，很多时候，他的生活如同上了发条的机器，不停地连轴转，没完没了地应酬，没完没了地举杯，心早已麻木了。

　　大伟点唱了一曲《透过开满鲜花的月亮》，他手持话筒，眼神看着冬青唱道："你像那天上月亮，停泊在我的心房……"

　　歌词婉转动人，冬青心里隐约有一种说不出的感动。她心里忽然想到一个词："美好"。是的，这是一种从未有过的美好的感觉。

　　大伟说："好久没这么轻松地吃过一顿饭了，平常陪客户，不管心里高不高兴，总得堆个笑脸。"

　　吃饱喝足后，大伟叫来服务员买单，冬青见大伟掏出一大沓钞票，心疼地说："呀，这顿饭怕是吃了一头猪的钱了，多浪费啊。"

　　大伟笑了："阿青啊，这点钱算什么啊，人生最重要的是开心。"

　　冬青道："养一头猪要用一年的时间呢，得打多少斤猪草啊，多不容易啊！"

　　她忆起小时候打猪草的时光，竟恍如隔世了。

　　大伟说："我又不养猪，赚钱不用那么辛苦的。"

临走时，冬青觉得剩菜可惜，重又坐下来，仔细把汤里剩下的虫草、老鸭捞出来，递到大伟碗里，让他吃。自己又多吃了些。

实在撑得慌了，她才站起身来，正要离席时，又回身看了一眼饭桌，瞥见桌上那杯红茶，还剩了一小半，想想也是花了几十元一杯，不喝多可惜，便端起茶杯把剩下的茶一饮而尽，道："别浪费了，都是花钱买的。"平白花了大伟这么多钱，仿佛不全吃到肚子去，就对不住人家似的。

小商冬青又手脚麻利地把剩下的菜打好包，要大伟带回家去。大伟说，自己老婆孩子都移民去了美国，不在家里开伙的。冬青便说，自己的表姐明天过来玩，带回去让她尝尝吧。

大伟看着她认真的样子，笑了。

从餐厅出来，大伟送冬青回去。

大伟一边驾着奥迪车，一边随意地与冬青说着话，快到宿舍时，冬青怕引起同事不必要的猜测和议论，让他在离门口几十米远的地方停车。大伟打开车灯，一直照着冬青进了门。

大伟目送着她的背影，心里竟突突地，像有只小鹿在撞，他不由得笑自己：这是怎么了，都刀枪不入的年纪了，难道会为这个小姑娘动了心？

6

一大早，表姐小红就过来了。她细长脸，五官还算精致，只是两只眼睛像生分了，彼此疏远着。颧骨又稍稍突出，加上个子又高挑，整个人看起来颇像一只长腿的鹭鸶鸟。

她扬着眉梢，告诉冬青，同事给她介绍了一个广州本地男子，一会儿去天河百货公司门口会面。

她比冬青早来广州几个月，在黄埔区一家饭店当服务员。从老家出来打工后，她越发看不起在瑶村的土鳖老公，好不容易离了婚，很想在广州这边找一个。

她见桌上打包盒里上印着的"花城大酒店"几个字，便瞪大眼睛，夸张地啧啧："哦唷，真看不出来，你发财了呀，去这么高级的五星级酒店吃饭？"

冬青脸上涩涩的，说，不是啊，是一个朋友请客。

小红用颇暧昧的眼神横了她一眼："哼，可别骗我，说，你们俩都到哪一步了？他这么肯为你花钱？"

冬青就急了，用手点着她的额头道："看你都想到哪去了？成天想些乱七八糟的东西，也不怕想晕了脑壳。"

小红缠着细问，冬青就说是店里的一位叫大伟的常客，有一次不小心把大哥大丢在饭店了，她捡到后归还给了他，他非要请她吃顿饭答谢。

"原来这样啊！"小红说，"你真傻，不知道留下来自己用啊，那吃他一顿还算便宜他了呢。"

听说大伟老婆孩子都去了美国，小红眼睛里放着光，嘴上却不再说什么。想，别看冬青这家伙傻兮兮的样子，却总是比自己好运。上学时成绩好，出来打工居然还这么好运，找到好的酒店不说，认识的客人也这么上档次。

小红精心梳洗打扮，拿了冬青的水晶发夹别在头上。临出门时，还特意把一本新买的《知音》杂志牢牢地扣在手里，冬青见了她这个动作，有些奇怪，问："什么时候变得这么爱看书了？"

小红故作神秘地抿嘴一笑，说："不兴我也文艺点啊。"

她昂着头，嘴里哼着小曲出门去了。

坐了差不多一个小时公交车，小红终于赶到了天河百货门口。

小红盯着过路的小车看，猛然看到自行车停靠点，有一位骑着辆旧自行车的男人，一只脚点地，另一只脚在踏脚上晃来晃去。他手里高举着一本《知音》杂志，正东张西望。

阳光下，他的影子挫挫的，皮肤黝黑，胡子拉碴的样子。小红见了，立马拉下脸，嘴角翘起来，这不明显是个混得不好的衰仔么？

她转过脸去，趁他还没发现自己，赶紧把《知音》收进包里。心里暗骂，这衰仔，昨天在电话里试探他，问他坐几路公交车来，他还说自己有车呢，感情就是这么个破自行车啊，亏他还好意思说得出口。切，文嫂介绍时也不弄清楚情况，让我白跑一趟，真是费时又费力。

她失望地一跺脚，连招呼也不屑跟对方打一个，把长腿一伸，径直跳上一辆公交车。心里恨恨地想：衰仔，让你傻等着去吧。

她转回冬青宿舍，把约会的情形说给她听，把那广东男人贬损了一顿。把个冬青笑得直说肚子疼，指着她说："你这没良心的就专给人放鸽子，还好意思把自己装扮成文艺女青年去哄人，人家好歹还不装呢。"

这话，冬青也就没心没肺地说了，小红却记在心上了，恼冬青看不起自己，越发想找一个条件好的男人给她看。

她嘴上说着："好妹妹，姐也不怕你笑话，改天你见到大伟，让他给我介绍一个靠谱一点的男人，好不好？"她把身子贴过来，右手腻腻地搭在冬青肩上。

冬青受不了她这亲热劲，难为情地笑了笑："我又不跟人很熟，怎么好意思跟人家说这些呢？"

小红便噘着嘴，佯装生气道："好歹表亲一场，连这么点小忙，也不肯帮人家。"

冬青说："好了，好了，以后我替你留意就是了。"

小红这才从桌上抓了一把花生，扭着屁股回去了。

到了店里，文嫂问，人家等你约会呢，你怎么自顾自走了？害人家白等你。

小红鼻子"哼"了一声，说，骑辆破自行车，居然好意思说自己有车呢。

文嫂说："呀，什么破自行车？人家是拆迁户，家里有辆进口小轿车呢。"

小红一拍大腿，糟了，人家这是有意考验我呀，我这什么眼神呐。白白错失了良机，她肠子都要悔青了。

7

瑶村睁开朦胧的雾眼,在一支雄壮的晨曲中醒来。鸡鸣声、鸟叫声,狗吠声,此起彼伏。

外婆起得极早,她穿上小竖领的青布衣,仔细地把从领口绵延到左下摆的布纽扣一一系好。她心灵手巧,在袖口和裤脚绣有挑花的花边。一双脚紧绷在一双窄小的人字形的绣花鞋里,脚背鼓得老高。她在胸前围上绣花的围兜。青布裤肥肥大大的,没有腰身,外婆用一根自己绣的女书花带紧紧系住。

外婆打开百雀灵的盒子,往多皱的脸上搽雪花膏,再把灰白参半的头发梳成一个发髻,用发夹仔细夹好垂下来的几根发丝,抹上头油。往头上套了黑色的布头箍。阳光下,镶在头箍上的绿翡翠闪着光。她这才拢过身来,对半夏说:"乖孙,快起床吧。"

她把半夏从热被窝里拽出来,开始替她梳理头发。把半夏的头发一缕一缕往上拢,梳成了两个朝天辫。皮筋捆得太紧,把头皮扯得生疼,半夏使劲挣扎,外婆用腿紧紧把她夹住。

半夏抬眼看见镜子里现出一个扎着两根朝天辫、圆脸大眼的女孩,嫌土气,立马别过脸去。

炊烟袅袅升起,飘过屋脊,撩过树梢,漫过田野,与那山峦的黛色融为一体。

外婆做好早餐后,把新米饭、菜都端到大门外。又在门上插了一把柳枝避邪。

菜很简单,一碟小葱拌豆腐,一碟霉干菜,一碟腌萝卜条。春雷过后,在那些布满青苔的地上照例能捡到一层薄薄的地衣,外婆把它洗干净,桌上便添了一道不错的美味。

外婆揭开饭锅,在锅沿插一把筷子,然后微闭上眼,双手合掌,口中念念有词。

半夏看着饭锅里袅袅的水雾升腾起来，抱怨道："外婆，风把饭香刮跑了。"外婆立马捂住她的嘴："小孩子千万别乱说，菩萨怪罪可不好了。"等寨神、家神、山神、风神诸路神仙先尝过了，外婆装了满满一碗新鲜饭菜喂狗。

然后才自己开始用早餐。

半夏问："外婆，我们为什么要让狗先吃新米饭呢？"

外婆说，很久很久以前，人间是没有稻谷的，瑶家都靠打猎为生。常常吃不饱肚皮。狗自告奋勇，去天上取谷种。它上刀山，下火海，历经艰辛，见到了玉帝。它在玉帝的谷仓里打了个滚，沾了一身谷种带回来。不料在渡天河时，水很大，它身上的谷种被水冲走了，只剩下尾巴上的几颗。祖先把这几颗珍贵的谷种种进田里，长出秧苗，稻穗结成了狗尾巴的形状。这样，人间就有了稻谷。半夏抚摸着狗说："原来，狗的功劳这么大呀，它是我们的恩人呢。"

外婆坐在苦楝树下吱呀吱呀地纺棉花。半夏见她全神贯注地脚踏纺车，手捏细长的棉花条，随着纺车有规律地转动，从棉药条里不断抽出粗细均匀的白线来，再绕成一个白色的纱锭。在她的眼里，这真是一件神奇而有趣的事情，她摇着外婆的身子，央求道："外婆，我也要纺棉花。"

外婆毫不通融地说："那可不行，这哪是小姑外婆玩的。"

半夏百无聊赖地拿出一根长长的小竹竿，放在台阶上计算时间，太阳晒到半竿时，就该吃午餐了。

外婆终于有些累了，她站起身来，进了堂屋去做饭。趁她离开，半夏立即迫不及待地跷起二郎腿，学着她的样子，捏住棉花条，奋力摇动纺车，吱吱呀呀地纺起棉花来。

只可惜抽出来的线不是太粗就是太细，稍一用力，线就断了，白色的纱锭滚到地面上，吓得她不知所措。

外婆扭着一双脚回来了，她眼睛不好使，重新坐下来时居然没发现纺线已弄断了，摇了几下空纺车，才觉得不对劲："唉，真是越老越不中用了。"她连声责怪自己。她用食指和中指在布满细碎皱纹的唇上沾了些许唾液,把断线部分捻连起来。

一旁的半夏捂嘴偷笑,准备溜之大吉。外婆狐疑地看了半夏一下,明白过来,便恼怒地站起身,抄起一把扫帚作势来打半夏:"看我不打断你的爪。"

半夏见势不妙,急忙跳出门外。

她乘外婆不注意,悄悄穿上她那双笨拙的小木屐走出户外。木屐底厚得像松糕,像踩着高跷板似的摇摇晃晃。

半夏好不容易拐进屋后的小窨窨里。

她在窨窨里铺上松软的干稻草,给自己弄一个安静的、私立的空间。她又偷偷回屋子拿来一本连环画、一小碟白糖,贮存在里边。她弯腰站在只有自己一个人的地窖里,心里充满着温暖的喜悦。

可当半夏拿来自己最喜欢的小布娃娃时,窨窨里已有了一大群不速之客,一群黑色的小蚂蚁正交头结耳,兴趣盎然地吃着白糖。她看着这些贸然入侵的小强盗,便对这个窨窨失了兴趣。

因为穿着笨重的木屐在院子里来回不停地走动,一不小心,她在坪前摔了个仰八叉,摔得浑身都是泥。外婆指着半夏,又气又恼地骂:"看,你个冒失鬼,老天都不容你。"

然后又一把擒过半夏,换上干爽的衣服。

半夏摔得浑身酸疼,心里有些气恼。她无意中看到外婆的水烟壶,外婆高兴时总是把它抽得"吧嗒吧嗒"作响,一副惬意的样子。她偷偷把烟壶肚里的水倒空。

外婆烟瘾上来,取过水烟壶,捻了点旱烟丝放在过滤嘴上,"吧嗒"两声,呛得直咳嗽。摇摇壶身,壶身空空的,看见半夏在旁边偷笑着,才知被半夏算计,她瘪着缺牙的嘴,骂道:"你个前世的小冤孽,看我怎么收拾你。"

半夏低着眉头,咬着唇,笑着逃出门去。

半夏立在门前,看见溪水里,一只竹筏棹水而来,竹筏上坐着一个陌生的男子,下了竹筏,这人竟往外婆家走来了。他说自己是县方志办的老李,来采写瑶歌的。听说半夏的外婆会唱女书,特意前来探访。

半夏告诉外婆有人找,外婆给客人泡了壶苦丁茶,就边织花带,边开口唱起女书歌谣来。老李按下了录音机,又摊开了纸笔。凤尾竹上,清脆的鸟鸣声做了伴音。眼前是满眼的碧绿,耳旁是狭长的叶上,有着大滴的凝露落下竹笋,"噼叭""噼叭"地响,那是竹衣脱落,竹笋拔节成长的声音。

半夏坐在桂花树下的秋千架上,一边轻摇着,听外婆唱女书歌,外婆唱得韵律古老、绵长,她似乎沉浸在对往昔的追忆,有时唱着唱着,会微闭了眼睛。

老李聆听着,每听完一曲后,他都鼓掌称赞,请外婆用当地方言翻译一下歌词大意。

8

田野里、山岭上的旮旯落里,各种花次第开放起来。半夏把耳朵悄悄贴近一只淡蓝色的小喇叭,那是山野里随处可见的牵牛花。她想看看,它能不能像话筒一样,传来妈妈的声音呢。

小小的三叶草,开了五瓣的小红花,像小星星似的。外婆和她说过,能寻到四叶草的人是幸运的。半夏细细找寻,期待着能寻到一株幸运的四叶草,让她早些见到妈妈。

外婆递给半夏一颗地菜子煮鸡蛋。说:"小丫,走,给外公上坟去。"

外婆往竹篮里放了一块收藏很久,舍不得吃的腊肉,一条腊鲫鱼,几块豆腐干和小半瓶米酒,用蓝色印花布手帕细心地捂着。拎着些香和纸钱,领着半夏去对面的坟山。

阳光正好,外婆走在前面,随手拨开那些探进竹篮的草。路上有一条狗狂吠着,吠声又引来几条狗。外婆告诉过半夏,爱叫的狗不咬人,别看它们叫得凶,其实都是虚张声势,不会真咬人。真正要提防的,是那些不叫的狗,它会一声不响地跟在人的脚后,突然就扑上来咬一口,让人措手不及。

坟山上到处是密密麻麻的小土包似的简易坟堆，有清脆的鸟鸣声传来，此起彼伏，像一支支森林之曲，几簇火红的芭蕉花恣意开放着。

夜里，能看见一团团鬼火在这里游来荡去，半夏心中悚然，对这里怀了惧怕之心。任怎么风景优美，她平常都不敢上这儿来玩的。

外婆在一处馒头状的坟头停下，杂草丛中立着一块青板墓碑。她对半夏说，这是你太公的墓地。

外婆掀开蓝印花布，把竹篮里的腊肉、鱼等用碟子一一摆好，放在墓前，拿出香和纸钱来，给太外公烧了些纸钱。她微闭着眼，口里念念有词，半夏听不见她在说些什么。

外婆又摸了摸半夏的头，对着坟头说："您的曾外孙女半夏来看您了，你瞧。她长得多高呀，您要好好护佑她啊。"

天风吹过，树叶飒飒作响，是太外公在天之灵的回应吧？半夏跟着她虔诚地磕了几下响头。

外婆把盛着腊肉、鱼等碟子收拢放到竹篮里，又朝外公的墓地走去。

由于害怕，半夏寸步不离地跟在她身后。

她们在竖着青石墓碑的坟前停下，坟头长满了青草，外婆重又把东西从篮里拿出来摆好，蹲在地上烧纸钱，一边说："老头子啊，你快捡钱吧，别让野鬼们拾了去啊。"

她小心地护着燃烧的纸钱，看着风把灰烬刮上了天，扁平的鼻子忽然一扇一扇的，哭出声来："老头子，你何解那么忍心，留下我一个人好死不死，带我一块走吧。"

泪水顺着她满脸的皱纹蜿蜒而下。外婆哭喊着他的名字，那个性情暴躁又心地善良的男人；那个隔三差五对她吵闹不休的男人，那个先她而去阴阳相隔的男人。

半夏红了眼圈，想，这小小的黄土包里，葬着自己的外公，她都记不起他长什么样子，但她心里也有了些疼痛，有了些说不出的委屈。

外婆俯下身子，一边用手拔除坟头疯长的杂草，一边哭着絮叨树老根多，人老话多。哭着哭着，外婆突然一屁股坐在地上，拍着大腿放开腔嚎哭起来。她有板有眼地唱着，数落着生活的艰辛和自己的孤独，哭得一把鼻涕一把眼泪，仿佛要将一生所受的委屈在这一刻哭尽似的。

这是半夏始料不及的，她心里不免有了些害怕，不知该怎样安慰她或是阻止她。

这样哭诉一阵之后，她扯过半夏，按住她磕头，又喋喋不休地诉说儿女们的近况，说到冬青时，她换了种欣慰甚至是骄傲的语调，说女儿多棒呀，都给家里买回电视机了。她的哭腔变得有些圆润优美的感觉。

半夏压抑紧绷的心这才稍稍放松下来。她追着草丛里的蚱蜢和蝴蝶玩。

半夏外婆又带着半夏去到花山庙焚香祭拜。花山在层岭之麓，山上的石头玲珑如花开。相传唐时谭姓姊妹学佛修真，入山采药，坐化于此。所以，外婆每年都会手持女书折扇，高唱着祭奠。"一心只想黄朱路，不想世间路上行。人的楼中日好过，是我楼中没日欢。从朝望到黑，没日有朝惜恨身。"见外婆对着一块手帕唱得格外凄凉，半夏的鼻子也有些不舒服了。她在低缓哀怨的歌声中，低低地俯下身子，看见一行黑色的蚂蚁正在搬家。一块小小的石子如大山似的挡住了它们前行的路，它们用触角不断商量着破解的方法。半夏轻轻移开了石子，蚂蚁们对这突然的帮助充满了感激，竟然用触角向半夏行鞠躬礼。

半夏抬眼看见一丛黄花，开得美丽妖娆。立即好奇地飞奔过去，正要伸手摘下的一刹那，被外婆一把拽住了衣领。她厉声呵道："这是老虎花，不能碰的。你记住了，好看的花有些是有毒的。"

半夏吓得都不敢再看一眼，生怕看坏了自己的眼睛。回来的路上，外婆默不作声，仿佛和谁怄着气似的，哭过的脸上浮着两个大眼袋，瘪着嘴，扭着一双脚，只顾自己往前走，她看起来那么虚弱无助，像大病初愈的样子。

半夏小心翼翼地跟在她身后，生怕惹她不高兴。

9

春夏之交，门前的苦楝树也有着繁忙的花事，热烈地开了满树的花朵。苦楝花是淡紫色的，虽远不及桂花的幽香，但香气却是淡定而悠远。在绿叶的轻颤中，半夏仿佛听见她心里无数的叹息声。

繁花过后，苦楝也会结出一大串一大串的果实，那些椭圆形的果子，小巧精致，状如红豆，起先是嫩绿的，成熟之后变成黄色。这些玛瑙般的果实，总是一再勾起半夏的食欲，让她隐忍不住地向往。

外婆生怕半夏馋嘴，告诫她说："苦楝的果子是可以入药的，不过不可以生吃，吃了会消化不良。"半夏吐了吐舌头。

然而，越是这样，就越是抵挡不住那些果子的诱惑。终于，半夏趁她不备，偷偷地搬了凳子，摘了一串，终是不敢品尝，就那样久久地护在胸口，闻着那股淡淡的果香。

和苦楝树并排站着的是几年前外婆从同外婆家挖来的两棵枣树。

枣花开时，馥郁的芳香会引来无数金黄的小蜜蜂。它们在阳光下嗡嗡着，在花丛中飞过来飞过去，几乎算得上热闹喜庆了。

不久，树上就结满了米粒大小的枣子，小小的、青涩的，贪吃的鸟雀们便迫不及待飞过来偷吃。

它们叽叽喳喳，边吃边喋喋不休地发着议论。惹得半夏也隐忍不住，去树下偷尝了一颗，她吐了吐舌，青涩的。

等到过了处暑，枣子才真正香脆可口起来。这时，低矮处的已被半夏摘吃完了。

外婆用细长的竹竿把枣轻轻地敲落下来，落得草地上、花丛中、溪水里到处都是。半夏捡拾起来，满满的一大筐。

外婆把这些枣分成许多份，挨家挨户地送。

外婆把最红的最甜的，送给了同外婆。同外婆家的老枣树长了疯枝，不能结枣了。同外婆看见半夏，说，长这么高了？她出谜语给半夏猜。刚巧一阵清风入竹，竹林飒飒作响，同外婆便说："高山翻竹尾，平地走江湖。将军抓不到，皇帝奈不何。"半夏眨眨眼，说："是风。"

同外婆说："真聪明"，她又出："三百六十人吃饭，二十四人当家。到了年终结账，一个不在家。"

半夏这下愣住了，她想不出来。同外婆说，是二十四节气呀。半夏从同外婆口里知道清明、谷雨这些节气。她饶有兴趣地背诵起来。

回家时，同外婆从箱底拿出几尺布料，送给半夏做见面礼。外婆把布拿回家后，准备染上颜色给半夏做衣服穿。

她把染料倒入烧沸的水中，然后把事先打湿的布料放进去来回翻动。

外婆会把这布染成什么色呢？半夏满怀期待。

外婆在灶底下添柴烧火，不断地搅拌着锅里的布料，捞出来摊平晒干后，布染成了褐红。

外婆给半夏量了尺寸，替她缝了一套新衣裳。在领口绣了只展翅欲飞的凤凰。袖口和下摆处，绣了几朵喇叭花，每一个花蕊里里藏着一个细长的女书字，合起来是：花开富贵。外人不仔细看，根本想不到这是一种文字。

10

不知不觉中，冬天又来临了，枯黄的树叶叹息着，向苦守了一季的墨绿的大树告别。

瑶村下雪了。雪粒子噼里啪啦落地，砸起一地的脆响，在雨水里倏忽就化了。

这样的天气，最是让人冷得难受，而又不至于绝望的，只是生生让人觉得难挨。

雪越下越大，轻盈的雪花儿只管纷纷扬扬，漫天飞舞。风夹杂着冷冷的雨雪，无孔不入。

屋上的青瓦变成了银白色，道旁的竹子被雪压弯了腰，似一群勉强道万福的女子。

半夏穿了件崭新的粉色棉衣，笑起来还露出一对甜甜的酒窝，像从年画上走下来的福气娃娃。她在阶基上一不留神脚下一滑，险些跌倒。

外婆笑道："年关尚早，你就忙着大拜年了，记着走路要看清脚下。"

半夏在院子里堆雪人，她找来一截红红的胡萝卜替雪人做了个鼻子，又捡来两只小煤球做眼睛。几只鸡瑟缩着从庭院走过，在雪地里踩下无数"个"字，似绵延的一串串惊叹号。大黄狗，在雪地里印出好多梅花印。

堆好雪人后，半夏嫌玩得不过瘾，又去池塘里捞上了一块厚厚的冰块，握在手里，弯着腰，用一根稻草对着冰块使劲吹气，热气慢慢地把冰块融一个小洞，她用稻草从小洞里穿过去，把冰系着，神气十足地提回家。

外婆见了，吓得大喊起来："哎哟，姑娘家哪有这样疯玩的？"

到了晚上，半夏双颊通红，发烧了。

外婆摸索着点亮煤油灯去厨房，用黄豆和紫苏梗文火煎熬，把半碗汤水让半夏喝下去，半夏迷迷糊糊地睡着了。

冬青打来电话，外婆怕冬青操心，没有告诉她。好在半夏抵抗力好，几天后，又活蹦乱跳起来。

11

冬青换了工作服去上班，正要找那只水晶发夹，这才记起，早已被小红戴走了。

她摇摇头，只得把头发重又放下来，用素色手帕随意地将头发挽了个马尾。

出得门去，看到路边有几丛绿绿的狗尾巴草，悠然地散发着乡村童年的味道，忍不住欣喜地伸手触摸了几下。

一只黑鸟忽然跳到她跟前，细脚伶仃的，瘦且丑，尖细的嘴几乎要啄到她的脚了。把她吓了一大跳，细看才知道是邻居豢养的一只乌鸦。

在瑶乡，乌鸦被视为不吉利的鸟，有道是"乌鸣地上无好音"。她不禁有些厌恶，狠劲跺了一脚，把那乌鸦吓了一跳，嗓门粗哑地"嘎嘎"叫着飞走了。

冬青正低头想心事，冷不防酒店的门卫递过来一份电报，冬青接过来一看，是叔叔发来的。只简单地写着："娘腿疾速归。"

因电报是按字计价的，叔叔一方面节省电报费，一方面又担心写得太过详细，怕冬青承受不了。所以修来改去，只剩下这么简短的几个字。

冬青心下揣摸，娘那么要强的一个人，如果不是重病，怎会让叔叔拍来电报？

冬青越揣摸，越觉得害怕，怕万一娘有个三长两短，自己这一生就再没个依靠了。

她不由得手脚疲软，像被人抽去了主心骨，倒在了地上。

一位小姐妹扶她在大堂坐下，给她倒一杯白开水，劝道："也许并没有你想象的那么严重，你赶快请假回去看看你娘吧，不要自己把自己吓坏了。"

冬青这才起身，向方经理告假。提起自己苦命又好强的娘，止不住又泪往外涌，方经理略劝了两句，让她只管放心回去，好好服侍母亲，店里的事情交给其他员工做就好了。

买票的队伍像长龙，轮到冬青时，当天的火车座位票已售完，她只买到一张站票。她一只手拎着包，一只手紧捂着装着工钱的口袋，挤进热浪翻滚的绿皮车厢，站了好几个小时。瞌睡虫来了，她怕睡着了钱被小偷偷走，只得使劲摇晃一下脑袋。到了后半夜，她求别人好歹让她挨半边屁股坐下。身子悬着，心里七零八落的，惶恐着，好不容易挨到天亮，火车进了站。

下了火车，她一刻也不敢耽误，又转汽车，回到老家的县城里，一路小跑到了叔叔家。

见冬青跑得上气不接下气地回来，娘乌黑内陷的眼里，闪过一抹惊喜。她勉强从沙发上站起，痛得咧着嘴，冬青连忙制止她。她瘦得皮包骨，整个人像得了脱水症，两条腿已严重变形，眼睛肿得只剩下一条细线，鱼尾纹像深深地刻在眼角了，怎么也抹不平的样子。

娘才60几岁，只是短短的几个月时间，病魔不仅无情地褪去了娘的容颜，又肆虐地把她折磨成这般模样。

叔叔把冬青拉到一边，悄声说："医生说你娘得了骨癌，要去省城里进一步检查确诊。"

叔叔的这句话，如同晴天霹雳。纵使头脑里有千万种设想，她也没想到娘得了这种恶疾，她含了泪，心疼得像要炸开来。娘的病片刻也耽误不得，她即刻启程，和三哥一道坐长途汽车送娘去省城医院。

叔叔家也没多少余钱剩米，他悄悄拿出几百元递到她手里："冬青，我是手长袖子短，心有余而力不足啊。"

叔叔小时候就被带往外姓人家收养，到十八岁参加工作后，才认祖归宗。可自己家里七八口人，全靠着他夫妻两个人的微薄工资度日，捉襟见肘。

但叔叔是个仁义之人，凡事替他人着想。事无巨细，到了他这儿总想有个万全之计，但人的能力毕竟有限，他纵是天亮走到黑，把脑袋也替别人当脚走，也无非是劳心劳力，枉费心机。

冬青一路扶娘几经转车，和三哥一道，到了省城医院，挂了专家门诊，一看，走廊上里三层外三层地排满看病的人。好不容易轮到娘了，开了CT单，经过仔细检查，老医生摇摇头，说是骨癌。癌细胞已经转移的话，再长也活不过半年了。

冬青的泪一下子就涌出来了，她把一个月的工资全部掏出来，一把塞进医生口袋里，央求道："医生，求求您了。"

老医生还给她，说："你这是干什么呀？"

"求您想尽办法救我娘一条命。"

医生沉吟了片刻，说，"要不，还是做个切片检查吧，如果癌细胞还没有转移的话，截肢治疗，也许能多活两年。不过，得花费一笔不菲的医疗费。"

听医生这么说，冬青马上拉三哥到一边，说："我们兄妹五人，凑钱给娘救命吧。"

三哥弯着腰，坐在医院走廊尽头的椅子上抽闷烟，半晌不表态。

他脚下已丢了一大堆烟屁股，冬青和他说了一大堆道理。三哥又点燃了一支烟，烟灰一点点地往下掉，眼看着红红的火星又燃到了烟屁股，快烧到手指头了，三哥还是面无表情，一声不吭。

冬青急了，使劲摇晃他的肩："你倒是说句话啊？"

三哥抬起头，布满血丝的眼与冬青对视几秒，半天只挤出来几个字："娘都病成这样了，估计也难治好了。"他满面愁云，抖落的烟灰，有几丝差点落到她的裙上。

冬青说："那你也得拿个主意，不能眼看着娘病成这样撂下不管吧？"

三嫂见冬青逼着三哥表态，忍不住蹦跶出来，说："你不要老缠着你三哥扯东扯西没完没了，他上面还有大哥二哥，有本事你找他们做主去吧。"

冬青一肚子火正没地方出，见三嫂插嘴，便直视着她，话语像机关枪似的扫射出来，说："这是我们兄妹之间的事情，有你说话的份？你不是我娘身上掉下来的肉，外人怎能体会到娘亲生病的疼痛。"

嫂子没想到冬青会说出这种话来，像吃了火药似的，这么强势，完全没把她这个嫂子看在眼里。脸上挂不住，呼啦一声跳起来："好，我是外人，我走，我走！"一面哭，一面要拉走三哥。

三哥一时心头火起，猛然站起身来掀了她一个耳光："你一天到黑除了乱吼，还懂什么？"

三嫂本想趁势耍赖，拉上三哥走人，没想到他丝毫不接砣，就横着身子，冲他身上撞过来。不料被三哥打了一巴掌，便死劲撒着泼哭："好，你们兄妹一起欺侮我。"

三哥道："还好意思哭，你这个芋头婆，亲情是什么？打断脚还连着筋哪。"

看三哥是真伤了心，动了气，三嫂也不敢再说什么。她捂着大脸子，蹲下身来嘤嘤地抽泣着。

娘拄着拐杖，从病室里一拐一拐走出来，她抹着眼泪，咬着牙说："我是前世作了孽，得了这种病，做手术也是个废人了，顶多也是多受苦，别浪费你们的钱，连累大家日子不好过。"

她说什么也不肯再做切片检查，片刻也不肯在医院停留，即刻要动身回家去。

冬青长叹一口气，只恨自己没本事赚大钱，连至亲病了都无能为力。见娘执意要回家，冬青只得收拾了行李，和三哥搀着母亲，仍旧挤了长途汽车，回到村里。

12

瑶村的荷花败尽，只剩些深褐色的残枝，在秋风秋雨里飘摇不定。

夜，又不可遏制地来临，秋蝉扯着嗓门，冤魂似地反复吟唱："实际呀，实际呀。"

冬青和娘并排躺在黑暗中，耳旁传来娘压抑的呻吟声，冬青心里一阵阵绞痛。

看着那一弯下弦月落寞地挂在树梢上，冷冷的清辉，在婆婆的树叶中渲染开来，似随意绘就的一幅水墨画，又似人生旅途若无若有的灰色暗示，她心里悲凉，嘴上却不知道说些什么话来安慰娘。

每日里来探看的三姑六戚也不少。也无非是说些无关痛痒的宽慰话，或是一些道听途说的土方子，也别无他法。

娘剩下的日子已经不多了，冬青不敢把医生的原话告诉娘，也不让哥嫂他们说，只想陪娘尽量过好余下的日子。娘虽不问，却一切了然于胸的样子。这些年来，她苦撑着这个家，起早贪黑的，累得像头驴，唯独没有照顾好自己。

娘重病在身，自己既不能筹措医疗费，又不能替她分担痛苦，只恨不能替娘生这场病。冬青不由悲从中来，泪水汹涌而出，又怕娘听见她哭，只得扯住被角掩住口，低低地抽泣着。

娘疼得实在受不了，在床上翻来覆去地呻吟。冬青起身找了一片安定，又从暖水壶里倒了一杯开水，扶着娘吃下去。

听人说土豆汁能治癌，冬青就把土豆切成细丝，用土法子榨成汁，劝娘咽下去。

娘越来越依赖冬青，精神稍微好一点的时候，就断断续续跟冬青说些体己话，跟她赶着时间把旧岁里那些陈谷子烂芝麻的琐事，翻出来跟冬青说。

娘说，刚嫁到瑶村那年，阿婆就得了恶疾，虽日夜用心伺候，阿婆还是走了，可怜你叔叔那时还是个刚满两岁的娃儿。阿婆走后，阿公一心想续弦。后来阿公认识了一位保定婆娘，想娶作填房，但保定婆嫌你叔叔碍事，就让阿公托人给你叔叔寻了个人家，把他送到了二十里开外的一对没有生育孩子的老人手里入了另籍。你爹打小本来身子骨就弱，又因为她挑拨，常常无故受到责罚。

保定婆盘腿坐在太师椅上，把切碎的烟丝儿抹到水烟壶上。吧嗒吧嗒地抽着烟。她肥胖的手指，被烟熏得蜡黄。一双眼睛滴溜溜地转着。自从进这个家后，家务事一概不闻不问，除了喜欢涂脂抹粉地打扮外，每天只管吊着个水烟袋，一口一口地吐着烟雾。

等阿公回来，她在阿公面前撒娇作嗲，把阿公赚的钱悉数收了去。这倒罢了，还常常挑拨离间。有一回，硬说你爹偷了她一帧烟叶，阿公一生气，操起一张凳子就朝你爹扔来，打落你爹一颗门牙，好在他躲闪得快，要不然不死也得脱层皮。

"巾扇年年逢五月，歌喉婉转出山林"，娘和姑姑去花山庙唱女书时，阿公已挑着补鞋担外出赶集去了，娘和姑姑合计着对付那个保定婆。

保定婆搬了架梯子，扭动大屁股，吭哧吭哧地从楼梯口爬上楼去了。

见她上楼，姑姑便给娘使了个眼色，两人悄悄把梯子撤了。

保定婆取了东西，伸出一条腿下来探梯子，半天没有探到，她俯身一看，见梯子已不在楼梯口，吓了一大跳，下不了楼，急得又喊又叫的。

姑姑和娘装作没听见，照样该干嘛干嘛。

阿公回到家后，保定婆一把鼻涕一把泪地把这事儿告诉了阿公，姑媳俩少不了受到责罚，可那保定婆死活也不愿意待在这个家里了。

娘养了几只母鸡，也老不见母鸡下个蛋，一次中途回家，见保定婆正慌慌张张地往床下藏东西，便悄悄跟过去看，看见床下有一个灰色的瓮，里边装满了白花花的鸡蛋。

她忍不住去向阿公投诉。

阿公不相信："你说的是真的？"娘使劲点点头。可是，等娘带着阿公再去保定婆房里看时，那瓮已经不见了，更不用说鸡蛋了。

娘的脸一下子成了猪肝色。她不声不响地的寻起来，果然，在保定婆的木箱里找到了。被娘当场揭穿，保定婆脸上挂不住，提上蓝印花包袱，走了。临走时，她对阿公说，这家的女儿、媳妇个个像杨门女将，指不定什么时候落在她们手里。

"也不知她后来怎样了。"黑暗中，娘叹着气。她心里还有些不安，自忖当时做得分了点，毕竟人家也不容易。

娘捉着冬青的手，叹息道："冬青，娘要走了，你一定要记住，做人要踏踏实实的，才能活得心安理得。"

娘皱着眉，又后悔替冬青寻错了婆家："早知如此，不如在近处寻个人家了，还能相互照看些。"冬青知道，自小，娘就对她另眼相看，把她捧在手心里，一心想让她过好日子，从前想让她好好读书，后来又想她嫁个好人家，不料人算不如天算，婆婆反嫌她攀高枝，又嫌她生个不带把的女儿。

一阵疼痛袭来，娘哎哟一声，身体痛得蜷成一团。冬青起身给娘揉腿，又替她捶背，尽力替她减轻一些痛苦，能做的也就只有这些了。

娘实在痛得无法忍受了，高喊："死老头子，何苦留我一个人在家里活受罪,你趁早接了我去吧。"

冬青一面流泪,一面找村里的医生来给娘打止痛针。

13

娘病成这样,冬青也无心回酒店上班。她去乡里给娘抓药,顺便去邮局给方经理打了个长途电话,说了娘的病情,请求续假。方经理念她一片孝心,答应替她向老板求情,宽限她的假期。

回来时遇见小红,说是她娘打发她前来探看一下姑妈。

她从塑料袋里掏出几个鸭梨,一盒外包装十分鲜艳的养生精,堆放在床前的矮柜上。

见姑妈病得只剩副骨架了,她颇感惊讶。

她在竹椅上坐下,问冬青:"酒店那边的工作怎么办?"竹椅短了一条腿,吱呀作响。

冬青递了杯自家做的苦丁茶给她,说:"已向方经理打电话请假了,我要在家照料娘,只能等娘好后再做打算了。"

小红便点头,说:"满天的麻雀打不尽,钱也是赚不完的,还是姑妈养病要紧。"

冬青又问:"你呢?又不是双抢季节,怎么这个时候回家了?"

小红脸微微一红,说:"我听说姑妈得了重病,特意请假转回来看一下,过两天就回去上班的。"

冬青哪里知道,小红此番从广州回到家乡,原是迫不得已。

她因为一时心起贪念,把客人忘在餐桌上的钱包据为己有,被老板炒了鱿鱼。

在街上逛了两天,到处找工作,不是嫌店脏,就是嫌活累,没有休息日。好不容易在芳村一家卖猪肚煲鸡的店安下身来。

那是一家大排档,在美食街的尽头,一间小门脸,外边搭建了一个大棚,能摆下一二十张桌子。白天很少有客人光顾这里,华灯初上时,这里异常热闹起来。

小红被使唤着，一会儿上菜，一会儿给客人换碟，穿着高跟鞋在油污满地的餐桌间来回跑。她噘着嘴，板着脸，只恨自己分身无术。活脏累不说，店老板夫妻性格不合，常常跳起来吵架。

老板娘矮胖，脾气暴戾，用潮汕话骂人时，那些分不清声韵母的句子，炸弹般一连串爆炸开来，直把她炸得心惊肉跳。

老板娘对外来打工妹心怀敌意，对小红，更是不给一个好眼色看。觉得她天生有股狐媚子气，仿佛自己一不留神，自家那前凸金来后凹银的小个子男人会被她抢走似的。

小红蹲在小店里的大水盆边，洗着满是油渍的碗，心里很怄火，小声嘀咕着："真是背时的凤凰不如鸡啊。"对贪小便宜被发现后悔不迭，不然也不至于落到这般地步。

手一滑，"砰"的一声响，一只饭碗掉在地上，裂成了两半。

老板娘听到声音，像个肉球般迅速滚过来，指着她的鼻子骂："细佬，魂不守舍的，想勾引谁呢？快赔钱。"

小红心里暗骂：凭你家那獐头鼠目的小男人，我才不稀罕呢。

她勉强在店里熬了一个月，领了工资便卷铺盖走人。

见冬青问起自己工作的事情，小红眼神飘忽着，言不及义。她不疼不痒地安慰姑妈几句，对冬青说："不如我替你去跟大老板请个假，说明一下你娘的病情吧。"

冬青说："也好，娘病情严重，只怕我一时半会儿回不去酒店了。"

14

小红回到广州，直奔冬青工作的那家酒店。眼看酒店上座率极高，员工穿着整洁的工作服，一个个体体面面，训练有素的样子，很是羡慕。

完全不像自己曾做工的那些小店，她转念一想，看姑妈的病情，冬青一时半会是回不来了,何不借机取代她的位置呢?

一连几天,她把自己打扮得漂漂亮亮的,守在酒店门口。终于等到正要外出的老板。

她迎上前去,说:"我表妹冬青以前是餐饮部副经理,现在她另找工作了,我怕酒店缺人,所以前来补缺,您要是肯收下我,我一定会比她干得更出色。"

老板见她口齿伶俐,将信将疑地说:"冬青辞工了?我没听说呀,只听说她好像请了假。餐饮部归方经理负责,你跟她说好了。"

她又找到方经理,说明来意道,冬青另找了一份薪水更高的工作,不能来这家酒店打工了,怕耽误了酒店的事情,前来补缺。

方经理看了她一眼,见她说话行事都带着风尘女子的味道,完全没有冬青的那份质朴,顿生疑心,只是冷淡地说:"我们酒店现在不缺人。"

小红看着方经理离去的背影,气得直跺脚。

她百无聊赖地走在街上,盛夏的风,狗舌头一样舔过她的脸,温润湿热。她浑身湿腻腻的,喉咙也干得像要冒烟。粉色的尼龙衬衣粘在身上,像不透气的蒸笼。

她在路边的小店买了一瓶矿泉水,仰起头,一口气狠狠地喝了一大半。她不信,偌大个广州,竟然没有自己的容身之地。

一辆运沙子的工程车从身边呼啸而过,扬起的灰尘呛得她无法呼吸。

她眯缝着眼,小声骂道:"不长眼啊。"

她扬手弹了一下落在身上的灰尘,忽然醍醐灌顶,冬青不是说,大伟是房地产开发商么,说不定能帮到自己呢。

她又折回酒店,在服务台打听到大伟的电话,便去公用电话亭拨了号码,听到那端传来大伟的声音,她娇滴滴地说:"大伟啊,我是冬青的表姐阿红啊。"

大伟听到冬青两个字,立马竖起了耳朵。

这些天,他一直在打探冬青的消息。好久没有冬青的音讯了,问酒店员工,说是她娘病了,回老家照顾娘去了。也不知到底怎么样了,心下正惦记着呢,听说是冬青表姐打来的电话,连忙问:"阿青怎么样了?"

小红扭动着身子,咯咯笑着说:"见面再说吧,你什么时候方便呢?"

两人约好在一家湘菜馆见面。

挂了电话,小红紧皱的眉头舒展开来,心里为自己的聪明很是得意。她赶紧跑到对面一家理发店做了个发型,把刘海吹得高高的,梳了个马尾,用深棕的眉笔精心修过眉,描了眼线,涂上玫瑰色的口红。

她从行李箱中左挑右捡,挑出一件湖蓝色的尼龙衫小背心,裹到身上,双乳似乎要跃出来的样子。一件大红的尼龙外衫,下身穿一条花白的紧身牛仔裤,脚蹬一双时髦的圆头皮鞋。

她在镜里左照右照,镜里分明是一个身材窈窕,有着细眯眼的年轻女子。她朝自己眨了一下眼,自我端详了半天,这才蹦跳着出门去了。

大伟把奥迪车泊好,走到大厅时,小红已打扮得像只火鸡似的,候在大门口了。

她见大伟身材高大健硕,腋下夹着公文包,头发向后梳着,眉目疏朗,很是精干的样子,心下欢喜,立马迎上前去,热烈地握住他的手,说:"可等到你了。"

她笑起来时,有意让眼睛微眯着,尽量使自己看起来有些娇媚的样子。

迎宾小姐过来引路,小红马上端起架势,昂首挺胸跟着她来到预订的包厢里坐定。

服务员递过来一本装饰精美的菜谱,出于礼貌,大伟示意她点菜。她便一把接过菜谱,翻看起来。

她从头翻到尾,看了半天,毕竟很少外出吃饭,哪道菜好吃,心里也没个谱,又怕大伟看出自己没见过世面,分不出菜品的好坏来,看不起她,就麻着头皮点了几款名字漂亮又稀罕的海鲜,如花螺、蝴蝶鱼等,又要了两份虫草花旗参汤。

湘菜店里的汤和海鲜，原不过是店家的应景菜而已，对大伟来说，他更喜欢的是这家店的剁椒鱼头和干锅土鸡，但他只是好脾气地看着她笑了笑，并不打断她。

等小红点完菜，大伟再加了两道自己喜欢吃的湘菜。

汤上桌后，小红吸溜有声，一口气喝了大半碗。

等清蒸蝴蝶鱼上来，小红一边吃，一边用筷子不断地夹给大伟。大伟拦住她，他无心吃东西，问，不知冬青的娘到底病情如何了？

小红剥开了一只基围虾，塞进嘴里，说，我姑妈得了骨癌，恐怕没得救了，冬青一时半会儿是回不来广州了。

大伟不禁担忧起来，问："那阿青现在怎么样？她一定心里很难受吧，缺不缺钱呐？如果需要，我可以想办法资助。"

听大伟说到钱，小红便用眼神剜了他一眼，旋即，眼波里像要漾出水来："那，你打算给多少钱哪？"

大伟本有心想帮冬青，见小红这么说，心里反而设了防。

小红喝了几口酒，双眼灼灼地看着他，他没料到小红这种表情，觉得这女子似乎有些不善，和冬青不是一类人，这样想着，暗自把情绪缓和下来，说："看情形吧，但愿她娘能好起来。"冷不防对面伸过来一只手，一把捉住他的手："来，让我替你看看手相。"

大伟一惊，连忙把小红的手推开，说："你慢吃，我还有事情要急着赶回去处理。"

他挥手叫来服务员买单，小红看着他从皮夹内掏出一沓钞票递给服务员，急得不知如何是好。

买完单，大伟一刻也不愿再停留，跟她说了声："抱歉啊"，取下衣帽间的外套，大踏步走出店外。

小红一看，急忙跟在他身后，说："你吃些饭再走么。"

见大伟不搭话，又说："你是冬青的朋友，接触的人多，替我介绍一个男朋友吧？"

"再说吧。"大伟也不用眼睛看她，伸手给她拦了一辆计程车，从钱包里拿出一百元递给司机，头也不回地走了。

小红盯着他远去的背影，气得从的士司机手里一把抢过那张百元钞票，恨恨地说："我不坐你这辆车。"她回包厢，看着那一桌子的菜，打了满满一大包走了。

15

薄薄的台历一页页翻过去，很快便是初冬了。风掀动着发黄的窗户纸，噼啪作响。

房间里阴暗潮湿，湿气一点点地氤氲上来。娘身上盖了两床旧棉絮，仍觉得冷。棉絮湿润润的，盖了几十年，早已冷硬似铁，失了棉的柔软。

娘蜷缩着，与疼痛的抗争，已让她耗尽了气力。消瘦的脸上，两只眼睛一天比一天深凹进去，像两个黑洞。她的皮肤松弛着，数不清的皱纹，一层一层地细密起来。她心里清楚，自己的大限已到，再治疗，也不过是多浪费钱，不如早些做好走的打算。

她忍着疼痛，把几个子女都叫到床前，断断续续地说，娘这把老骨头怕是不行了，最不放心的，是你们这个唯一的妹妹。她婆婆又势利，百般苛责，可怜她年纪轻轻，要去那么远的地方打工，做兄嫂的凡事要替她多担待些。

冬青听得真切，见娘没提那发过精神病的四哥，单单说到自己，更觉得心揪，止不住泪流满面。

娘交代完这些，一双眼还干瞪着，直到几个儿子都点头表了态，她才松了手，冬青一看，娘已合上眼睑。伸手去探鼻息，已经没有呼吸了。

"娘，娘，你醒醒。"冬青俯下身去，口对口地给娘做人工呼吸。无奈她怎么努力，娘双目紧闭，再也醒不过来了。

大哥把冬青扯起来，冬青号啕大哭，直哭得差点背过气去。

她心空空地，瞬间失去了依靠。她摇着娘干枯的手，盯着她紧闭的眼，一遍遍地喊。有那么一瞬间，她甚至觉得，自己已跟着娘一块儿去了。

一连几天，她吃不下饭，她心中剧疼，像是一棵大树，被连根拔起，弃在原野了，或是一尾鱼，突然被拎到沙滩上，空张着嘴，无法呼吸。忧伤堵在她的胸口，时时会化成泪水汹涌而下。

从此这世间，再也没有一个人，会像娘那样，宽容她、心疼她，再也没有一个人，像娘一样可以依靠。

入殓时，冬青拿出自己新买的一件冬衣，执意放进棺内，给娘暖筋骨。

封了棺后，冬青又昏天暗地哭了一场，不吃不喝的，守在灵柩旁。

几兄妹憋着劲，筹措费用，尽量把白喜事办得像样些。

设了灵堂，柩前竖了灵牌，点上长明灯。娘的相片是临时拿到镇里找人画的。还是平常那种似笑非笑的形态，慈祥中带些威严，但分明已是阴阳两界了。又请人热热闹闹地唱法事。只待择了吉日时辰，举行葬礼。

灵屋是请二舅舅扎来的。二舅舅是个倔老头，冬青小时候去他家拜年，他也难得给个好脸色看。好在二舅妈贤良，偶尔能吃到一颗煮鸡蛋，喝到她自酿的梅子酒，便是最好的款待了。

知道自己的亲妹妹走了，他还是惯有的冷淡神态。不声不响的，对晚辈连一句安慰的话也没有。他铁青着脸，不慌不忙地替人家扎着灵屋。他一身好纸工手艺，在瑶乡也是无人不知。手里捏着纸，折、压、掐，只是三两下，一朵菊花便出来了。

用细竹篾做好灵屋的骨架，用各种颜色的纸张先粉饰起来，里边用纸扎着足可以以假乱真的各式生活用品，有床、凳、缝纫机、彩电，也有鸡舍、猪圈、牛栏。凡是用得着的，这里应有尽有，连村人很少见的大哥大，也一并扎上了。

他估摸着侄儿、侄女们一时也拿不出现钱来，便先替邻村人家里扎了灵屋，顺带留点纸材，凑合着给自己的妹子扎灵屋用。

这样勉强凑了几家的剩纸，直到娘出殡那天早上，这边急得跳脚，他才把最后一个纸板凳安放在灵屋里。命人把灵屋抬了过去。这件事让冬青伤透了心，然而又奈他不何，人情冷暖，在于一个"钱"字，人没有钱时，不仅自己活着没有自尊，连至亲的人死去时还要跟着受委屈。

娘安葬之日，娘的结拜姊妹同娘，一直流泪，哭得眼泡都肿了。她三个舅舅和两个姨妈都来送葬，送来白布一匹，简单扎成一条长龙，生猪、生羊各一头。瑶村的青壮劳力、姑娘媳妇都主动来帮忙，孩子们拖着青涕，赤着双足，在厅堂里跑来跑去。麦子也备了薄礼来吊唁，冬青跪下行大礼，麦子一把拉起冬青的手，才觉得她轻飘飘的，像一张离了水的浮萍。几声铳枪响过后，吹鼓手热热闹闹地奏起了哀乐。

十六个人抬着那口红漆的棺木向屋后的山上走去。唢呐手吹着悲伤的曲子，整个瑶村沉静在一种哀伤的氛围中。冬青披麻戴孝，腰系草绳，脚穿草鞋，走三步跪一步，不断地向空中扬着纸钱，边哭边喊："娘啊，你捡些钱去吧。"生怕娘在阴间被路鬼拦道，不得安宁。亲友们手捧花圈、挽联、祭幛随柩送行。

冬青几步一叩首，趔趔趄趄的，好不容易被麦子扶着到了要下葬的地方。冬青扶着灵柩，久久不愿松手，直哭得嗓子干涩、冒烟。祭师宰了一只雄鸡，将血滴入墓穴内，冬青跪拜在地烧纸钱，土铳的声音像闷雷般沉重地在空中炸响。十几个人一起用力把灵柩抬起来，一点点往墓穴里沉下去。冬青眼看着铁锹把土一锹一锹地掀下去，盖在娘薄薄的棺木上，她心如刀绞。

冬青的眼睛肿得像颗核桃，喉咙已经发不出声音了，只是泪如泉涌，长跪不起，她把双手深深地抠进泥土："娘，娘，您怎么忍心丢下我？您怎么舍得？""人死书焚"，同娘依娘生前所嘱，把她生前写的女书全部带到坟前，足有一大沓。有的写在女书簿上，有的写在折扇上，也有织在花带上、绣在手帕上的。娘的字体娟细秀丽，像她修长的体形。

同娘一边含泪唱读，唱完一部烧一部，把几十年娘写给她的珍爱的女书放进火里焚烧。那些记载着娘一世悲欢愁苦的女书，几乎全是七言诗，而今这些血泪之作，在火光中，慢慢变成一缕轻烟，随风飘舞。

大悲无声，阴阳相隔。同娘把伤痛捂在心里，默默垂泪，手帕被泪水湿透了。

半夏哭着去抢火中的红色女书花带，衣服下摆差点着了火。被同娘死死拽住了手："细宝，乖。"

三嫂跪在冬青左边，哭喊声震天："娘啊，快捡钱啊。"眼角却没有一滴泪，眼看着纸钱被烧成黑色的灰烬，又被风吹着，扬上天去，三嫂脸上又露出了笑脸，高兴地大笑着说："这纸钱倒是烧得蛮好的。"

这时，铳声、鞭炮声正好都停住了，她的笑声便分外地突兀起来，让这哀悼的氛围里有了些可笑的滑稽的意味。

三哥忍不住踢了她一脚，她这才托住脸盘子，大声嚎哭起来。

娘黑小的灵柩安放在爹的墓地旁，只是简单地盖了些黄土，碑是一块再简单不过的青石板，刻着盘胡氏。

冬青被架起来时，食指与中指的指甲都抠出了血。她一面频频回首，一面想，等自己赚了钱，一定好好给娘打块碑。

丧事过后，哥嫂为了丧礼的开支以及人礼的分配吵吵闹闹的，不得安生。几块料子布，几斤红烧肉分得稍有不匀，都是各自怄气的由头。

冬青是出嫁的女儿，论理是可以不凑份子钱的，见家里吵成这样，她不仅主动和四个哥哥平摊丧葬费，扎灵屋、买棺材及办酒席的钱，都由她一个人出资了。

冬青又设法筹钱替老公买了辆二轮摩托，顺带接点客，在家里照看着孩子，也省得去建筑工地日晒雨淋了。

她带了娘的一帧遗像，心思恍惚地到达广州时，已是子夜时分。墨蓝的天幕上，缀着几颗清冷的小星星。冷冷的清辉，照在脸上，更是异常地悲哀。

回到宿舍，室友告诉她，她表姐来找过方经理，说她已另外找了份工作，不会回店里上班呢。

冬青非常吃惊，像被人当头浇下一盆冷水似的，透心地凉。

暗想，小红平日里有说有笑的，热情有加的样子，却是小人一个，原来亲情是这么可怕的。

初冬的广州并不冷。冬青用一床厚厚的毛毯裹紧自己,仍觉得身上发冷,她耸着双肩,在被子里嘤嘤哭泣着。

她哭一阵,抹干眼泪,又从床上爬起来,在包里找出娘的遗像,端端正正地摆在桌上,用手摩挲着,说:"娘,你告诉我,这个世上,还能相信谁?我原以为只要与人为善,别人便不会伤害我。只要设身处地为人着想,别人便不会忌恨我,可是,为什么会发生这样的事呢?是我自己错了吗?"

月下,娘的眼神一如从前,愁苦而又慈爱地看着她。难道瑶民果真人穷志短,惹人笑话吗?冬青咬了咬牙,不行,我一定要证明瑶民并不差多少。

第二天一早,冬青来到酒店,径直去找方经理。方经理见到她,颇为吃惊,说:"听说你另外找了份薪水更高的工作?"

冬青一听,落下泪来,说:"不是啊,我一直在老家服侍我娘,如今,娘没了,我是个没爹疼没娘怜的孤儿了。"说到伤心处,她泪流不止。

方经理也红了眼圈,拍了拍她的肩膀,给她递过纸巾擦泪,宽慰了几句,说,事已至此,你也不必太难过,我协调一下,你回原来的岗位上班就是了。

16

大伟从美国探亲回来,得知冬青回酒店上班了,提着些水果来看她,知她娘已经过世,便宽慰了几句。冬青听不得这些宽慰的话,眼泪又止不住流下来。娘的去世,已成了她内心不能触碰的一块疼痛。

大伟越劝,冬青失声道:"我只恨当初为什么生病的不是我?为什么离去的不是我?"她蹲下来掩面而泣,大伟心中一颤,立时弯下腰去,看到她指缝中有大颗的泪,滴落下来。大伟好不容易把冬青劝住不哭。

冬青一直哭,一直哭,直哭到眼睛红肿,嗓子发涩,再说不出话来。

大伟惊慌失措地看着她，轻轻地把她拥在怀里，吻她的眼，她的眉，吻她脸上的清泪："不许你说胡话，我要你好好地活着。"

冬青在他的拥吻中渐渐安静下来，轻泣着。

他深情地凝视，他慢慢地靠近，他用力地深情地吸吮，她无力抗拒，而她忧伤的抽泣，竟如天籁般令他迷醉。他，被她磁石般吸住，在起伏中跌宕着，波涛般汹涌。他幸福地晕眩着，整个身子向上飞，飞，直飞上幸福的顶端。

冬青迷迷糊糊睡着了。大伟替她盖好被子，也和衣躺了下来。

清晨，大伟睁开双眼，见两人还抱在一起，方才想起与她的肌肤之亲，竟然有了深深的愧疚感，觉得自己的举动，像极了乘人之危的小人做派。

仍然熟睡着的冬青，眉心结成一个疙瘩。大伟疼爱地看了她一眼，替她盖好被子，轻手轻脚地下床。

他出去买来早点，见冬青已收拾好了，脸红扑扑的，比起昨日的苍白来，好看了许多。她娇羞地低下头，不敢去看大伟的眼。

两人都小心地，绝口不提昨晚的缠绵。只是表情都有了些尴尬。

相邻的别墅里飘来断断续续的钢琴声，迟疑、缓慢，似乎一个音符一个音符拼命蹦跶出来，又像是卡了壳的旧音像带。

有时分明已停歇下来，刚要叹一口气，却突兀地又蹦出一两个音，把人吓了一大跳。而树上憩着的蝉也被那笨拙的琴声吵得不耐烦，叫声中明显地带着鄙薄的意味："咦，咦，痴了，痴了。"

两人静默着，由着那粗糙生硬的琴声撞击耳膜。阳光透过米黄的窗帘倾洒下来，温暖、细碎，空气中安静得即便掉一根针，都能听到回响。

大伟起身去煮咖啡。新煮的咖啡香浓四溢，冬青用小勺子一下一下地搅，几乎忘了喝。耳旁，肯尼迪的萨克斯《回家》如泣如诉，昏暗的灯光中，大伟盯着她，见她的眼圈红了，又有清泪兀自流下来。

隔着条形咖啡桌，大伟把手伸过去，握住她的手："冬青，富贵在天，生死由命，你娘在九泉之下看到你这样，她也一定不会安心的。你一定要开心点。"冬青勉强冲他笑了一下，竟比哭还让人心酸。大伟紧紧地握住她的手心，传递给她信心和力量。

大伟有一股好闻的香味，这是刘军所没有的。

回到房间，大伟便拥紧了冬青，在她耳边低语："亲爱的，把你的心事告诉我，静听得，不是我的心，而是我的耳朵。"

他吻她光洁的前额，她长长的睫毛轻颤着，大伟转而吻住了她的唇，手轻柔地抚摸她饱满的双乳，她的胸，她的……

大伟的心，悸动着，浮起一浪一浪的高潮，从未想到，与一个女子的痴缠，竟可以如此温存，如此缠绵悱恻。

倘若说，与一朵花的接近，是一种净化灵魂的过程，那么，与一名女子的痴缠相恋，何尝不是一件赏心悦目的事情呢？

大伟有时会请冬青去他的别墅，房间里飘荡的是古筝曲，紫风铃在窗前浅唱低吟。煮花茶一壶，看那玫瑰、芍药、菊花在透明的玻璃杯中慢慢开放，再加些蜂蜜对饮，更是美味。

春天来临的时候，冬青重又如蝴蝶般飘逸起来。

她给大伟烧好洗脚水，替他脱了鞋袜，蹲下来帮他洗脚。她仔细按摩他的每一根脚趾头，大伟舒服地闭上了眼，有一股暖流涌上他的心头。他低下头，爱怜地看着她，道："你老这样打工，也不是个法子，何况以后年龄大了，找工作会难了。现在广东处处是商机，不如筹点资金，自己当老板。"

冬青摇头："我哪是那块料啊，我们瑶家人向来也不会经商的，有口饭吃就满足了。再说了，我一穷二白的，哪有资金开店。"

大伟说道："我投资，你来当老板。各占50%的股份，好不好？听人说，最近盲人按摩店生意比较好做，不如你也开一间试试？自己当老板总会发展快些。"

又说，口说无凭，立字为据，两人当场签字画押。

其实大伟是有心帮冬青，无非是以妥当的方式出点资金，真心帮她开创自己的事业，又不想让她有太大的心理压力。

17

　　中山路上人流如织，街道两边的法国梧桐树已默然挺立了上百年，一些同样上了年岁的老树藤逶迤而上，长长的璎珞从树枝上垂下来，愈发衬托出老树的苍劲和沧桑感。

　　冬青和大伟并排走着，阳光穿过树梢，斑驳地洒在她的素裙上，有一种别样的美。大伟看着她，心里有些踏实的温暖。再走几步，两人进入一条僻静的小巷，依然是古树参天，老洋房静静地诉说着时光的故事，鲜有游人进入。

　　这种喧闹中复归的安静，让冬青心里有一种重回瑶村般的妥贴。刚巧有一栋老式小洋楼贴了招租启事，于是打电话联系，房子是三兄弟的，都移民去了加拿大，只有一个老姑妈在广州，租金也合理。两人当即决定，把店铺租下来，签了合同，冬青把酒店的工作辞了，想着终于可以自己开店了，又不知道能否做好，心里有些激动，话也多起来了。

　　冬青亲手调了淡蓝色的漆，粉刷墙壁。把墙壁粉刷得像天空一样。又逢一家大型超市倒闭，所有货柜全场清理，冬青以低廉的价格，欢喜地买了一组收银柜和几组九成新的货柜。

　　晚上雇搬家公司去运了回来，已是深夜，有稀疏的几颗星挂在天边，大伟开着车，冬青坐在副座，蔡琴的《蓝色梦幻》，湖水一般漫上来，两人默默无语，只有蔡琴在忧伤、低缓地轻诉，冬青把柔软的手递过来，轻握着他的手："累不累？"这仿佛一股电流，击到他的心头。

　　到了大伟住的地方，大伟掏钥匙的手明显在颤抖，进了屋，两人即刻拥在一起。没有多余的话语，只是深情地吻着。

　　而肠胃，也似乎清醒过来，原来还没来得及吃晚饭呢，冬青做了些清水煮面条，大伟很喜欢吃冬青煮的清水面条。

　　繁琐的审批手续批下来后，盲人按摩店热热闹闹地挂牌营业了。

　　冬青坐在收银台，笑脸相迎。尤其是对于年龄大的顾客，她会起身搀扶进店，安排妥帖。

这一片是老城区，中老年人多，生意很好，周末更是应不暇接。从香港那边回来的客人也到店里来放松一下筋骨。按摩师的工资是按时计费提成的，盲人虽眼睛看不到，心思却很活泛。因为长期见不到光明，心里就比常人更敏感些。冬青耐心细致地安排他们的生活。日子过得充实而愉快。

大伟来看她时，见白衣素裙的她，亭亭地立在盲人中，像一幅极美的画，使人不由得想起童话中的白雪公主。

更令他刮目相看的是，接下来的两三个月后，不但店子装修的成本赚回来，还略有盈余，大伟很是高兴。两人有时在一起讨论生意，有时也会聊些无关紧要的话题。大伟很喜欢听冬青说话，她的声音温和婉转，如一股清泉流进心田。

一天，大伟在工地不小心摔坏了腿，住进了医院。医生说至少得休息一个月才能康复。躺在洁白的病床上，大伟心急如焚。正当他万分懊恼时，冬青给他带来自己煲的青鱼汤或是骨头汤，笑脸盈盈地出现在病房。她轻轻地对他说："放心吧，我会每天来照顾你的。"

大伟出院的那天，冬青给大伟分了红，两人去附近的湘菜店，点了剁椒鱼头、小炒肉等，大伟也不急着吃，看她眉目疏朗，展颜一笑，快乐如细细的泉眼，就那样自然而然地在她脸上微漾开来。他看着她微笑，怎么看也看不够的样子。

冬青小心地把鱼刺挑出来，让剁椒等调料入味到鱼肉里，再夹到大伟碗里，说："你快趁热吃呀！"她给他添茶水，又用餐巾纸替他擦汗。

一种甜蜜的感觉，在他心里如轻波般微漾开去。

18

漆黑的夜里，风呼呼地刮着屋外的树，乱影纷摇。户外的蝉声穿堂而来，浸染着秋的燥热。有一只蝉竟扑进了室内，长一声短一声地鸣叫着，如飞蛾般，向着台灯的光亮扑过去。

半夏只得关了灯，她和衣躺在床上，想念外婆。

外婆被大人们装进一个木匣子里抬到山上去了，她一直相信，外婆会回来的。外婆怎么会舍得让半夏一个人睡呢？

她躺在床上，怀想那些有外婆讲故事的夜晚。外婆说，从前的谷粒又大又圆，谷子成熟后，会自动跑进谷仓去，人就变得越来越懒惰了。一天，谷子来敲门时，有个懒女人懒得去开门，顺手操起扁担砸过去，把谷子吓得跑回天上去了。人们去求始祖社王帮忙，社王派了麻雀、狗去找，都没有找到，老鼠找到了，所以，瑶民为了报答鼠女，允许它吃些粮食。老鼠嫁女这天，人们也会有意给它一些花生、谷物，并敲锅盖、簸箕，为老鼠催嫁，到第二天早上再闭上鼠穴，以免老鼠成灾。

白天，她看见阿婆给小敏买好了新书包，准备送他上一年级，半夏说："阿婆，我也要去念书。"

阿婆呵斥道："你不如去提篮打猪草，读什么书？"

半夏委屈得流下泪来。

这会儿，她拨通了冬青的电话，在电话里跟冬青直哭。

冬青急了，她自己在读书时给耽误了，现在这么苦着自己，不是为了能让半夏多念些书吗？

她心疼半夏，向方经理请了假，匆匆赶回瑶村，领着半夏去镇上剪了头发，给她买了绣着米老鼠的书包，买了新的铅笔和本子，还有一块香喷喷的橡皮擦。

开学那天，冬青带着半夏走了三四里地，去小学报名。

到了学校，半夏见什么都好奇，兴奋得又蹦又跳。

老师是刚师范毕业不久的姑娘。她俯下身子问半夏："你叫什么名字？"她歪着头答道："叫半夏。"

"你姓什么呢？"

"姓半夏啊。"半夏响亮地说道。

回答把大家逗得哈哈大笑起来。接下来，老师要求半夏数数，冬青用鼓励的眼神看着半夏，半夏数到9，不会进位，急得差点哭。

老师说，没关系，你给我唱首歌吧。唱歌可是半夏的长处，她歪着头，用清脆的童音唱了一首外婆教过的女书歌谣："青石板，板石青，青石板上钉铜钉。"唱完后，她侧着头问老师："你猜猜谜底是什么？"

老师笑眯眯地看着她，问：那是什么呀？

半夏说："是天上的星星呀。"

半夏又唱："先开金玉花，后结弯口桃。打开传天下，遮住世间人。"

唱完后，她调皮一笑，露出两个甜甜的小酒窝："是木棉花。"

老师禁不住夸赞道：半夏真聪明。

冬青在家里陪了半夏两天，跟她讲些要好好读书的道理，半夏听得似懂非懂的。

冬青心挂两头，担心酒店的工作，得回广东了。

可是，她的旅行包不见了，包里装着身份证等重要证件，她左找右找，怎么也想不起放在哪里了，急得直跳脚。

见半夏在一旁抹泪，冬青问："乖孩子，你帮妈妈把包找出来。"半夏这才从阁楼上把包拿下来，原来半夏舍不得妈妈走，偷偷地把妈妈的包藏起来了。冬青说："妈妈因为家里穷没有再读书，如果妈妈不外出工作，你以后怎不是也上不了学吗？"

半夏看妈妈生气了，躲到门角落哭得稀里哗啦。冬青心里说不出来的难受，只得别过脸去抹眼泪。

因为对半夏的愧疚，冬青临走时，给半夏留下了好多零花钱。

冬青知道自己的男人不争气，常在外面打通宵麻将。自从冬青生了女儿半夏后，重男轻女的他，便觉得在人前抬不起头来。人也慢慢畏缩觉得自己无能，比起那些生儿子的，自觉矮人一等。尤其是弟弟生了儿子后，娘对他的态度更是不冷不热，更让他消沉下来。

自卑感深深地摄住了他，他一蹶不振。烟抽得更凶了，也开始喜欢打牌。偶尔的一把小赢，让他越陷越深，越懒越赌，越赌越穷，越穷越赌。像鬼迷了心窍似的，一天只念着那些个麻将子，一打就是一个通宵，输了就老想着扳本，到处去凑脚。

没人陪他玩时，他便把麻将子扣在桌上，用手一颗颗抠着找感觉，猜是什么牌，翻过来一看，如果自己猜对了，就会很兴奋，仿佛自己和了牌，坐了庄。村里人开玩笑说，刘军啊，人家打牌是三缺一，你是长期一缺三。

农村的青壮年已基本上外出了，说是"三资进了城，五鬼下了乡"。三资即有知识的、有资本的、有姿色的；五鬼即"老鬼、小鬼、懒鬼、穷鬼、赌鬼"。冬青恨他彻底堕落成一个赌鬼、懒鬼，怒其不争，然而又拿他没有办法。

冬青也试过向家婆妥协，把钱放到她手里，求她照顾一下自己的女儿。家婆才不是省油的灯，把钱放进兜里后，对半夏的态度仍然没有什么改变。这个偬偬的、眼神很像外婆的小女孩，是她心中一根小小的芒刺，弄不好，就会让她不舒服。

家婆是个爱热闹的老太太，她频繁地四处游走，东家进西家出地跟老太太、媳妇们聊家常，全然不顾家里还有半夏这样一个无人照顾的小女孩。

冬青心疼半夏，怕她迟到，怕她饿着，又鞭长莫及。女儿这么小，就得自己生火做早餐。晚上好不容易点着火，做上饭了，但她不会留隔夜煤。睡觉前换了煤后，不是忘了盖紧炉盖，便是忘了留一个小口子通风，到第二天起床时，火熄了，仍是冷锅冷灶的。她只得趴在灶间重新生火做饭。

起床晚了，半夏来不及做早餐吃，就什么也不吃，饿着肚皮去学校。

学校中餐食堂只提供白米饭，菜是要自己从家里带来的。如果时间来不及的话，半夏就没有带菜去学校吃。一个人躲在无人的角落，偷偷地吃白米饭。她的内心认为，这是一个不可以示人的秘密，她不想让人看见，自己没有菜可带。

学校离家有好几里地，要翻越一座山。有时，半夏起得晚，迟到了，免不了要挨老师批评，第二天，半夏又起得太早，摸着黑到了学校，天还未大亮呢。

电话里，半夏说，妈妈，别的小朋友有妈妈搂着睡觉，可以在妈妈怀里撒娇，可是我没有，妈妈，你回来吧，再穷我们也要在一起。

泪，无言地从冬青脸上滑下来。

她放心不下半夏，虽然心里万分不舍得，她知道老公粗糙，半夏缺怜少爱的，但她要打工赚钱，否则日子怎么过？难道也让半夏像自己一样辍学吗？

夜里，冬青梦中火光冲天。她被噩梦惊醒，急忙打手机给刘军。刘军正在打麻将，人家说，你家里着火了，他舍不得到手的一副好牌，还不慌不忙地胡了一把，这才顺手从邻居家拎桶水冲进去扑火。

原来，半夏写完作业后，迷迷糊糊睡着了，忘了吹灭灯，一点油滴下来，把她的草稿本烧着了，火势迅速蔓延开来，蚊帐都烧着了。

一位路过的邻居见到她家火光冲天，大声喊扑火。火苗迅速舔着了半夏的发际。半夏被吓醒了，一边放声大哭，一边在烟雾缭绕中从水缸里舀水扑火。好在是夏天，床上只铺了凉席。好在半夏并无大碍，倒把远在广州的冬青吓个半死。

19

晌午，冬青正在店内忙碌，忽见大哥的儿子小乐立在面前，穿得破破烂烂的，鼻梁上的眼镜断了半条腿，用一根黑色的绳捆着。

他脚上一双皮鞋也裂开了口，满脸的疲惫与落魄，与春节期间判若两人。冬青大吃一惊，几乎不相信自己的眼睛。

小乐在一家上市公司从事销售工作。他从小受父母宠爱，没干过什么农活，长得白白净净的。他学会了享乐。没想到很快亏空了几万元公款。总公司财务总监找他谈话，他才慌了神。托亲戚通融了些，好不容易借钱把窟窿堵上。不料一段时间后，他故技萌发，把二十几万元钢管销出去后，回笼的资金又因赌博输完了，公司那边催结算了，因为再无法把窟窿填补上，总公司放出风来，要追究他的法律责任，他这才慌了神。

左逃右躲几天后，他逃也似的上了一辆开往广州的火车，来投奔姑姑。

到底是有血缘关系，冬青教训了他一通后，免不了又心疼他，她自己舍不得买件像样的衣服穿，掏出2000元钱，说，你先去买套体面些的衣服穿着，休息一下，再去外边找份工作吧。

小乐在街上转了一圈，果然打扮得人模人样地回来了。藏蓝色西装笔挺，里面穿了件乳白色衬衫，连眼镜也换了副宽边的。俗话说，"佛靠金装，人靠衣装"，他立马一改落魄潦倒的形象，变得神采奕奕起来。

然而，想找份如意的工作就不像换衣服这么简单了。小乐挑肥拣瘦地在外边跑了一个月，什么活也没找到。

每天吃住在冬青的店里，他也不觉得心有愧意。冬青有意想帮他找份工作，但他不是嫌这里干活累，便是嫌那里工资低，这可把冬青愁坏了，一个大活人，总不至于老这么晃荡着吃白食吧，骂也骂了，又不好打他，更不好赶他走，倒真不知拿他怎么办才好。

大伟见冬青唉声叹气，点拨道："他虽不是什么名校毕业，但毕竟读过书，虽办公室文员之类的工作不好找，但也肯定不愿意去工地之类的地方干重活，不如让他去学门技术吧。"

冬青眼睛一亮，这倒是个好主意。当下便叫小乐过来，问："你想学门技术不？"

小乐思忖了一下，说，我去学开车吧。

冬青说："这样吧，我借钱给你交学费，你以后赚了钱再还给我。"小乐喜得直抱着她叫嫡嫡亲亲的姑姑。

两个月后，小乐顺利从老家驾校拿到执照，又回到广州找冬青。冬青托人给他觅了个开出租车的活，替人开夜班。小乐开了一段时间后，嫌钱赚得慢，累死累活都是替人家打工赚钱，何时才能衣锦还乡？执意要自己买辆的士开，天天来冬青这磨嘴皮："我的嫡嫡亲亲的姑姑啊，你就帮忙帮到底吧，再借6万给我买辆车，包管以后连本带息还给你。"

冬青觉得不妥，他才学会开车，能经营好一辆车么？何况自己的店也才开几年，赚点钱除了给半夏交生活费学费外，全用来在老家建房子了。

架不住他成天姑姑长姑姑短地磨，冬青思来想去，又硬着头皮打电话给大伟，又亲自下厨煲了虫草老鸭汤等着他。

吃完饭后，冬青欲言又止，又不好意思开口，大伟问，有什么难处吗？冬青便说起小乐的事情，说他找自己借6万元买车。

大伟说："你手头紧，我来借给他吧。"

冬青便说，还是由我出面吧，我告诉他说是找你借的，万一他还不起，我还可以替他偿还。她拍着胸脯说："我到时一定连本带息还你。"

大伟说："跟我还谈什么利息？多见外呀，到期把本金还给我就行。"

冬青把小乐叫来一块吃了顿饭，听说大伟愿意借钱给自己买车，小乐喜出望外，嘴里不住地道谢。对大伟嘱咐的话，一并应承下来。又当着冬青的面给大伟打了张欠条，冬青在担保人一栏签了名。于是大伟径直把车开到附近银行，直接往小乐的银行卡中汇了6万元。

小乐再找父母亲戚凑了些，买了辆捷达。

到了春节，小乐把车顶上的的士牌取下来，从广州一路威风凛凛地开回瑶寨，将那些落魄的日子忘到九霄云外了。

不料刚下过雨，车轮陷在烂泥里，一家子推的推，挪的挪，好不容易才把车开了出来。尽管有了这些小小的不快，仍是成为瑶村的新闻，只道是他在外头做生意发了大财，买了私家车。

小乐把半夏几个弟弟妹妹满满地塞了一车，开到城里，逛公园、打游戏，美美地乐了两天。

小乐在广州开了一段时间的士后，跟的哥混在一起，很快烟酒都沾上了。时不时地，还跟大家玩几把牌过瘾。

当初说好每个月还大伟五千，结果除了头两个月他能按时还钱，到了第三个月，连个人影子都看不到了。

冬青以为他正拼力开车赚钱呢，没有时间送钱过来，就找到小乐租住的房子探个究竟。谁知不看不打紧，一看吓一跳。

见小乐嘴里叼着一根烟,正可劲儿跟人玩牌赌钱呢,一屋子的乌烟瘴气。

冬青拉下脸,脸铁青着站在门口。小乐正赌得眼红,都忘了自己姓什么了。对面的牌友朝他努嘴,他转过脸来看见冬青,慌了一阵,便安下神来,说:"姑姑,你这么急慌慌地跑来干什么呀,天又没塌下来。"

冬青说:"小乐,说好一个月还的钱呢?"

他装作若无其事的样子继续抓牌,说:"着什么急啊,有钱了自然就还了,没钱时催也白搭。"

冬青看着他一副不争气的嘴脸,正色骂道:"你借钱时是孙子,还钱时你倒成大爷了。"说着就要去掀牌桌,一伙人立马如鸟雀散了。

小乐说:"我的个姑奶奶啊,我天天开车,本来压力大,打点小牌放松一下而已啦,有什么大不了的。你这么急巴巴地来逼我,弄不好要逼出人命的。"

冬青心疼大哥,听他这么一说,愣了一下,心里咯噔一声:万一有个三长两短,可怎么回去跟大哥交差呢。大哥当年为了培养小乐读书,外出打短工,建筑工地上的脏活累活都干遍了,整日里累得直不起腰,未老先衰,脸上老得皮搭皮,口袋里又穷得布贴布的,只差把老命搭上了。

冬青撂了句:"不管怎么说,你这两三天要还钱来。"就头也不回地走出屋子。

20

冬青气鼓鼓地折回店去,推门一看,店里正热闹着呢,盲人张师傅正跟顾客吵得欢。

张师傅按一个钟共三十八元,自己提成十三元,他生怕按过了钟点吃了亏,眼睛又看不见,索性在兜里揣了一块报时表。

那表每过十分钟就自动报时一次。

女客人有更年期综合征，因为最近睡眠不好，才花钱来店里按摩，本想放松一下，谁知刚刚闭上眼，就被"梆梆梆"的报时声吵醒，这声音突兀而尖锐，竟像在她心脏上刺了一刀。

她没好气地说："你快把这玩意儿关了吧，好人都要吓出心脏病来了。"

谁知盲人张师傅眼睛看不见，就有些和常人不一样的心态，脾气格外倔强，偏不肯关了那报时表。

两人相持不下。女客人认为盲人不尊重自己，张师傅说女客人苛刻，有意侮辱他，连个报时器也不让用，这不是明显歧视残疾人吗？女客人说："我花钱可不是来听你报时的，你到时间停下来不就行了？这样每隔10分钟尖叫一声，是要闹哪样？把人家的睡眠都生生地截断了，可不是要人命？"

张师傅虽不吭声，可他不是好捏的软柿子。按摩时，对女客人下手便重了许多，按得那女客人直叫唤。说他按重了，他立马手法又轻下来，气若游丝的样子，按得客人完全没感觉，像挠痒痒。

报时器隔了十分钟又突兀地响起来之后，女顾客再也忍耐不住，跳下按摩床来，要抢他的报时器。

两人扭作一团，收银员一时劝不住，只是在旁边干着急。

附近的居民循声前来看热闹，伸长着脖子等着看好戏呢。

冬青赶紧打圆场，对那女顾客赔不是："大姐，实在对不住，是我考虑不周到，你看在我的面子上，大人有大量，不跟他计较。"

冬青又说，"要不，我亲自给你免费按一个钟吧。"

女客人这才顺坡下驴，道："既是老板娘发了话，这事倒没什么大不了的。"

冬青一边赔着笑，一边把那女客人劝进单间，亲自给她按摩。

她虽然没有正规学过几天，却领悟力强，按、揉、捏、捶，她样样精通，技法不错，穴位按得恰到好处。

女顾客按得心情舒畅起来，放松地眯了一会儿，时间到了，这才恋恋不舍地说："下次来，我就专程请你给我按，比那盲人师傅手法好多了。"

冬青一直忙到晚上 12 点，才爬上店铺楼上的小阁楼睡觉。

她舍不得在附近租间房，便委屈着自己，在阁楼上一睡就是几年，阁楼只有一米高，起身时不能坐直腰身的，稍不注意就会撞到头。

零星的月光从方木格窗洒了进来。她想起了早逝的爹娘，想起了已上中学的半夏，这些年所走过的路，点点滴滴，恍如隔世。

又想起小乐借钱买车的事情，越想越生气，越想越觉得不对劲："这雹子打的败家子，难道是存心赖账不成？"

这样想着，一夜长吁短叹的，竟没能合上眼。

第二天大伟顺道来店里看了看，见她一双熊猫眼，问："谁又惹你生气了？"

她不好意思在大伟面前提起侄儿说过的话，只说店里闹了点小小的不愉快，已经过去了，没什么大不了的。

大伟问："小乐的士开得还好吧？"

提起小乐，冬青心里恼火着呢，嘴上却打着哈哈，笑道："多亏了你借钱给他，若不然指不定在哪卖苦力呢。"

冬青从柜台里拿出事先准备好的钱，递给大伟："这是他还你的钱。"大伟数都没数，放进包里。大伟只道是小乐还来的钱，还夸他有出息，一面为自己的提议得意着呢，哪知道冬青背后的苦衷。

冬青低了头，用手指绕着自己的发梢，有苦难言。

大伟说："你也不容易，一个人拉扯着一大帮亲戚，能帮就尽量帮衬他们吧。"

冬青又挨了几天，见小乐还没有主动来还钱，便又抽空去了一趟他租住的地方。

小乐正用被子蒙头睡大觉，见冬青来了，心里打了个激灵，赶紧坐起身来。

冬青一问，原来他请了一个替班的师傅，自己当起老板来了。

她正色道："你这人怎么这么不争气呢？年轻时就这么好吃懒做，不好好打拼，等老了喝西北风去？"

他睡眼惺忪地说:"姑姑啊,身体是革命的本钱么,不养好行吗?"

冬青问:"那你欠大伟的钱打算什么时候还?"

"我现在是要钱没有,要命有一条。"小乐嬉皮笑脸地说。原来他看大伟这么轻易地就借了6万元钱给他,揣摩着这人是她的相好,就有心想赖掉这笔账。

冬青听了这话,不由得勃然大怒:"臭小子想赖账了?"

她一把将他拽起来,揪住他的耳朵,生气地说:"你个砍刀鬼,良心被狗吃了吗?"

小乐额上青筋暴出,道:"姑姑你这个死脑筋,良心能值几个钱啊,良心能当饭吃吗?"

冬青看他一副吊儿郎当的样子,便一屁股坐下来,拍着床沿道:"作死,你这个前世的冤孽,我今天实话跟你说吧,你欠的钱呢,好说也要还,歹说也要还,别说到时我六亲不认,你自己选一条看着办吧。"

小乐撇着嘴,翻着白眼:"不就是6万元钱么?姑姑你至于这样吗?"

冬青道:"你要是存心不还钱,从今往后,你别管我叫姑姑,我是我,你是你,我权当没有你这个侄儿。"

小乐见姑姑真的生气了,这才不情愿地掏出身上仅有的一千多元,说:"我刚加了油,又给车做了保养,身上只剩这些,其他的,想法子慢慢还就是了。"

冬青又数落了他一顿,这才往回走。

21

冬青接到小乐的电话已是后半夜了,他语气很急,说自己关在派出所,求姑姑快来救他。

"派出所"几个字把冬青吓得一个激灵,她迅速从床上坐起身来,着急地大声问:"你说什么?"

听了半天，也没听明白小乐到底犯了什么事，只听他那边说："姑姑，快来救我。"毕竟是血脉相连，这边心就被拽得生痛，她慌不迭地拿笔写下派出所的地址。

冬青平常也不和外人打交道，哪认识派出所的人。她想找大伟帮忙，正要拨打他的电话，忽然想起他老婆一周前已从美国回来休假，她赶紧摁断了。她怕贸然打扰他的生活。

天亮时分，她才好不容易找到小乐关押的派出所的具体位置。

原来小乐在一家赌场赌博时，输红了眼，被人算计，一想扳本的他，借了高利贷，一夜间输了十几万。

当时说好一个月内完，哪有办法归还？期限已到，放高利贷的人传出狠话："三日之内不还钱，让你伸手不见五指。"

小乐心里害怕，一连几日小心翼翼地躲在家里不出门。下午他正要偷偷出去接趟客，见追债的小型面包车追过来，他便加大油门，慌乱中把车一直往派出所方向开。

他无端地觉得派出所会安全些，谁知刚到派出所门口，那一伙人追上来，跳下车就举着乱棒打过来。

小乐的脸上、身上很快绽开了血口子，衣服也被扯得稀烂，他双手护头，一面躲，一面高呼救命。

民警闻声从派出所里出来，把双方都羁押起来。

冬青横竖都有些后悔，当初小乐来找她时，自己耳根软，把这现世报的家伙留在广州。但事已至此，跺脚骂他也不管用。

她在派出所门外转悠了半天，想见上小乐一面，也无人搭理。她又不好打电话告诉大哥，就他那两间土砖屋，卖了都不值几个钱，能顶个什么用？到头来还不是操空心？指不定又节外生枝些什么事来，更无法收场了。

救人要紧，她怕小乐吃更大的亏，顾不得什么家丑不可外扬了，毕竟是自己的亲侄儿，总不能坐视不管吧。她把所有熟人的电话都打遍了，连远在老家的亲戚，但凡有半点人脉关系的，她都一一打听，看能否想办法把人救出来。

眼看到中午了,她还是没有找到可以帮忙的人,正好大伟打电话给她,她便像找到救星似的,说了这事。大伟当即开车找到海关的一位熟人,辗转找到派出所里的一个副所长,花钱把小乐捞出来。

原来放高利贷的老板跟派出所负责人熟,那事经派出所协调,居然当做普通的借款纠纷案私了了。

小乐在派出所里关了两天,可怜兮兮的,完全没有那种不可一世的神态了。好在他的女朋友并没有嫌弃他,帮着前后打点,送衣送饭的。

他出来时,脸上挂着彩,双目无神。情绪倒也慢慢稳定下来,想想自己这些年所做的荒唐事,给家里人添了不少麻烦,又闯下这么大的祸,不免又悔又急。经此风波,小乐自知有愧于姑姑,竟慢慢收起心来。

22

时令已是初冬,店门口的桂树上已结了青绿色的桂子,几只鸟喧闹啄食着,一阵风吹,便"唧"的一声,突然飞散开去。

冬青抬起头,看见店里进来一位颇有气质的中年女人,短发,穿着质地很好的米色套裙。

冬青问:"您想按摩吗?"

她摇摇头,不露声色地请冬青去隔壁的咖啡厅里坐坐,说是有话要说。两人进了包间。

她跟冬青闲聊,仿佛相识已久的老友,她说起自己和先生的相识相遇,共同经历过的甜蜜与劫难。

冬青表面佯装镇定,内心却像敲着一面鼓,却越来越不安起来。冬青看着她从包里掏出的一沓照片,在休斯敦的花园别墅前,萱草开得灿烂,金黄的、银白的、橙红的,开得一簇簇、一丛丛。一个很帅的小伙子坐在花树下的躺椅上看书。天空是湛蓝的,倒映在同样湛蓝的游泳池里,明亮、洁静。

她说，那是他在美国上高中的儿子。小伙子的眉眼很像一个人。冬青蓦地明白过来，她是大伟的太太。

冬青倒吸了一口凉气，慌乱中碰翻了茶杯。茶水迅速在桌面上射出无数射线，又滴滴嗒嗒地开始往桌下滴。冬青拿餐巾纸去擦。

她原是国家队的排球教练，作为人才引进移民美国，这个理应骄傲的女人，神经纤细敏感，有些事情，她略有所闻，也略有觉察，却并不挑明。她修炼出这个年龄的女人独有的淡定和安然。

但正是她的这份淡定让冬青心里既紧张又羞愧，像是偷了别人的东西，被人当场捉住。

听她说起自己和先生的相遇相识，共同走过的甜蜜与劫难，冬青心里越发虚得很，恨不得找个洞钻进去，把自己藏好了。

风从别处来，吹动着薄薄的纱窗，拂向冬青的颜面，她内心叠加的愧疚与不安，越发像老榕树上吐丝的虫儿，垂下来，又弹回去，回旋往复。她一个劲地说："对不起……"

回到店里，冬青仿佛得了一场病，整个人恹恹的，晚餐也没有吃。

她早早地爬上了阁楼，睁大眼睛，望着漆黑的屋顶发呆。

回头，大伟的老婆又和他彻夜长谈，说服他移民美国。

大伟思来想去，唯一不舍得的，便是冬青。他抽时间跟冬青见了一面，把按摩店的股份转赠给她。

两人坐在珠江边的长椅上，灯光柔和地照着他的脸，他说自己要走了。冬青心生不舍，泪哗啦就流下来了。

这么多年，受他照顾，虽然两人之间没有承诺，但她也从未想到过他会离开。

他主动写了股份赠予承诺书，让冬青到工商局进行变更登记手续。

他本没想过要从按摩店中赚钱，只不过是想帮冬青一把，按摩店的生意稳定后，他曾多次提出要退股。冬青不好意思独享利润，所以一直不答应办退股手续。

大伟又把这些年来冬青分给他的红利用一个大信封装了，说："相识一场，算是我送你的礼物吧，你将来买房子或许用得着。总不能老漂着。"

　　知道大伟不日将飞美国,冬青心里怔怔的,怅然若失。

　　这些年,大伟像是一棵树,渐渐地植根在她的心里,越长越枝叶繁茂,给她遮风挡雨,给予尽可能的温暖与关爱。

　　而今,这棵树即将移植北美,自此天各一方。

　　他送她上楼,轻轻拥抱了一下她,推门出去了。

　　她怅然若失,奔到阳台,推开窗户,看到他的身影在香樟树下穿行而过,大踏步地走出小区,浓密的黑发闪亮着。

　　天色渐渐暗下来,"今朝一别各西东,冷和热,点点滴滴在心头",对面窗户飘来粤语歌。

　　屋里的阴影越来越大,愈发显得冷清。冬青心里怔怔的,她仰起头,不让泪流下来。有些生命里很重要的东西,缺失了之后,不会使人迅速枯萎,它只会,使日子迅速地黯淡下去。

　　是的,那些暗夜里的音乐,那些喃喃的细语,那些温暖的呵护,在她身上留下的记忆,经久不灭。

玉 扣

一

是乱花渐欲迷人眼的夏。

季若愚从酷暑中推开了位于五一路的网吧门,昏暗的光线让她闭了一会儿眼,才适应过来。汗湿的真丝吊带衣贴在身上,黏黏的,被网吧里的冷空调一吹,有了些微薄的凉意。

她睁大着高度近视的小眼睛,像排查地雷一样,在网吧里的格子间扫视,她在寻找丈夫李明睿,他整夜未归。

她颈项悬挂着的那块镂空的青白玉扣,莹莹地泛着青光。

那年平安夜,李明睿从省城的玉器行打工回来,裹一身飞雪,呵着气,将玉扣系在她的颈项,是镂了花的两把紧扣的玉锁,玲珑剔透,她心生欢喜,仿佛系住了一生的幸福和期许。

他把二百多根红色蜡烛一一点燃,排成一颗红色的心,又拿二十二颗蜡烛,摆上"ILOVEYOU",烛光摇曳中,他年轻朝气的脸,透着红光,阳光而帅气,照亮了心底柔柔的女儿情。

他深情地凝视,慢慢地靠近,以手托腮,深情地吻她。也是在那一夜,她把自己,完整地托付给了他。

那些深婉的喃喃细语,如天籁般令人迷醉,而那些起伏中的跌宕,波涛般汹涌着。她，幸福地晕眩着，被他如磁石般吸住，整个身子往上飞，飞，直飞上幸福的顶端。

那一夜的绽放，多年以后，令她回想起来，仍有花开般的明媚与喜悦。

幽暗的灯光下，玉扣愈发显得晶莹、温润。

一位少年边打游戏，边拍打着鼠标，他被对方杀了一枪，情绪激动，破口大骂，他已连续打了十几个小时游戏，正战得天昏地暗。一位九零后女孩对着液晶屏流泪，QQ对话框里，有一张叼着香烟的男人脸，似嗔似怨、似笑非笑的样子。一个30岁左右的男人在后排的长椅上蜷成一团，酩酊大睡。

季若愚蓦然看到里排一张电脑桌上露出一头男人浓密的黑发，像李明睿。她的细高跟磕在桌腿上，踉跄着，差点仰面跌倒。

男人抬起头来，布满血丝的眼与季若愚对视几秒，又漠然低头，继续在电脑游戏里格杀，他抖落的烟灰，差点落到她的裙上。

见认错人了，季若愚叹了口气，紧了紧衣裙，脚重新适应了一下高跟鞋，虚弱地晃出了网吧。

她的眉宇间凝结成一个深刻的"川"字。虽然刚接到北京某知名高校博士录取通知书，但她瘦弱而苍白的脸上，没有应有的喜悦与神韵。

李明睿究竟去了哪里？和谁在一起？这些问题纠结在她的脑海，像一团乱麻，剪不断，理还乱，生生地牵绊着她。

白鸽煽动着翅膀，带着响亮的鸽哨飞越城市上空，漫天的柳絮飞扬着，若愚觉得自己的身体也随之飞扬起来，不知要飘向何方。

二

她是在学院举行的联欢会上遇上他的。

那时，她刚刚大学毕业，分配来师院任教。她戴着黑边框的近视眼镜，着蓝色细碎花的长棉布裙，显得青葱而质朴。

他上台演唱了一首《沉默是金》："笑骂由人，洒脱地做人，少年人，洒脱地做人，继续行，洒脱地做人"，他的声音低沉而富有磁性，那份浑然忘我的表情中，显出一份执拗，让她微微有些心动，一曲毕，他甩了一下黑亮的头发，这不经意的动作，如微波般轻漾过她的心湖。

而素衣锦年的她，也吸引了他的目光。

当舞曲《你知道我在等你吗》响起的时候，他径直走到她面前，邀她共舞。他的眼神如此阳光，快活而富有朝气。

她羞涩地点了点头，他轻轻地揽她入舞池。"莫名我就喜欢你，深深地爱上你。"歌词有着淡淡的忧伤，是她喜欢的。而他有着很好的乐感，舞姿优雅，她随他漫步、轻旋，如白云飘荡在蓝天，这种类似美好的感觉，是她以前从没体验过的。

此后几乎每天，她都能有意无意地遇上他。在教学楼的拐角处，在通往宿舍的长廊，在洒满细碎阳光的林荫道上。遇上了，他朝她灿然微笑，轻轻问候，然后静静地陪她走上一段时光。

他的笑容那么爽朗，眼神那么笃定。

蓝衣素裙的她，水莲花一般开满他的眼帘。

一天，她无意中把钥匙忘在宿舍了，进不了门，急得不知所措。他知道后，搬了张椅子，三两下就从气窗爬了进去，替她把钥匙拿了出来。她看见他弄了一身的灰尘，伸手替他拍落，无意中碰到他的手，触电般缩回来。两人都有些羞涩。

他给她写过不少诗，她喜欢他诗中淡淡的忧伤，唯美的情绪。有一首写道："我是一个雪人，也许会很快在阳光下融化的。"情人节那天早上，她一开门，就见他怀抱着一大束鲜红的玫瑰等在她的门口。卡片上写着："这不经意的邂逅，于我，是一颗种子，在心里长成了一棵相思的大树。今生，我，只愿为你泼墨生香，素锦年华中，只愿为你，写下满纸风情的诗篇。"他的深情表白，让她有些许吃惊、些许感动。

她接了花，玫瑰花瓣上的水滴，晶莹、剔透，她的心里，也闪着晶莹的光亮。

她父母家住离学校很远的市区里，而他的父母都是她所在学校德高望重的老教授。

她周末回了娘家后，他常常会骑上一个小时的自行车来见她。

有时两人聊到太晚了，他还不舍离去。学校锁了校门，他没有办法进家门，就去附近的火车站候车室和衣躺一个晚上。

两人瞒着父母苦苦相恋着。

季愚若的母亲终于听到风声，自己的女儿正和学校的一名临时工谈恋爱。

"门不当户不对，他拿什么来保障你的幸福？"母亲怒不可遏："我可不能眼睁睁地看着你自酿悲剧。"母亲的话语，暴风骤雨般砸向她，她一时也懵了。她并不知道他高考落榜，只是校图书馆的一名临时工。

母亲发动亲朋好友搞车轮战术，与她谈心、为她介绍相亲对象，亲情的压力排山倒海般席卷而来，肆意瓦解着她的意志。

在亲情轮番的轰炸中，她几乎没有时间静下来想一想自己的事情。她整个人都快虚脱了，陷入一种极度的空虚中。

李明睿一如既往地约她。她找尽借口，地下游击战似的瞒着父母与他约会。

她被他信誓旦旦的热烈追求感动，把母亲等人的劝阻当成了耳边风。

周末，远在美国的姑妈打来越洋电话，给她介绍了一位旅美在读博士，博士听说对她很满意，并许诺帮她办理出国手续。

学外语的她，有些心动了，她想，与其被亲人围攻追剿，倒不如逃离，越远越好。与李明睿的情感，再坚持下去，对大家都是伤害，也许只有分手才能还自己以安宁吧。

她骑自行车回学院找他摊牌。烈日如曝，晒得她汗如雨注。骑了整整一个小时自行车，她敲开了他的家门。

他见她来，喜出望外，她的头发被汗水湿透，衣衫也湿得能滴出水来。他把她拉进屋，顾不得换鞋，立刻穿着拖鞋飞奔下楼，在水果摊买了一大挂荔枝和一个大西瓜上楼。

他父母很热情地和她打招呼，并借口外出，给他们留下独立的空间。

季若愚开门见山地说了自己的想法，她说："希望你能理解我的无奈，也许只有分手才是唯一的解脱方法。"

他眸子里的光芒慢慢暗淡下去，他双手按着太阳穴，一声不吭地蹲下身去。

阳光透过米黄的窗帘倾洒下来，细碎、温暖，空气中静得即便掉一根针，都能听到回响。

李明睿突然开口道："我们一起去南方打工，可好？"季若愚呆坐着，她摇头，母亲生下她时，已是高龄，她不想让老人家过度操心。

李明睿站起身，不安地在屋里踱来踱去。终是没有想到好法子，像完全乱了方寸的样子。他突然一把抱住她，把头深深埋进她的怀里，喃喃地说："别离开我。"季若愚心痛莫名。

天色逐渐暗下来了。她几次提出要回家，被他拥住不放。他生怕她这一走，就再也看不到她了。他紧紧地拥抱着她，吻她的脸，她的唇，他的泪水滴到她脸上，与她的泪水交融在一起。两人的脸都濡湿着。

他换各种姿势拥她入怀，但怎么抱也觉得抱不够，恨不能把她吸进自己的体内。

她动了恻隐之心，终于不忍离去。

午夜12点，校门准时关闭，她再也回不去了。他的父母留她住下来。她和衣躺在他的单人床上，他睡在客厅的沙发上。

她闻着被子里他的气息，迷迷糊糊进入了梦乡。

半夜里，她突然被一种奇怪的声音惊醒，她开灯一看，见他蜷曲在客厅里的沙发边，浑身是血。一把滴血的水果刀赫然躺在他的身边。

血从他的动脉处汩汩地往外冒。那一刹那间，她惊呆了。他那么傻，竟然割断了自己的动脉！

她不顾一切地扑过去，抱着他的头，大声呼唤他的名字。

他脸色惨白，睁开眼，虚弱地看了看她，又闭上了眼。

他父母闻声过来，打120把他送往医院抢救。

她守在他的身边，寸步不离，她用棉签蘸了水，滋润他的唇。她在心底呼唤他的名字，一遍又一遍。

他醒来时，看到守在身边的她，说道："求求你，不要离开我！"他可怜巴巴的眼神，像个无助的孩童。

大滴的泪，在他的睫毛上轻颤着，把她的心颤得软软的，有一种柔至无骨的疼。"傻瓜，你不该这样做。"她怜悯地抚摸着他苍白的脸，抚摸着他唇边的须。

他仰脸望着她，泪光盈盈。"没有你，我如何能活下去？"他是如此脆弱，像个受足了委屈的小小孩。她一遍遍地自责：自己差点就成杀害他的刽子手了，而他，是如此深爱着自己，不惜以死为证。他竟然傻到能为自己放弃生命。深爱若此，还奢求什么呢？还有什么理由放弃？还有什么理由不珍惜？

看到他的脸色逐渐红润，看到他再度露出阳光般的笑脸，她暗暗在心底下了决心，不管遇到多大的压力，多大的困难，都不再提与他分手的事了。

回家后，她哭着将发生的一切告诉了父母亲，她说这个男孩是爱她的，她必须坚定地和他走下去。

父母见她心意如此，料是10头牛也拉不回来了，不再劝她和他分手，但也并不因此看好他们之间的感情。

母亲的直觉，他在利用女儿的良善与同情。然而她劝阻不住热恋中的女儿，只能任由她飞蛾扑火般地走下去。她不看好这一段感情，两人身份悬殊，激情过后，感情靠什么维系？

在校当图书馆临时工毕竟不是长久之计，李明睿为了证实自己，也为了有一个较好的将来，毅然决然地离开父母身边，去省城某玉器行打工。

他隔三差五地给她写信，聊及在长沙工作的种种艰辛，和对她浓浓的思念。散文诗般深情隽永的来信，雪片一样飞向她，最长的一封，竟是洋洋洒洒的四十页。当华灯初上，别的情侣成双入对时，读他的来信，成了她最奢侈的享受。

为了证明她的选择没有错,他苦苦地在玉器领域挣扎。赚的每一分钱都交给她,向她的家人证明自己的价值。

求婚的礼物,就是一枚小小的青白玉扣。那年平安夜,雪落无声,大朵的雪花分外晶莹而美丽。他说,相信我,一定会竭尽全力,给你一个更好的将来。

季若愚心里感动,即使是日子过得如此奔波劳累,然而有他的爱,她并不后悔自己的选择。

为了能早日与他在省城团聚,她想到考研。她素面朝天,吃简单的饭菜,节省所有的时间拼命复习,终于考入省内一所高校读研。

两个苦恋的人儿终于在两年之后,于省城团聚了。

每逢周末,季若愚便跑去给他帮忙,为他的业务奔波忙碌,虽然苦,却觉苦中有乐。而那个严寒的冬日,她为他,鲜花一样绽放。

李明睿从报上得知家乡所在城市电台招考播音员,他想回家乡报考。可是当他们从省城赶回来时,报名时间已经截止了。

季若愚心有不甘。她费尽心思,找了不少亲友帮忙,最后终于找到一位同学的父亲帮忙。她用省下来的生活补贴,买了份像样的礼物,苦苦央求他,他被她的诚挚所感动,破例让李明睿补报了名。

有季若愚从外围打通关节,李明睿凭着一口流利的普通话,居然顺利过关,当上了市电台的播音员。

李明睿终于结束了打工漂泊的日子,回到家乡,有了一份稳定的工作。季若愚仍留在省城读研究生,团聚不到半年的他们只得面临着又一次的分离。

不久,李明睿因工作出色,被领导赏识,借调到上级机关进行工作。

他主动向领导提出,让季若愚替领导的孩子补习英语。每周末,季若愚从省城赶回来,骑一辆破旧的自行车,穿越大半个城市,去辅导他领导的孩子学习,一待就是几个小时。领导的小孩在她的辅导下进步很快。

李明睿单位所在的几位副职闻讯,也纷纷请她做家教。有的甚至是要求她为其侄子侄女补课,她不敢厚此薄彼,只得一一回应,把自己的寒暑假全都倾情奉献出来。

虽然很忙很累,但为了李明睿有一个更好的前程,有什么不可以承受的呢?苦了、累了、委屈了,她只要轻轻抚摸一下胸前的青白玉扣,便觉得平和温暖。

有一回汽车晚点,为了从省城赶时间去给他领导的孩子补课,下了长途汽车后,她租了一辆摩托车赶路,结果被侧面开来的一辆大汽车撞到,飞出去四五米远,衣服都摔破了,磕伤了脚。她一声不吭地换了衣服,赶往领导家里补课,那孩子顺利考上了大学。

不久,李明睿也如愿以偿调入上级机关工作。

季若愚硕士毕业后,回到原学校当老师,两人终于团聚了。

李明睿已俨然成为市委机关的小公务员,打着鲜红的领带,光鲜明亮的样子。两人仍在他父母家吃饭,闲时看书、看电影,小日子过得波澜不惊的。

修整了两年,季若愚打定主意要攻读博士学位。李明睿的父母也非常支持她的决定,并邀她到自己家同住。

李明睿却不情愿了。两人之间的学历越来越悬殊,他劝道:"别考了,我们好好过日子吧!你已是硕士了,再读,我们俩的距离会越来越大。"

她不以为然:"即便是读了博士后,我仍然是你的老婆呀。再坚持一阵就行了,等我考上博士以后,我们就可以去更大的城市工作,将来我们有了孩子,对孩子的成长有好处啊。"

李明睿表面上不再说什么,却独自一人留在自己家住。只在星期六、星期天才象征性地回父母的家里与她团聚。

季若愚是个专注的人,一旦打定主意,就开始朝着目标不断努力了。为了考博,她孤注一掷,几乎把所有的业余时间用来复习,她满脑子都是法语单词和语法修辞,还有那些长篇累牍的法文。她根本无暇顾及李明睿的生活。读书的过程是快乐的,但她因此失去了许多常人的乐趣。

李明睿周末晚上偶尔外出应酬，起初时颇有些不好意思，会颇踌躇地向她请假，季若愚一点也不疑心，只是爽快地放他出去，她想，没了他在家里转来转去，自己可以更专心地学习。

接到录取通知书后，她如释重负，像一枚枚绷的弹簧终于松懈下来。

李明睿听到这个消息后，并没有像她料想的那样，为她高兴，他只是淡漠地看了她一下，眼神疲惫而散乱。

三

从书本中回归现实，当季若愚准备来好好陪陪李明睿，尽一个女人、一个妻子应尽的义务时，她才发现，李明睿已很少回家。即是偶尔回来，也总是闷声不响，躲进书房玩电脑游戏，或是匆匆换了衣服外出。

季若愚忍不住一把拦住他，追问道："你是不是遇到了什么困难，不妨说出来，我会尽力帮你的。"

八年的婚姻，大他两岁的她，像姐姐似的，给予过他事业上太多的帮助。

他支吾着说不出个所以然来。

她追问："你是不是心里有了别人？"

他避开她询问的眼神，矢口否认："哪有啊，不过是因为压力大，偶尔去网吧打打电子游戏放松一下而已。"

他把手里的香烟摁灭，丢在烟灰缸里，推开她的手，头也不回地推门出去了。

她慌急慌忙地奔到阳台，推开窗户，看到他的身影在小区里穿行而过，阳光在他的衣服上跳跃着。

屋里愈发显得大而冷寂。天色渐渐暗下来，屋里的阴影越来越大，她叹气着，静坐在那里，像一张画。屋里的空气，也冷冷的，像结了冰，压迫着她，令她窒息。

她拨打他的手机，不是占线便是无人接听。她何尝不知道，他在刻意回避她。她去附近的网吧锲而不舍地找他，每一次都无功而返。

"曾经以为是铁打的金玉良缘，而今不过不堪一击的木石前盟"，她心里打了冷战，一股寒气从心底渐渐逼上手心，十指浸骨地寒。

她心里异常苦闷与不安，却无处诉说。与父母兄妹更不好说什么。

毕竟，这段婚姻是自己选择的。

他们曾爱得那么轰轰烈烈，死去活来，冲破一切阻力，才成就这段婚姻，怎可轻易言败，让别人看笑话？

她相信宿命论，找来一大堆命相书，排两人的生辰八字，依相书上所写，他们是能白头偕老的婚姻。

她提笔给他写信："这些年来，也许我太自私了，自私到忽略了你的感受，我考研考博，从未想过有一天，你会离开我。

我知道，你心里也很苦。不管时间改变了什么，我想，我都是有责任的，我会试着包容的，只要你肯回心转意，我仍会一如既往地爱你！"

……

为了能重新唤起他的热情，她斗士一般努力着。

她相信，只要自己付出足够的精力和诚心，一定会有所收获的。长期与书本打交道，她得出这样一种经验，只要肯于付出，就一定会有回报。她试图把这种经验也用到与人的交流中。

他无意中说过，他不喜欢穿着太严谨的女人，她便试着改变自己的衣着。她频繁出入服装市场，尽量让自己的衣着风格紧跟潮流，依他的眼光来打扮自己。在一家时尚服装店，她大着胆子，走进试衣间，脱下了白衬衣，换上一件粉色的真丝吊带衣，穿衣镜前，她羞涩地看着自己裸露的双肩很不自然。她已年过三十，锁骨稍嫌瘦弱，而为人师的她，内心也不认同这种打扮，明显也不符合她的审美标准。但她甘愿为他而改变。她买下了这身衣服之后，又去化妆品柜台，让导购员替她挑一些化妆品。年轻的导购员热心地指导她怎样保养、化妆。导购员说，每天淘米用的水洗脸能让皮肤白皙，她深信不疑。导购员精心为她挑选了一整套化妆品,她甚至在导购员的说下,买回了一瓶贝壳珠光的指甲油。

在男士服装店,一向生活节俭的她,出手不凡,一口气给他挑了两套品牌服装。她迫不及待地拿回去给他试穿。穿衣镜前,他笑了笑,轻轻地夸了一句:"品味倒不错嘛。"她心里便像考试取得了好成绩一样兴奋。

"留住男人通过他的胃",为了让他能多回家吃饭,她特意去书店仔细挑来几本菜谱,照着菜谱,一心一意地给他做各种口味的饭菜,像宠孩子似的宠着他。

刚上市的樱桃娇嫩欲滴,但价格不菲。他爱吃,她毫不犹豫地买回一大包,盛在透明的玻璃器皿中,宝石般隐隐地闪亮着,她希望能唤回他的心,他的热情。

客厅的青瓷花瓶里,也适时插上了勿忘我和百合花。金鱼缸内,几尾金鱼自由自在地吐着泡泡。家里显出一种久违的浪漫温馨的景象。

她主动热情地参与他的应酬活动,尽可能地融入他的社交圈。并有意识地阅读一些幽默的故事书,在聚会时适时讲一两个笑话,无非是想向他的朋友证明,女博士并非大家想象的那样呆板无趣。

她跟他去嗨吧嗨歌,过道的墙壁上,霓虹灯的映照下,大块玻璃泛着青的、蓝的、红的、紫的光,图形变幻莫测,让人头晕目眩。

劲爆的音乐,那声嘶力竭的歌声,如电钻般钻击着她的耳膜。她强笑着,看着他劲舞,看着他放开喉咙歌唱。唱完歌后,一群人又兴致勃勃地来到一家新开的桑拿中心。大堂装饰得富丽堂皇,四周挂着仿制的名画。她不习惯在人前暴露自己的身体,只是捡歌厅僻静的一隅坐下来等他。

四周的人裸身露体地来来往往,唯有她,衣服整齐地独坐,反而觉得不自在,她只得扭扭捏捏地解了衣服。匆匆泡过澡后,人问她要不要搓澡,她不明就里,在搓澡工的劝说下,全裸躺在一张窄床上,眼看着搓澡女戴着手套,一下一下强有力地刀一样划过她的皮肤,有"我为鱼肉,人为刀俎"的感觉。浑身赤裸的她,又感觉自己像动物一样,没了尊严。她有些疼痛,似乎有许许多多无形的脏东西被褪洗了下来。

一干人终于洗完澡，穿着浴衣上楼吃自助餐。

她只给自己挑了几片西瓜、几只小西红柿，给他装了他爱吃的牛肉卤粉，他仍然是那样青春和帅气，她心里咯噔一下，自己还是那么喜欢他。

她想着吃完饭能和他一起回家时，他和大家又兴趣盎然地地打起了麻将。她坐在他身后，看他兴致勃勃地与人玩牌，烟味呛人。她心里暗暗叫苦，碍于他的情面，她咬着牙，坚持坐到最后。毫无怨言地陪他在桑拿室过了一夜。而她，只想坐在茶馆里，悠然地泡上一壶茶，听一曲古典民乐。

她几乎是费尽心思经营着自己的家庭，一心想讨他的欢心，挽回他渐行渐远的心。整夜未眠的她，第二天腰酸背疼。她很快发现，这种要一门心思去讨好别人的事情，远比与书本打交道要复杂得多。而读书只要自己付出足够的努力，便会有所收获。

他仍然对她冷冷的，两人咫尺相处时，也觉得隔了十万八千里。

四

他每月高额的电话费让她起了疑心，她找了个借口，要了他的身份证，去邮局打出电话清单。

对着长达几十页的电话单，她逐一查看，发现他与一个手机号通话频繁，有时一天多达十几个电话，以及数十条手机短信。

有一个通话时间为 2 小时 39 分。她被那串单调的数字啃得生疼。他果然有人了，她真想立即找他当面问个明白，但她还是尽量克制着自己的情绪，没有惊动他。

好奇心使她去查这个号码的主人。

她绞尽脑汁，想出各种办法都不行，她求着柜台的人帮忙，也无人肯帮她，说是上面的规定，不能泄漏客户的信息。

她只得拿着话费，魂不守舍地往回走。

在沙发上怔了半晌，她上网去百度了下，看到有人说，只要给电话号码交费就可以拿到话费单，她忽然灵机一动，马上去给这个号码交了费，轻而易举拿到了话费单，原来机主叫吕燕。

吕燕，是怎样一个女子？她心里既忧且愤。

她拨通了吕燕的电话。

"喂，找哪位？"电话那端，分明是一个年轻女孩的声音，热情、极富张力。

季若愚反像做了亏心事，她结结巴巴地问："请问你认识李明睿吗？"

"他是我老公呀，怎么会不认识？你是谁？"她漫不经心地问。

她语调中对他的熟知与亲昵让季若愚的心一紧，她手一抖，慌慌张张地挂了电话。

她魂不守舍地做晚餐，剁排骨时，一只青花瓷碗年掉下来，差点砸到她的脚，裂成了几瓣。削土豆时，又把食指的指肚割破了一道小口子。

她做了他爱吃的糖醋排骨，又做了醋熘土豆丝、红烧鲫鱼、肉炒蛋汤。这几样摆上桌后，天色已经大暗了。

她添好米饭，又开了红酒，但李明睿没回家。她给自己夹了点排骨和土豆，闷坐在那里，慢慢地拨弄着。

饭是一粒一粒数下去的。排骨依然被她拨拉着回到了菜碗里。

李明睿又整夜未归。

她怅然若失，忧伤如焚烧着的香，在心头缠缠绕绕的，无声又无息。

千万条线在心中悬着，却无针可穿，无处可诉。

她检点着自己的所作所为，在爱情与事业之间，究竟谁轻谁重？自己究竟错在了哪里呢？难道这顶博士帽非得付出婚姻破碎的代价吗？该放弃还是坚守？

她知道，这些年来，他也活得并不轻松，他有自己的失意和烦恼，然而自己一门心思地扑进西方语言中，并不太给他倾诉的机会，不太注意他的感受。他是一个感性的人，希望有人爱他，呵护他，疼他。她宁愿相信，他只是用自己的方式去排遣心中的寂寞。与吕燕的交往，是一时冲动，耐不住寂寞而已。

她一遍遍地对自己说："我们曾经轰轰烈烈地爱过，八年的感情，难道还敌不住一时的迷情吗？"

季若愚开始不断地祈祷，祈祷他能早一天回心转意。

她想约见那个叫吕燕的女子。她整夜未眠，认真在笔记本上拟写了谈话提纲，她有一肚子的话要对吕燕说，从她和他怎样认识，到她家里人反对，到她如何支持他的工作。她想，人心都是肉长的，吕燕若是知道这些，也许会自行消失的。

晨曦微露时，她便迫不及待地打电话，直截了当地告诉吕燕，她是李明睿的爱人，想约她出来见个面，吕燕爽快地答应了。

她选择了咖啡馆靠窗的座位坐了下来。窗外，广场上绿茵如盖，一只小狗笨拙而甜蜜地打着滚儿。云雀的歌声自天外来，清脆、婉转。她心里却像敲着一面鼓，焦虑而不安。

吕燕如约而来，她穿着露脐的小衬衫，白底碎花裙。年轻、时尚，像只花蝴蝶似的，落座在她的对面。

季若愚先是冷冷地打量着这个足足比她小十几岁的女人，想给她施加点精神上的压力。

她自以为自己有着足够的沉着、冷静，她想，她是李明睿法律上的妻子，单凭这一点，就足可以理直气壮地挫败她。

然而，她虽然表面冷静，但心里却如此不安。她实在没有处理这种事情的经验，只是结结巴巴地依着谈话提纲，打开了话匣子。

吕燕心不在焉，白皙纤细的手一直抚弄着胸前的玉扣，那玉扣做工精致，色泽温润，一看便是上好的和田玉。

她见季若愚盯着玉扣，便说："这是李明睿送给我的生日礼物。"

季若愚像被人当头打了一棒，她说起她与李明睿当年的苦苦相恋，那段不为家人所看好和祝福的情感，说起他曾为她割腕，以及这些年所做的种种努力。

吕燕迎着她的目光，竟无半点羞愧感。

她是那样的镇定自若，甚至，还明显地带有几分挑衅。

她似乎早料到会有这一天，早已有了足够的心理准备。她淡淡地打断季若愚的话："对不起，我对你们之间的陈年旧事不感兴趣。"

季若愚的脸突地红起来，像被人凭空抽了一巴掌，吕燕没有丝毫的愧疚，完全不按逻辑和规矩出牌，出乎她的意料。自己近乎通宵的谈话准备是如此多余和可笑。

吕燕开始反守为攻，咄咄逼人。

她说与李明睿早在季若愚搬进公婆家备考之后两个月就认识了。那时，她正读大专的最后一年，李明睿和领导去学校视察，她是校方挑选出来的礼仪小姐。两人就这样相识了。之后经常在一起喝茶聊天、蹦迪、上网。一心攻读博士学位的季若愚，对这一切竟毫无知觉。

吕燕肆无忌惮地说："我们已经好了一年多了，他帮我找到了旅行社的工作，我与他真心相爱，他不愿意离开我，而我目前也没有离开他的打算。"

她的意思很明显，该退出来的是季若愚，而不是她。

正说着，吕燕的手机铃声响起来。她按下接听键，声音立刻变得娇柔起来，像被人捏细似的打着战。她用食指绕着额前的一缕头发，娇滴滴地晃动着身子，像突然变了个人似的，完全不似刚和季若愚谈话时的冷酷神态。

季若愚隐隐猜到对方正是李明睿。

吕燕瞧了她一眼，毫不避讳地对着话筒口吐莲花："我在明珠咖啡厅，你马上过来吧！"

果然，不到十分钟，李明睿就急巴巴地赶来了，他穿着季若愚新近给他买的淡蓝色T恤，浅灰的牛仔裤，脚蹬一双奶白色的休闲鞋，单眼皮的小眼睛里满含着笑意。

吕燕跑上前去，将一双手吊在他的脖子上撒娇。

季若愚的脸色发暗，心痛得如同被人撕扯着。曾几何时，她也被他这明朗的笑容吸引着。只是她从未想到过，曾经生死之鉴的爱情，会变得这样脆弱。他竟然会用这样的方式来践踏他们的感情。

她倒吸了一口凉气，手一抖，咖啡杯被碰翻了。深褐色的咖啡，迅速在桌面上呈射线状四散里射去。他这才看见颓然而坐的季若愚，他裂开的嘴来不及合拢，笑容就那样凝固在脸上了，他讪讪地说："你怎么会在这里？"大滴的汗从他额头上渗出来。

季若愚看着他，眼里满是伤痛，一颗心几乎要跳出来了。

空气似乎都凝滞了。桌上的咖啡滴滴答答地往下滴。她手忙脚乱地拿餐巾纸去擦。

他愣了半响，突兀地说："是我对不起你，我们离婚吧！"

这句话，如同在她耳边炸响一个晴天霹雳，泪水一下子夺眶而出，她站起身来，几乎是夺路而逃。

她回到家，颓然地坐在木地板上。墙上，画中的她正微笑着。那是她还在省城读研究生时，他连夜坐了火车，凌晨时赶到她的宿舍，送给她的生日礼物。为了给她准备这份礼物，他请一个画家朋友足足花了三天，又熬过一个通宵之后才完成。那时，她是多么感动。

而此刻，这画中的笑容都冷冷的，带着一丝嘲弄的意味。

她欲哭无泪，八年的感情，一旦要改变，是那样令她心疼。她头脑空白，整个人虚脱般地栽倒在床上，晕晕地合上了眼。

电话铃声却欢快地响起来，她虚弱地伸手去捞话筒，是母亲打来的："若愚，你父亲快过生日了，到时别忘了回家吃饭。"

她答道："我会的。"

母亲觉察到她的声音有些异样，问道："你还好吗？没事吧？"

她说："挺好的，没什么，中午吃得太辣，呛着了。"

脆弱的心房如何经得起猝不及防的亲情叩问？她的眼泪汹涌而下。她能说什么？她何以启齿，他已经有了别的女人？

她把自己关在家里，她想一个人安静地想一想。

夜深了，李明睿还没回来。

她心痛得一阵阵痉挛。

她摇摇晃晃去洗澡。水龙头开后，水哗哗地流着，她才忽然想起，自己忘了拿换洗衣服,她又折回卧室去,拿了一条吊带睡裙,这是前不久才买的,从前她只穿棉质的长衣长裤。

她取下眼镜,颈项上的玉扣忽然掉了下来,她慌张地往半空里抓了一把,只徒劳地抓到半截断绳。

玉扣落到瓷砖上,发出沉闷的声音,没有玉石的清脆悠扬。

她弯下腰来,捡起一枚碎片,仔细辨认,原来曾经那么珍爱的玉扣,不过是块玻璃。

看着一地的碎片,她忽然心下释然。

贱　狗

1

老实、木讷的贱狗守着一亩三分地，不是下田捋草，就是上山拾柴火，每天起早贪黑，巴巴地干着怎么也干不完的农活。空有一身蛮力气，难以改变窘迫的生活，更不用说娶亲讨媳妇了。

叔叔念他孤身一人，把他带到县城里，让他在学校办的石棉瓦厂学做石棉瓦。叔叔把一楼的煤房收拾好，铺上地板砖，又摆了一张宽床，虽然光线有点暗，但一个人住着也自由自在。他一日三餐都在叔叔家吃，也不用交生活费用。堂兄又给他找了些旧衣服，让他穿起来不那么寒酸。

石棉瓦里要掺玻璃丝纤维。玻璃都是收购来的废旧酒瓶之类，丝纤维要在高温下作业，才能拉出色泽鲜艳，看起来很漂亮的丝，但这丝纤维有毒性，容易引起身体发炎。贱狗一双手被扎得伤痕累累，溃烂得不成样子，但想到每天能赚几十元工资，他戴了双粗布手套，不声不响地工作着，做得很踏实。做了几个月，他一分钱也不舍不得花，把赚的钱全都存在叔叔处，准备留着回家娶媳妇用。

校领导不太懂经营，加上教育局清查，校办工厂就停产了。贱狗已学得了一手做石棉瓦的手艺，叔叔又把工资一并给了他。

他把钱放入人造革皮箱内,因为赚了点钱,他觉得底气足了,独自一人提着那口人造革皮箱,昂首挺胸,大摇大摆地坐上了回乡的公共汽车。

不料,当他下得车来,还没来得及反应,几个二流子一哄而上,没费什么劲就把他的皮箱抢走了。

他气得哇哇大叫,打电话给叔叔,叔叔马上乘中巴车从县城赶回老家。好在派出所的所长是他的同学,当即立案查办,一打听,原是几个小混混,不到半天就追回了被抢的钱物。手里好不容易有了几个闲钱,便有媒人进了屋,给他介绍了偏远山区的一位姑娘。贱狗听从三哥的撺掇,借了件新一点的西装,又找来一个蓝芙蓉王的空烟盒,将那2元一包的香烟装进去,提着几盒点心,跟着媒人去相亲。

那女人矮壮的个子,长得小鼻子、小眼睛,五官一副紧急集合的样子。贱狗看她外貌不怎么样,要的见面礼、聘礼却一点也不比别人家低,心里虽不是滋味,但自己现在这个样子,又哪能去挑剔别人呢,实在也难遇上好姑娘,也就含含糊糊地应承了下来。

冬青替他筹了彩礼、定金,她想,自己能做的也只有这么多了,命运如何,只能看四哥自己的造化了。

小嫂子嫁过来后,不久肚子就显了形,原来,她在娘家时早已怀着别人的孩子。女儿生下来后,小鼻子小眼睛,像极了她,且身材短小墩胖,全不似其他几位哥哥的孩子好看。

冬青表面高兴着,却连正眼也不肯瞧一眼那孩子。贱狗老实巴叽的,由于长年的劳作,又不注重外形,他晒得皮肤黝黑,胡子拉碴的头发越发乱蓬蓬的,像只鸟窝,才40多岁的人,却老得像只没式样的破草鞋。

冬青见他活得辛苦,费力又不赚到钱,常悄悄接济他。

石棉瓦制作工艺很简单,他自己利用学来的技术,在家门口做石棉瓦卖,忙时雇上几个人一起干。

他不善管理,头脑活络的,学会技术后,便回家另立门户,还顺手把他的老客户带走。他把瓦销到了一家频临破产的企业,资金难以回笼，也渐渐做不下去了。

他看到鸡走得俏，心里痒痒的，也想买些仔鸡来放养，便找冬青借了些钱，养了几百只鸡，半年下来，鸡长势良好，眼看就可以上市，不料遇上禽流感，鸡被活埋掉，每只只领到镇里一元钱的补贴。

这一年，白白耗费了力气不说，还把本金都搭上了。

小嫂子骂骂叽叽的，他也不还嘴，索性又找冬青借了钱买猪仔。十几头小猪喧闹着，毛在阳光下闪闪发亮，好喜人。

为使猪肉鲜嫩，贱狗尽可能少喂饲料，他坚持自己打猪草喂猪。眼看猪们迅速长膘，他就想再彻一排猪圈，多喂几头猪仔，好等这批猪出栏后，家里不至于空栏，正好可以把欠冬青的钱完上。

冬青担心他把握不好，便说，你抽个时间去和县里工作的堂兄商量一下，听听他的意见吧。

贱狗抽了个空，从鸡栅里捉了只鸡，用装化肥的编织袋装着，担心它没法呼吸，在袋上又挫了几个小洞，冒着酷暑，低一裤脚高一裤脚地进城了。

堂兄说："我有个同学胡炳南在农业局当开发办副馆长，分管扶持基金，你可以向他们申请，看能不能要到点生猪养殖扶持资金。那笔钱，只要你能拿到手，你赚了钱能还则还，即使亏了本，还不上，也算是国家给的支援，没有人会追着你还。"

"真有这样的好事情？"贱狗脑子里充满了疑虑，他小眼睛转了转，狐疑地问。在太阳下赶了一上午的路，他的皮肤黝黑，发福的身子被黑旧的破背心裹着，愈发显得圆墩墩的。堂兄揶揄道："我什么时候框过你？试试看，没准天上真掉馅饼了，砸到你头上呢。"

堂兄找了件自己穿过的旧T恤，让他换上，使他看起来体面些，便邀来在农业局的胡炳南，三人择一家干净的酒店坐下了。

贱狗迟迟疑疑地坐下来，一看菜单，心里嘀咕，不知要花几张老人头。他按了按干瘪的口袋，双眉紧锁，表情瞬间严肃起来，一幅担心挨宰的表情。

胡炳男望了他一眼，他赶紧低下头去，连眼神也不敢与他对视，只是把眼角的余光偷偷地斜过来，悠地又转回去了。

眼看上菜了，开了酒。

堂兄给同学斟上满满一杯，说："我这堂弟人实诚，以前自己做石棉瓦厂，现在开了个农场，养着几十头猪，全是用猪草喂养，现在他想扩大一下规模，咱们县农业局不是有扶持资金吗？能不能给拨点资金？"

贱狗只管张开厚厚的嘴唇贼笑，笑得塌鼻子一扇一扇的，小眼睛笑得眯成了一条缝。

贱狗头发乱蓬蓬的，又因为久不清洗，越发油油腻的，散发着一种浓重的异味。

胡炳男望了一眼他，想，这人长得这么窝囊，一看就是个不会来事的，如果费了劲批了钱给他，谁知道他有没有能力办好养殖场呢？就这么一个人，如果让他办，能得点好处不？如果连一条烟都捞不到，这事就不值得自己费神费力了，眼睛盯着扶持基金这块肥肉人的多得是。

便说："这事不好办啊，上面有分管领导盯着呢。"

堂兄说，"这事得你替我们出主意，到时有了好处，贱狗自然不会忘记你的恩德。"堂兄在桌下踢了贱狗一脚，用眼睛示意了他一下，贱狗赶紧巴巴地点头。

三人举杯一饮而尽，堂兄说："我平常也没什么事开口求你，我伯伯去世得早，这事你得尽力，谋事在人，成事在天。"

堂兄见贱狗只是勾着头，也不表态，便在桌子底下踩了他一脚，俯在他耳旁，轻轻地，然而又用足了力："你不要只顾自己吃，你也撂个话。"

贱狗只管诺诺，他声音低而嘶哑，每一个字音都像卡在喉咙里，不敢钻出来似的。为掩饰自己的窘态，他忙着往嘴里送一块红烧肉。

胡炳男点点头，说："我尽力试试看。"

堂兄继续斟酒，说："事成之后，不会亏待你的。"

又说些同学间的笑话，气氛慢慢活跃起来。

胡炳男也喝得高兴起来，说："来，我们来猜谜语吧，谁猜不出来，就罚谁一杯酒。"他说的无非是些字谜，比如，"一口咬掉牛尾巴。"贱狗抓耳挠腮，豆大的汗珠从他额上涌出来："我只会养猪，哪会这些。"他猜不出一个字来，无端地被罚了几杯酒。

堂兄笑得，你只知道吃吃吃，马上自己也要吃成一头猪了。

胡炳男看着贱狗的窘样，忽然想起一个谜语，哈哈笑着说："养猪专业户——打一字。"

贱狗低着头，猜了半天，也没理出个头绪来，只当是打趣自己。

只见堂兄飞快地用筷子蘸了点酒，在桌上龙飞凤舞："你看，可是这个字？门里喂头猪，亥为猪，可不就是个'阂'字？"

贱狗凑上前一看，心里想，可不是？有文化的人就是不一样啊，他搔着头，不好意思地笑了。

这回，他主动老老实实给自己倒了一大杯，一口气灌了下去，脸仿佛着了色，蓦地红了。他一反常态，大声说："今天请客，都是客人吃得多，我自己吃得少。"

堂兄几次示意他闭嘴，他还有意见："你不让我说，我偏要说，难道想让我的嘴巴子闷臭不成？"堂兄哭笑不得。

贱狗猜不出谜语，撩起衣衫直抹汗，又倒了一杯，一干而尽，整瓶酒被他喝完了一大半，酒一下子上了头。堂兄盯了他一眼，他也没有意识到自己把话说反了，只是更加兴奋起来，哆着嘴，又说了些平常不说的话。

过了一会儿，从来没有喝过这么多酒的他，竟然把头枕在手上，响亮地打起鼾来。

堂兄没法子，只得对胡炳男说："对不住呀，我这个憨堂弟喝高了，今天不奉陪，一会儿我老子又该骂我了，改天再请你洗脚哈。"

堂兄朝服务员招了招手，买了单，把贱狗搀扶出酒店。贱狗轻飘飘地，感觉那手脚都已不是自己的了，全然不听使唤。恍惚间见路边一水轮头滑丝了，有水汩汩地冒出来，他醉醺醺地挣脱了堂哥的手，跑上前，一把接住水龙头流出来的水，一边拼命摆手道："我没有醉，我没有醉，这点酒算什么呢？"

堂兄好不容易把他拽回家。

贱狗醒来时，已是第二天清晨。他这才迷迷糊糊想起来，自己喝过头了，单都没买，是堂兄替他掏钱买的单，把他扶回家的。

他没吱声，想，等那钱到位了，再还他。

他哧溜一声跳下床，见叔叔和婶婶外出晨练了，他怕叔叔责怪他贪杯，也不好意思等他们回来，反趿着一双破胶鞋，偷偷溜去了公共汽车站。

在售票口买了张回程的车票，中巴车一路"突突地"往小镇开。由于只有站票了，他头重脚轻的，心里直骂司机水平差。好不容易到了镇里，贱狗跳下车，也舍不得拦辆摩的，一路小跑着回家。

跑了几里山路，回到村里，几条狗循声狂吠着，他啐道："瞎了你们的眼，连我都不认得了。"

到了自家猪场，一窝猪已饿得"嗯啊"直叫，见主人回来，全都涌到栏前，几十双眼睛巴巴地望着他，哼哼唧唧地，不停地翘嘴往食槽里呶。

贱狗前一天早上才喂过食，这会儿太阳都升得老高了，他拍打着自己的头，跟猪们道歉，忙着生火煮猪食。

2

天凉了，露水下到泛黄的草上，结了一层薄霜。瑶岭的树木已泛红，层层叠叠的，像喝醉了酒的瑶家汉子，添了些凛冽的气息。

县农业局派人下乡来考察时，贱狗正在猪圈里给猪洗澡，音乐放得很响亮。他左手提着黑色的软皮管，流出细细的自来水，右手拿着一大片丝瓜瓤，擦得猪舒服地哼哼着直叫唤。

他又仔细把猪圈冲得干干净净，洗得漂漂亮亮的。

几个来考察的人相视笑了笑，其中一个打趣道："你对母猪比对老婆还亲吧？"贱狗红了脸，嘿嘿笑着。

而满山"咯咯咯"地欢跑着的，挑着细草叶儿吃的，是他养的三黄鸡。

堂兄先一天便跟贱狗打了招呼，让他好好招待来考察的人吃午饭，把他们招待满意了，扶持款才好说。又说城里人就爱吃野味，便嘱他从集上买些新鲜的獐子肉、野兔肉。

贱狗去抓鸡时，先往地上撒了一把谷，装作喂鸡食，"咯咯"叫着把鸡聚拢来。他左拦右扑，好不容易扑到一只肥肥的三黄鸡，操起刀，顺手把鸡脖子抹了，丢进刚烧好的开水中，拿铲搅动几下，三下五除二，就把鸡毛干干净净地褪了。又开肠破肚，把鸡内脏挖出来，丢到一边，又取一片荷叶把洗净的鸡包好，再用泥巴封起来，放到挖好的洞里，埋好，再在上面生了柴火，给大家做叫化鸡吃。

几个人在桂花树下支了张桌子，甩起扑克牌来。他们玩的是一种叫"三打哈"的游戏，谁叫的分最底，谁做庄家，其余三个人联合起来打庄家。只要捡到的分等于或超过被叫的分数，庄家便算输了，如果大家一分也没捡到，庄家便算给大家剃了光头，可以三倍进钱。

几个人战得热火朝天。

同来的一个小姑娘手持一本书，坐在另一颗桂树下安静地看着溪水缓缓地流淌。正是桂花开放的季节，清风徐来，细碎的桂花闲闲地飘落到书上。她闻了闻，见香味浓郁，便夹在书里，当了桂花书签。

她抬眼看出，一条虫子被一根游丝系着，从树上垂下来，又弹回去，像荡秋千。秋蝉，静静地栖在树干上，与树皮有着同样的颜色，几乎像从树上长出来的。瑶村的山山水水，有一种古朴与沧桑，瑶村的秋天，像一场盛大的节日，枫叶红了，橘子红了，有一种诗意的美。

贱狗把獐子肉，野兔肉洗净切碎，生炒了几大盆。又把叫化鸡扒拉出来，打开荷叶，香味便飘起来，四下溢去。

大家吃得很开心，夸贱狗是个能干实事的人。贱狗在一旁搓着手，嘿嘿笑着。

临走时，贱狗又想起堂兄的交代，便按人头每人捉了一只鸡，用红线缠住鸡腿，装到一只大纸盒里，纸盒侧旁挖了几个小洞，好让鸡在路上可以透气。

大家正要走，贱狗忽又让起什么似的，让大家等一下，跳脚去了地里，又摘回些新鲜的蔬菜，按人头分成几份，这才打发他们走了。

等贱狗收拾好，一轮弯月已经挂在天边了，鸡入笼，猪入圈，鸭子也排着整齐的队伍，被头鸭领着，蹒跚地从附近的池塘走回来了。

不几天，听堂兄说，农业局研究了，同意拨十万。

3

一天，堂哥带来了一个人，高高的个子，架着一副金丝眼镜，笑起来一脸的阳光。

他说："你放养的这些满山跑步的鸡，是无价之宝呢。"给贱狗出个点子如此如此，肯定销路不一般。

遂取名为"凤凰鸡"。那人到处推销，鸡卖到198元每只，每只返给贱狗68元。远销长沙、广州、深圳等地，春节期间，订货的络绎不绝，供不应求。

猪也出栏，卖了个好价钱。

要过春节了，贱狗别提心里有多高兴，在镇上买了些野味，准备去城里感谢堂兄。

他在车站坐着等车时，围上来几个民工模样的人，神秘兮兮地把他拉到一边，说，兄弟，有个发财的机会，你敢不敢要？

贱狗听到"发财"两字，眼里就有些放光，忙问什么事呢？

其中一人便走到一边去望风，另外一个人则神秘兮兮地从裤兜里掏出一块布，打开了一层又一层，是几块沾着泥土的金菩萨。

他说，在城里挖地基时，挖到一坛文物，里边有好多金菩萨，因为文物是国家的财产，不能给私人，他们几个就包好了，连当月的工钱都没拿，就赶紧走了。现在身上没钱买票回家，便想低价卖了，每人分点钱早些回家。

贱狗从未见过金子，一看这么多金元宝，太阳下灼灼发亮，有些头晕目眩。

来人见贱狗将信将疑，又从里边拿出一张泛黄的宣纸，写着"民国"十二年,全是繁体字,竖排的,年代久远的样子,还盖着一枚大印。只当是上天怜他,给了他发横财的机会了,心跳得厉害。

那伙人说,已经出来好些日子了,现在急着处理,换些盘缠回家。而今金价涨得上了天,贱狗一听,有道理呀,又占了便宜,又解了人家的燃眉之急,多好。

正想着,其中一个人忽然做出反悔的样子,说肥水不流外人田,他掏出手机,对着话筒,要对方快来,这儿有些金元宝,迟一点就会被别人买走了呀,等自己有钱时再赎回。

贱狗担心好处给别人捡了去,实在沉不住气了,终于拿出存折,乖乖去银行取了一万元钱交给对方。

等醒悟过来,心下有些不放心,拿到银行鉴定,果然是些镀了金水的锡菩萨。

那伙人已不知去向,白白被坑了一万元血汗钱,他拍完脑门,又拍大腿,连撞墙的心都有了。

冬青接到他的电话后,心里也恼他的愚笨,好不容易赚点小钱,又上当了。又怕他一时着急,又犯了病,到时损失医疗费更不值当了。只得安慰他说:"不要紧,只当是救灾了。我店里这个月生意好,一万元的损失由我来承担好了。"

4

小嫂子不知怎么的,一来二去,和村里的青皮勾搭上了。小哥哥虽早已耳闻,他心情郁闷,却并没有佐证,奈何不得。

一天下午,他正坐在修篾箩,家里突然停电了。想到女儿回来还得写作业呢,他关了一楼的总闸,从板梯爬到二楼,想看看是不是线路被老鼠咬断了。等他爬上二楼,手握电线,正要细细察看,没料到突然来电,电得他一蹦三尺高,差一点被电死。

经不住这一惊一吓,四哥的老毛病又犯了。在私立精神病医院住了一段时间有所好转，怕花钱，他强烈要求出院。

医生要留着他继续住院观察几天，为节省医药费，小嫂子找医生开了几服中药，替他办了出院手续。回家后，服了几服药后，不料身体越来越不对劲，差一点连命都没有了。

冬青闻讯从广州赶过来，把他送往省城最好的医院治疗，自己亲自陪护，经医生耐心救治，贱狗算是又捡回一条命。

无人处，冬青便问四哥："怎么那么不小心，连电线这么危险的东西都敢随便去拿？"

贱狗说："我明明记得那天上楼前是关了总闸的，还跟老婆讲了自己到楼上去检查电路，谁想到会突然触电呢？"

冬青不敢贸然断定是小嫂子做了什么手脚，但四哥刚刚捡回条命，留她在他身边，实在是有些放心不下。一面劝小哥哥不要多想，一面以店里人手不够为由，就把小嫂子带到广州来，让她在店里替盲人煮饭搞卫生，每个月也开两三千元工资，好歹补贴些家用，不会为别的男人给个仨瓜两枣就动了心思。

人淡如菊

1

天刚蒙蒙亮,香樟树上的乌鸦和喜鹊水龙头便吵得不可开交。

光头立在窗前看了看,原来是一乌鸦趁喜鹊水龙头外出,霸占了鹊窝。喜鹊水龙头嘎呀嘎呀地愤怒地抗议着。乌鸦啄着喜鹊,喜鹊一面躲闪,一面不断地冲乌鸦示威。

光头曾亲眼目睹这两只喜鹊水龙头,一只衔来干草,一只用嘴和爪子细细地把草编织起来,象精细的篾匠。好不容易一棍一草织成的窝,却被乌鸦占了,他看不过去,顺手从桌上抓起几颗板栗,朝赖在窝里的乌鸦扔过去,乌鸦这才呱呱地叫着飞走了。

桂枝煎好鸡蛋饼,又把隔夜用陶瓷炖锅熬好的稀饭盛了大半碗,放在餐桌上。她几步跨到儿子房间,一把掀开被窝:"快起床。"胖嘟嘟的卷子迷糊着眼,跳下床来,一只脚踏在拖鞋上,另一只脚却落到了木地板上。

桂枝的声音像上了弦的发条,焦虑而迅疾:"快洗脸刷牙,快吃早餐,不然赶不上校车了。"卷子跋着鞋子,弯腰从床底找出另一只鞋,嘴里嘟嘟囔囔着抗议。他胡乱地吃过早餐,被桂枝一把揪着,旋风般刮下楼去。

光头洗漱后，换上白衬衣，下摆处有些止不住地上扬，人到中年的他，已微微有些发福。

光头吃过两个鸡蛋饼后，踩着大理石铺的路面，朝机关大院走去。

一场春雨过后，乍暖还寒。阳光将薄雾吹散，机关后花园里的花儿便争先恐后地睁开了眼：粉的桃花、红的夹竹、白的梨花，全纵开了笑妍。而草地上，舒展着一抹抹喜人的新绿，晶莹的雨珠凝在草叶与花瓣上，美得让人讶异。

走进办公室，他先开启电脑，然后拿电热水壶烧好开水，泡上一杯绿茶后，便登陆上了一家大型的社区论坛。他是这家论坛的版主，网名叫清风无痕，网上的他热情、谦和、大度，与生活中的孤傲寡言形成了鲜明的对比。

耳旁是梁静如的《丝路》，如泣如诉，又如灵魂深处的喃喃细语："如果流浪，是你的天赋，那么你一定是我最美的追逐，如果爱情是你的游牧，拥有过是不是该满足，谁带我踏上孤独的丝路……"

他用鼠标轻轻点开收件箱，便看到了那个叫"悲伤止步"的女子发来的邮件："生活纷繁复杂，你果真能做到清风无痕？我在等待你的回复，不知你可在意我的等待？"

他回了句："生命跌宕起伏，你果然能让悲伤止步？"

不料对方立刻回了一句："如果清风能止步，如果悲伤能无痕，岂不是太好？"

她发来一个QQ号，光头加了这个QQ号为好友，一只调皮的蓝色小兔一闪一闪的，颇有些顽皮可爱的样子。

昵称是"人淡如菊"，他喜欢这几个字，他在电脑上一口气打下了这句话："这年头，人心被欲望裹挟，犹如高速奔驰的列车，若果真能安静下来，做到人淡如菊，多好？"

"人淡如菊"很快回了信息："有你的回复，便是好日。我生怕你不理我呢。"

他随意地问了句："在单位，还是在家呢？"

她说："今天出门时车子被石头撞了，所以在家休息。"光头一听她的车刚被撞过，心下不由替她着急，问："骑摩托还是小汽车？人怎么样？伤着没有？"

她说："开车啊，新买的"H"，前杠被撞了，人倒没事，所以才能和你聊天啊。"

她说："论坛里，只有你的文字让我着迷，淡淡的忧伤、睿智中不乏幽默，读你的文字，哪一处都是那么熟悉，像是与你一起追忆成长往事。"这样的话语，光头听了很是熨帖，像一尾鹅羽，轻柔地撩动了他的心，顿时对她有了些亲近。

两人又聊些琐事。

她说："认识你真高兴，我要去找保险公司理赔，如果下次找你聊天，怎么联络你？"她发过来一串手机号码。

光头想了想，也在对话框里敲出来自己的电话号码，点完发送键，心里又有些后悔。连自己都惊讶自己怎么会轻易给人留电话。这些年来，和网友的交流，他心里一直守着一个原则：相交，始于文字，止于文字，始于网络，止于网络。而今天自己怎么了？

2

午饭后，光头正在广场散步，手机滴滴地响起来，是菊发来的短信息："有时间上 QQ 么？"光头立马飞跑进办公室，匆匆地上了网。

那只蓝色的小兔在荧屏上一闪一闪的，很可爱的样子。

聊天中得知，菊毕业于北京 A 大。念的是生物科学系，毕业后她打工几年，便自己成立了一家生物科技公司，并且兼任几家科技公司的顾问。

听说菊是名校毕业，光头突然对她平添了些好感，心里还有些许钦佩。听说菊的主要工作是在实验室里培养细胞株，他越发觉得她很了不起："原来是位女科学家呀！"他想询问一下更详细的内容。

菊岔开了话题，打趣道："大诗人，你的情感生活一定很丰富吧？"

光头老老实实地回答,自己已婚并育有一子,生活很平淡,所以在网上才会这么热闹。

　　光头说:"你们北方人,长得普遍比南方人高大啊。"

　　菊说自己个子小,其实更像南方人。

　　菊大大方方地发来照片,照片上的她一袭长发,虽说不上楚楚动人,却也五官精致,长得秀秀气气的。

　　菊发出一短信:"能让我也听听你的声音吗?"

　　光头戴上耳麦,却怎么也开不了口,他紧张得胸口突突地跳得厉害,心脏发出像打稻机一样的轰鸣声,好像突然丧失了语言表达能力似的。他鼓足勇气,清了清嗓子,却还是说不出话来。

　　这时,手机突然响起来,菊示意他接电话。

　　原来是菊打过来的,她的声音温和婉转,她背诵着他的诗作:"执手无言,你离去的那一瞬,长风满怀。"

　　他有些紧张地背出下句,心里有一种入心入肺的妥帖。

　　菊热情地夸他的声音磁性而温暖。在她的赞美下,他谈笑风生起来,于是,他诵读了自己的一首诗。

　　光头收拾东西准备下班,菊的电话还没挂,光头便握着手机,就那样一直穿越走廊,穿过院子,来到广场。秋天的菊花开得很灿烂,光头俯下身子,将鼻子凑近一朵黄色的菊花,做了一次深呼吸。

　　那边菊还在热聊着,她说:"认识你的感觉真好,我都想飞了。"

　　光头说:"我也曾想飞啊,可惜廉颇已老,没了翅膀,若有,也飞不高,飞不远了。"

　　菊说:"如果有大风呢?"

　　他正走在广场上,风掀起他的米色风衣,脑海里忽然就闪过那句"大风起兮云飞扬",他心里不免就有了些豪迈的感觉。他爽快地说:"有大风,当然可以飞扬啊。"

3

从接下来的几次长聊中，光头得知，菊有过一位男友，北京医科大学毕业后分回了省城工作，她一直想把他调回北京，一次，听导师说参与研制艾滋病抗体的课题组实验成功的话，可以解决一个北京户口。为了能把他的户口弄进北京，她报名参与了这项风险性很高的实验。

可是，这个时候，男友忽然着了迷似的想出国，他说："为了我们的下一代，我无论如何得去闯一闯。"菊积极替他筹措留美学费。"可是，你知道吗？"她忧伤地说："他去到那边后，跟学姐好上了，很少给我打电话，把我丢在半路了。"

菊对感情的执著和无私的付出让光头很感动，他替她抱不平："你这么优秀、重情，不应该遭受这样的冷落。你对他这么好，他给不了你将来，就已经对不住你了，居然还拐弯，他怎么忍心啊。"

菊转了话题，说："咱不提他了，每个人都有选择自己幸福的权力吧。"

光头见她受了伤害，如此通情达理，不免对她又添了几分好感。

心想，菊这样优秀而又善解人意的女子，什么样的男人才能配得上她啊。

菊似乎越来越依恋他，时常会在他上班或是午间休息时，给他打来的电话长聊，有时一聊就是一两个小时，直到电话发烫。即便是忙，她也会适时给他发来短信，嘘寒问暖，浪漫而又清新。

有一天，她突然在电话里轻唤他为哥哥。他心里一紧，忽然有些牵肠挂肚的感觉。一种言说不清的情绪，便在那一瞬，从心底柔柔地泛了上来。

冬天渐渐来临，一场措手不及的冰雪灾害席卷而至。光头穿着菊从北京快递过来的羽绒服，走在厚厚的积雪里，心里感到别样的温暖，脸上有着久未有过的光泽，谁也不知道，他的心头藏着一个巨大的秘密。

夜里，雨裹挟着雪，不停地叩问着大地。这声声的叩问，如得得的马蹄声响起，光头的心上似有千军万马狂奔而过。想起那句"悲欢离合总无情，一任阶前点滴到天明"，他索性披衣起床，坐到电脑前。

菊在线，她说："我来看你吧。"

光头犹豫了一下。他心里何尝不热烈地盼望着与菊相见？可是，自己已成家，许不了她未来，即便是见了面，又能怎样呢？

菊又说："你放心，我不会打扰你的生活的，我只想看看，到底是怎样一个你，能把我迷得如此魂牵梦系，我也好从此从容地走自己的路。"

话已至此，光头还什么可顾虑的？何况他也很想看看菊到底是怎样的一个女子。

菊又说，"先给你一点心理准备，让你看看我的视频吧。"

光头接受视频请求后，一个身穿蓝色羽绒服的女孩子进入了画面。短发，眼睛亮亮的，皮肤在灯光下显得很白，比光头想象的要年轻。那边人声喧哗，菊显然是在网吧。

她笑了一下，光头突然发现她的两颗门牙长得挺大，然而这念头只是一闪而过。菊关了视频，说："我妈说，我长了一双兔牙。"

他想，无论如何，她的外貌已不重要了。

菊说，她买第二天凌晨的机票从首都赴湘。

当夜，从未见过网友的光头，在床上辗转反侧，紧张、兴奋、焦虑，各种情绪在头脑里纠结着，他几乎整夜未眠。

桂枝一大早带着孩子回娘家去了，光头极力保持惯有的平静，但因为怀揣着一份不足与外人道的秘密，他的眼神有些躲藏。他借口要加班，紧握着手机等电话。

菊乘坐早上6：30的飞机从北京起飞，到这边还得等几个时辰。他估摸着要近中午才能抵达。不料却提早了半个小时，等菊下了飞机，又乘快巴抵达时，他才急匆匆地往车站赶。

远远地，见一个穿白上衣，瘦身牛仔裤的年轻女子，短发、消瘦，看起来有些发育不良。她一双脚正不耐烦地左右晃荡着，斜斜地立在街

人淡如菊 | 115

边的人流中张望，脚边放着一个红色的行李包，与自己在照片中看到的那个清秀女子相去甚远，也远非视频留给他的印象。

然而，见到他后，她朝他微笑了一下，眼神坏坏地看着他。那一瞬间，他脑海里闪过一丝感觉，这个女子像是惯于闯江湖的。

他顺着她的灰白牛仔裤往下去，看到她腿边那个红色旅行包上印着旅行社的广告语："散客天天接"，不由地扑哧一笑。

他接过她的行李，抬手拦了一辆的士，打开车门，径自坐到副驾，说了句："走吧。"菊见他有些冷淡，有些拒绝的意味，只好独自坐到后排。

已是中午2点多，他捉摸着她还没吃午餐，先对付一顿再说。便对司机说："去沿江路的肯德基店。"肯德基店仍然爆满，他替她点了汉堡和可乐，自己点了杯咖啡，两人捡靠窗的桌子坐下来。

她示意他替她看着旅行包，起身去洗手间，他禁不住望着旅行包上印着的那几个字又笑出声来。她洗了把脸出来，脸色显得白皙、清秀了几分。只是她张口一笑，便露出两颗龅牙，这是他事先没有料到的。

她吃着他买来的汉堡，时不时用眼神狡黠地咬他一下，他不太好意思直视她。

他把她送进了预定的宾馆，因为有些不放心，他留了点小小的心眼，让菊掏出自己的身份证登记，原来她比事先告诉他的年龄小两岁，身份证地址也不是北京，而是大西北一个偏远的村庄。他心里暗暗吃惊。

办妥了住房登记，他忐忑不安地跟在她身后，进了房间。菊放下行李，起身去沐浴，光头坐在靠窗的沙发上，一时局促无言。他很想就此告辞，然而，心里又有些过意不去，毕竟人家独自大老远地从北京飞来见他，也不好意思这么快离去。然而，心里对这个变得陌生的菊，却是拒绝和排斥的。

菊换了条绿花的长裙出来，见他无动于衷的样子，看出了他的疑惑，便解释说，因为所学专业偏门，我们那届的同学大都分配得不好，很多人出了国，我选择回了老家的疾控中心工作，后来实在看不到前途，便回到北京。为了找工作更方便，所以把年龄也改小了两岁。

这番话听起来合情合理，可是，细想呢，却是漏洞百出。

光头不置可否地笑笑。

菊走过来，很随意地把手搭到他的膝上，拿一双眼睛定定地看着他。

光头便像被烫着了似的，蓦地跳起身来，踱到窗户边。气氛一下子尴尬起来。虽然无数次想着见面，却没有料想到是这样的场景。

菊微笑着说："不如我们先去外边走走？"

这时，夜幕低垂，城市暗了下来，华灯初上。广场里霓虹灯一闪一闪的，火树银花的样子，有好些人在跳舞，流行的乐音鼓燥着耳膜。

两人绕着附近的广场走了一圈，说些不着边际的话，菊忽然从网上走到了现实，光头心里一下子适应不过来。怎么说，眼前的这个人，与自己想象中的那个闲静温柔的女子相去甚远。然而，她说话的语气，她的声音，还有她那些促狭的眼神，又让他有一种既陌生，又似曾熟悉的感觉。

广场上锻炼的人渐渐多了起来。光头怕遇上熟人，走了一圈后，两人又回到房间。

菊柔声说自己有些累了，便软绵绵地在床上仰面躺下来，见光头仍坐在靠窗的沙发上，便用一双眼睛斜望着他，"你要不要躺下来休息一会儿？"

光头脖子僵硬地坐着，一动不动，看了一眼菊，立马又望向别处，脸上还不自觉地飞起一朵红云。

虽然两人先前在电话里聊得火热，但也实在没有想过见面后会发生什么，而今，两人相处在同一间房内，空气里都充溢着一种异样的情绪。他止不住脸红心跳，想着要找借口早点回家。

菊看到他个大男人突然脸红起来，三番两次像要告辞的样子，忽然扑哧一笑："没想到你还这么害羞呢，放心吧，我又不会吃了你。"

她带些促狭的心理，跳下床来，伸手去拉他，他完全没料到她会这么主动，一时站立不稳，跌坐到了床上。

她很自然地往他肩膀靠过去,将头靠在他的胸前,他有些慌乱,呼吸急促起来,她便趁势在他的脸上亲了一下。

他有点痒痒的,脸更加红起来,有些慌乱地掉转头,鼻子正好撞到她的前额。

她又趁势吻了一下他的鼻子,抚摸了一下他的下巴:"原来男人害羞起来也这么可爱啊。"

菊躺在身下,用迷离的眼看着他:"你这么有才华,窝在这儿拿份撑不死饿不死的工资,太委屈你了,不如跟我走吧,我们一起飞。"

光头摇摇头,"我既没有本钱,也没有管理经验啊。"

菊说"怕什么,有我呢,我的厂子,一年少说也赚几十万,我可以养着你"。

他摇摇头说:"不可以的,我堂堂男子汉,怎么能依靠你养着我?"

"连我培植的两只细胞株,都价值近30万呢。负担两个人的生活,完全没问题。"

光头虽然依恋着菊,但并没有辞去工作的决心,可被菊的这番话深深感动了。

黑暗中,菊叹了一口气,说:"说实话,我不愿意离开你。我发誓,我从未对哪个男人像对你这么主动过。甚至也许在你看来是死打烂缠了。可我知道自己的心里想要的是什么。"

菊又说:"如果我的厂子能拿到正规生产许可证,一年赚百把万,是完全没有悬念的。"

光头颇感意外:"哦,你原来做的是地下加工厂?"

菊点了点头:"是的,其实不瞒你说,我的厂子还没有拿到生产许可证,是偷偷生产的,用别人的包装才能进入市场。但我做出来的产品,半点也不比别家的差。只因为他们有钱,租得起像样的厂房,可以拿到生产许可证,注册商标,价格就比我的翻了一番。"

光头担心地说:"可是一旦查出来会罚得很厉害啊。"

菊愤然地说:"是啊,年前还被查过呢,找了关系,好不容易才花10万元摆平了。只怨这世道不公平,我的技术并不比别人差,只因为我缺少150万，无法租下一个场地，通过质量认证，便得东躲西藏，遭人罚、被人抓。"

她说："以前我开着辆捷达，请人吃饭人家都不肯上车的，那次去接药监局长吃饭，那人肥头大耳，穿件白不白，灰不灰的皮毛大衣，活像只不干不净的大狗熊，他一双手不断地往我脸上蹭。"

一些话，说得光头只恨自己没本事。

菊说："当你眼睁睁地看着自己心爱的人生病，而无钱医治，看着自己心爱的人挨冻受饿，而不能给她一片充饥的面包时，你就会明白钱的好处了。"

光头一向清高，素日里对钱丝毫没有概念，却是个重感情的人。他想，横竖自己与她这样了，若是能替她一起想想办法，帮她一把，或许她成功了，从此光明正大地把厂子开到阳光下，岂不是更好。

菊看着他的眼睛，接着说："你知道，用10万来赚100万很难，用100万来赚1000万却是很容易的事情。等开了正规的厂，我一年何止能赚30万，赚300万都有可能啊。将来等赚了足够的钱，我会为你在北京开一个大型的诗歌朗诵会，再请名家谱曲，唱遍大江南北。到时你不红都不行了。"

光头虽然有些疑虑菊的真实身份，但还是相信，菊是爱他的。不然怎会那么远，半个月之内飞来两趟？何况自己只是一个普通的公务员而已，菊对自己这样，他想，自己不帮她，谁能帮她？

光头想起冬青生意做得不错，也认识些大老板。便一时冲动，拍着胸脯说自己有个朋友是开店的，也许可以想办法借出一些钱来。

菊的眼神闪亮："我就知道我的宝贝有办法。不过，说好了，只借一百五十万，多了不要，少了也就做不成事情了。一两年一定回本。"

光头就当着菊的面，给冬青打电话："我有一位关系很好的朋友，有一个生物科技项目，前景很好的，资金投资回报颇丰，你愿不愿做些投资？"

冬青一向信任光头，听说有这么好的投资项目，就说："你有空先去考察一下，如果可行的话，我会找朋友一起融资。"

菊高兴得捧着光头心肝宝贝地一通乱叫，光头又说一位旧时的哥们调去北京市药监局任职了，也许会有一些人脉，当下给那人又打了电话。

菊兴冲冲地回了北京。

4

激情过后，光头心里到底有些忐忑，他下意识地在网上查询菊的资料。

首先查北京Ａ大的同学名录。查询结果让他大吃一惊，原来那届不仅没有菊所说的专业，更没有一位叫菊的学生。

光头又查菊高中的母校，他想，能从一个小地方考进Ａ大，是一件非常轰动的事情，也是一件极为荣耀的事情，不仅母校会大书特书，连当地媒体也会有相关的新闻报道，可是，居然也查不出蛛丝马迹来。

他找来学校教务处的电话询问，那家中学教务处的人说，打该校建校起，就从未有人考入Ａ大。

光头心下疑惑，菊再一次打电话来时，问起投资的事情，光头便推说冬青坚持让他先去北京考察再说。

菊说，你拖家带口的人，不方便外出，还是我带资料上你那儿吧。

几天后，菊又一次飞了过来，她带来一大堆资料和生物样品，并给光头买了一条领带和皮带，外加一支派克钢笔。

光头有心想细看资料，不料，文科毕业的他，却看不明白那些夹杂着英文专业术语的生物资料。

菊说："你不用这么辛苦地看明白这些，你不是还有我吗？你相信我就行了，你只管写诗，乖乖等着我赚钱就是了。"

光头"嗯"了一声，假装随意地问了句："你不是Ａ大毕业的吧？那几届学生名录里没有你的名字啊。"

菊的眼神立时变得惶恐起来，一双眼睛成了三角状，像被人揭了伤疤似的，跳了起来，她声音尖锐地说："我这么信任你，你却背地里调查我？我俩这样了，你都不信任我？"

她恸哭起来，大声赌咒发誓说"我是真的考上了那所大学，不信你可以去问我妈。"

光头半信半疑地看着她，菊继续哭，直哭到手脚冰凉："我爸爸以前是个公社干部，后来做生意，在外边有了女人，狠心抛弃了我和妈妈。大一下学期，因为家里穷得实在交不起学费，我没有办法，只得找学校开书店的老板借了5千元钱。"

她说："我亲眼看到自己的父亲拿钱去供别人的孩子念书，却不顾自己的亲生女儿，你能理解是什么心情吗？""因为还不起钱，我只有以身相报，却意外地怀上了他的孩子。那年我才19岁，你叫我怎么办？"

"这事让学校知道了，我无脸见人，就找书店老板要了几千元，偷偷地打掉孩子，租了个铁皮小卖铺，再也没脸回A大了。"

光头半信半疑，却又分外地怜悯她。

菊继续哭："大冬天的，北风呼呼地刮，偏有二流子打着呼哨用脚狠劲踢我的小卖铺，把铁皮踢得咚咚响，吓得我大气也不敢出一声。"

菊一边哭，一边幽怨地看着他，问："你会不会不想要我了？是不是着急回家呀？"

光头点了点头。

菊便有些气上心头的样子，泪眼汪汪地盯着他，说："你不是口口声声说爱我的吗？人家说真爱一个人的话，就算对方是在逃犯，也会不顾一切的。"

大颗的泪从她的指缝滴落下来，光头笨嘴拙舌的，竟不知如何安慰才好。见他不回答，她又捂着脸哭起来："你知道吗？每个人都是要寻求一种心理平衡的。"

他听出她语气里威胁的意味，他怕她过激，边掏出纸巾替她擦拭泪水，边想，得想法子稳住她才好。谁让自己招惹她，实在不行，就拿些钱给她做补偿吧。

菊还在抽抽搭搭的，哭得双肩颤抖，边哭边控诉命运对她的不公，似乎有一肚子的委屈和幽怨。

他一时又有了些怜悯之心，没了主见，倒好像错的是自己。

"你知道我有多苦吗？当初我骑一辆破旧的自行车满北京打工，在麦当劳里当过服务员，替植物园除过草，因为穷，只能和几个人合租在地下室。再后来，我开始学习生物制药技术，我比别人用功，很快就自己出来开厂了。"

菊还在抽抽答答的，边哭边蹲到地上，似乎有一肚子的委屈和幽怨。光头心中一颤，他一时手足无措，劝道："有话好好说，不要哭了。"菊索性坐到地上，抽抽噎噎地哭起来。

他掏出纸巾，替她擦试泪水，好不容易把她劝住。

到后来，光头从怨恨到怜悯，从怜悯到同情，竟然稀里糊涂地原谅了她。

得知她从小被父亲抛弃，而完不成学业后，光头越发心疼她，两人去外边吃东西，他点了她最爱吃的青椒焖老鸭，爱怜地看着她大快朵颐。

而菊对他也出手大方，常常不由分说就抢先付账。他想，她一个人在北京打拼也真不容易。如果自己不帮她，谁会帮？他决定尽全力为她筹措一笔钱，让她办成一个像模像样的厂子，从此光明正大地走到阳光下。

菊这才破涕为笑。

菊回京后，给他的短信和电话更为频繁。"相思的疼痛是在惩罚痴情的心么？我们还能承受多久？多久我们才能在一起？"诸如此类的短信，让光头心头像着了火，夜不成寐。

5

冬青打电话过来，问光头考察得怎样了？投资的事情可不可靠，光头沉默了一会儿，便说自己对菊的高科技产品有些看不太明白。

冬青听出了他话里的迟疑,说,这样啊,又善意提醒说,那你要多加小心,现在骗子挺多的,小心些才好,最好不要投资自己把握不了的行业。

光头说,先去北京考察一下才做决定。

他买了赴京的火车票,心里对菊的想念一天紧似一天。

一天,上网时他无意之中登陆进了她的邮箱,在已发送的邮件中,看到她写给另一位男人的邮件:"日子平淡无奇,像一只没有航向的船,每天的忙碌,都不知道自己想要的究竟是什么?没有希望,没有怜惜,没有安慰,甚至找不到一个可以倾诉的人。"

发信的日期是菊从他那儿返京之后。

光头心中忽然一阵疼痛,仿佛有锐利的刀锋在割着他的肉。他的心一点点地往下坠。

在菊的眼里心里,他算什么呢?居然连朋友也算不上啊。老天,菊究竟是怎样一个人?那些恩怨痴缠,从没发生过么?

他和几个朋友约好了打牌,朋友怨他魂不守舍,老出糗牌。

这时,手机一阵响,菊的电话又打进来,他按下接听键,心潮汹涌,不说话。

"出什么事了吗?你为什么不说话?"菊的声音开始焦虑不安起来。

自从谎言被他揭穿后,她再难回到从前的淡定。说起话来,一改过去的温柔,总是火急火燎的:"你什么时候来北京啊,我好开车去接你。"

光头心里藏不住话:"你不是找到新的倾诉对象了吗?我去不是多余?"

菊正开着车,她一阵急刹车,声音便高了起来:"你胡说些什么呀?是不是嫌弃我,不要我了?"说完,又哽咽起来。

光头怕别人听见,迅速挂了电话。他心里乱糟糟的,轮他坐庄时,他正忙着扎底牌,手机颤动了一下,一个朋友拿去看了短信,又讯速地放了回来,笑得很诡异:"我可什么也没看到啊。"

光头拿过来一看,是菊的短信:"不管你来不来,我都会在这儿等你。"

光头心里一紧,又控制不住自己了。

菊开车从火车站接到他后,把柔软的手递过来,握着他的手,说:"累不累?"仿佛一股电流,从他的秘密部位升上来,经过腹部,一路抵达心脏。

到了菊住的地方,菊掏出钥匙打开门,两人立即拥在一起,缠绵不尽。

光头喜欢吃辣的食物,菊领他去了北京有名的川菜馆,点了沸腾鱼,看着他把鱼吃光后,又把大盆里的红辣椒打包回来,做菜时在每道菜里都放上一点。

见菊一边吃牛黄解毒片,一边陪自己吃辣的菜,光头深深感动。

菊又领着他去泡温泉,吃海鲜,好生招待他,

接下来,菊领光头去看她在科技园的办公室,办公室十分凌乱,落了厚厚的一层积灰,除了一大沓过期的信封,印着化名的名片,什么也没有。又去了她所说的厂子,只见一所平房门紧闭,门上贴着封条,菊说:"看,命运真是不公平,我生产的东西虽然比别家的质量还好,就因为租不起像样的门店,只能做地下加工厂。"

菊说,好在她在实验室里培植了几颗细胞珠,价值不菲,但因为是无菌的,不便带人进去参观。

在电视台工作的同学打电话约光头写一个电视剧策划书,他并没有这方面的写作经验。菊便提议他去西单图书大厦去买些参考书来,她开车送他去书店。从书店出来时,下起了滂沱大雨,菊让光头留在原处避雨,自己冒雨去停车场开车过来接他。看到菊在雨中奔跑的背影,光头心里一颤。

那一晚,温存过后,菊在他耳边喃喃地说,等厂子办好了,他可以来和她过日子,她没有儿子,卷子就是她的亲生儿子。等有了钱,将来送卷子出国留学。

光头回到江洲,菊的短信又来了:"我的心只属于你,快乐为你,幸福为你,我只愿静静与你相拥相守。"光头备受感动,打电话给冬青,

说自己已去过北京考察，菊是清华大学毕业的高材生，有好的投资项目，比较可靠，事成之后，决不亏待她。

出于对光头的信任，冬青答应投 30 万入股。光头又找到自己当信贷科长的同学帮忙贷款 70 万。由于菊的公司资产不够抵押，光头偷偷地从家里拿出自己 100 多平的房产证作担保，贷款的事情办得出人意料的顺利。

贷款终于如愿以偿地到了菊的账户，菊开心不已。打电话告诉光头，已经着手筹建了，每天很累，累但也很开心。

中年人的情感隐忍、压抑，又蕴藏着无尽的疯狂。

光头心疼菊一个人在北京打拼，又忍受不了相思的折磨，便决心放弃眼前的一切，前去北京与菊长相厮守。

他果断发了疯，提出与妻子离婚，拟好离婚协议书让桂枝签字。桂枝把满腔心思放在孩子的学业上，近期虽觉得光头有些异样，魂不守舍，却丝毫没料到他会突然提出离婚，便哭着追问他为什么会这样？

桂枝泪眼涟涟地央求道："你看在儿子的份上，不要这样对我。我有什么不对的地方，请你指出来，我可以改。"

桂枝越是这样低三下四地求他，光头越是心生嫌隙。

桂枝不由得涕泪长流，哭得一脸的泪水和皱纹，让他心里颇为难受。

然而菊的娇嗔，菊的能干，都是眼前这个女人无法比拟的，光头铁了心要离婚，京城的大气辉煌，也值得他破釜沉舟。与菊的浪漫生活，像一个美好的梦在召唤着他。

他把房子留给她与卷子，自己净身出户。桂枝并不知道房产证已被他拿去银行抵押了，眼见合好无望，只得流着泪在离婚协议上签了字。

光头又以外出学习的名义向单位告长假，无奈领导怎么也不答应。他索性横下一条心，向单位递交了辞职报告书。

八月的一天，自认为办妥了一切的光头，终于带着简单的行囊飞到了北京。

菊对于光头的执意离婚来京颇为生气，说是怕影响员工情绪，不允许他进厂。

菊说父母亲和自己一起住，也没有要他住进家里的意思，她在附近替他租了一间房，他暂时安下身来。

他每日里外出找工作。可是，他的年龄和他所学的专业，让他毫无就业优势。

每次给菊打电话，她不是挂了电话，就是很不耐烦地说她正忙，每天的工作压力大，哪有心思说那些爱不爱的，又有什么意义。她的声波越来越高，往往等不及光头把话说完，便挂了电话。

他一天天怀着希望出去，一天天失望而归。生命之路突然就看不到未来，也看不到希望。他始终不能面对的，还有菊刻意的隐瞒与回避。

半夜醒来，他也无法入睡，给菊发短信："我为你而来，而此刻，一颗心却不知道落到何处。"

"爱情不是收音机，怎可以轻易换频？依然想你，依然爱你。只想告诉你，不管发生了什么事，不管明天会怎样，我依然要你！"

没有回应，石沉大海般。

他打电话给菊，她说："现在很忙，压力大。请你体谅我。"不等他回话，她便挂了电话。

"利用爱的名义去做事，成功的几率会大得多。"他此刻回想起菊无意之中说的一句话，浑身起了鸡皮疙瘩。

对儿子的深深自责暗夜里潮水一般袭上心头。

他想，摆在自己面前的，只有两条路，要么能容忍承受，要么放手离开。

可是，哪一条道上都是荆棘密布，哪一条道路都是他不忍走的。

他不知道自己还能坚持多久，还能承受多久。他想自己投入太多，所以，才会这么一败涂地。过去的岁月里，有太多温暖而潮湿的记忆刻在了心底。然而此刻，似乎曾经所有的甜蜜，都只是伤害的铺垫，都是隐痛的由来。

看不见伤口在哪，只知道一颗心正一点点地往下坠，却无法说出疼痛的原因。

他怎么也想不明白，这场突兀而来的情感，怎么就像个冰淇淋，在阳光下很快融化成了一摊污渍。

深夜,光头忍不住又拨通了菊的手机,熟悉的铃声响起:"爱上了你之后,我从来不哭,我从来不在乎,谁是谁旅途,我只要,你记住……"

电话终于接通了,菊的声音冰冷生硬:"我很累啊,有什么话明天再说吧。"

光头只管听着,心潮汹涌,不接话。

那边,菊渐渐不耐烦起来,声波渐高,光头头脑一阵昏晕,微闭了眼。菊尖的声浪像一片钢筋林,密不可透,又句句如刀。

而那些旧日痴缠,偏生又如蝙蝠,在心房左冲右突。

爱是什么呢?愈是了解,便愈是心疼,愈是心疼,便愈觉得悲哀和绝望。

情深不如海,却是深深一个大坑啊!

从先前不厌其烦地夸他善良、才华横溢,到现在视他如敝屣,唯恐弃之而不及,菊的突然变化摧毁着他的自信心,他像是被高高地捧到云端,又忽然摔下来,巨大的落差让他无法面对。

6

光头带来的私房钱渐渐花完了,他的脚走得磨出了泡,工作却一直没着没落。他失眠、多虑、上火、嘴角起泡。北京的秋是四季中最美的季节,菊花开得鲜艳,红叶绚丽如血。但光头眼里,只看见那阵阵来袭的风沙。

房东催促他交房租,不然就让他搬家,不得已,他只得前去找菊。

菊冷冷地把几百元钞票丢给他,说,你赶紧买张火车票回老家吧,那儿有你的妻儿在等着你呢,我可没有闲钱、闲工夫陪你玩。

强烈的屈辱感袭来,他觉得自己的自尊心正被一寸寸地粉碎,他心灰意冷地回到出租房。

接下来的日子,他无数次拨打菊的电话,却老是忙音,即便是偶尔通了，也会被立马挂掉。他忍不住跑到菊住的楼下，看见菊的车远远地开进小区，便立马跑上前去，见她挽着一个秃头的男人的手从车里走出来，她假装不认识他，骂他是个神经病，他呆若木鸡，痛苦地垂下头去，五腔俱焚。

光头四顾茫然，往事如电影般浮上来，他已辨不清究竟有多少真假和圈套。他苦笑着，自己曾经不顾一切，像一只要飞过沧海的蝴蝶，可是又怎么样？不过是被碰得伤痕累累的灰蛾。

他不知道自己还能坚持多久，还能承受多久。

过了两天，光头又一次拨打菊的电话，可是，菊的手机居然停机。

寒风凛冽中，他再去她家，却已经搬离，问物业，那房子竟是菊租的。偌大的北京，一个人融进去，就如同一滴水融进了大海，上哪去找她？太多回忆，太多誓言，都如生命顽强的植物，植根在光头的心底，并倔强地开着花，而今却句句如剑，一剑封喉。

他神情恍惚，悲愤交加，整整一天滴水未进，他发了个短信给桂枝："我对不住你，卷子拜托你好好抚养成人。"

在人流如织的地铁站，他踉跄前行，看着那空洞的未曾封闭的地铁轨道，他微闭了眼睛。两步之遥，只需纵身一跃，这世上有关他的是是非非、恩恩怨怨，便将灰飞烟灭，尘世里一切与他无关了。

这时，手机忽然响起来，他摁下接听键，卷子在那边哭着喊："爸爸，你快回来吧，我以后乖乖听你的话，再不淘气了。"他贴紧耳朵，泪流满面。

"爸爸，你答应过我，等我考上初中的时候，陪我走丝绸之路。"

"丝路，丝路。"他在心里默默说着。

桂枝接过电话道："你快回来吧。"他虽然无情地弃她而去，伤足了她的心，但他还是孩子的父亲啊。

往事一幕幕地浮现在她的脑海中：临产时，他曾整夜陪伴在床边，为她奉汤侍水。卷子生下来后，她奶水不多，为了帮她发奶，他骑着自行车满城找偏方，只要听谁说有什么方子可以发奶，他都想方设法地找来，并细心地做好喂她吃下去。她想，只要他回心转意，还有什么不能原谅的呢？

回到小城，光头每天看着桂枝忙进忙出，为他熬药调汤调补身子，照顾儿子卷子的学习和三餐，心里内疚极了。只是，桂枝再不让他碰自己的身体。

光头求了原单位领导，又回去上班了，不过科长的位置早就被人占了，活到四十多，又从科员做起。

桂枝的乳房长出了明显的肿块，一按，硬硬的，疼得夜里睡不着觉，去市立医院检查，医生怀疑是乳腺癌，建议她前往省医院复检。

光头请假陪她去省城，一路上，他紧紧地牵住她的手，生怕一不小心，病魔就把她带走了。经历了这么多的挫折，他忽然意识到眼前的这个女人对他多么重要。

桂枝垂着头，坐在医院的走廊上，想，老天爷为什么要如此捉弄自己呢？

化验结果出来后，确认只是良性的乳腺增生，两人长长地叹了口气，买了药回到江洲慢慢治疗。

光头替菊担保的贷款要到期了，由于菊黄鹤般杳无音信，光头必须承担连带偿还责任。巨债凭空降临，于桂枝来说，不啻是个晴天霹雳，连朋友都劝她离开光头。沉重的经济负担、心理负担，压得光头喘不过气来，他一时又万念俱灰。

冬青心里气他糊涂，死光头，活受罪。她恨他的懦弱与自私，不仅害了自己，还连累到家人朋友，恨不得跳脚痛骂他一顿才好。

她拨通他的电话，听见他在电话里长吁短叹着，又心软了，不仅没有责怪他，反而劝导他说："走错路了不要紧，回头就是。人生没有不走弯路的。你要坚强起来，你的家还需要你支撑，男子汉大丈夫，不能自暴自弃，要相信自己。"

光头连声说："对不起。"

桂枝说："留得青山在，不怕没柴烧。"她果断地决定，把自家的大房子拍卖抵债，一家三口搬到了以前的小房子暂住，两人又把余下的欠款办了延期贷款。光头去菊当初开办公司的派出所报了案。

人淡如菊

光头本身文字功夫不错，又擅长策划，工作之余，接些私活缓冲经济压力。

6月末，光头正在忙着策划一个文案，忽然接到北京派出所的电话，原来菊在另案审查中，主动交代了曾利用光头担保的贷款和借款。生活就是这样充满着戏剧性，像二流的电影情节。往事像黑色的蝴蝶，在他心底颤动着翅膀。他曾经不顾一切，执意做一只飞越沧海的蝴蝶，可结果又怎样？不过是被绚烂灯火灼伤了的灰蛾。只因为贪恋着那一份温暖，走火入魔，才有那样的一劫。如果不是渴望爱，又怎会被最深的背叛所伤害？

茶亦醉人

　　大学毕业一年后，小艾来到心仪已久的古都北京，参加政法大学举办的法律培训班，以迎接当年10月份的全国律师资格考试。重返校园学习的日子是那样充实而愉快。每天6点不到，小艾就匆匆来到法大的菁菁校园晨读，尔后再去教室听课。在这里，她结识了一位叫安的男生，大学学的是土木系，在一家有名的大型企业从事监理工作，因为对法律感兴趣，便趁一个工程结束的空闲时间自费来法大进修。

　　接下来的日子，安总是早早地来到教室，帮小艾也占一个座位。课间时，他们各抒己见地讨论案例，偶尔，他们也谈文学、谈人生。有着浓厚书卷味的安，总爱穿一件洁白的T恤，一条洗得发白的牛仔裤，是那样清清爽爽，挺招女孩喜欢。

　　一天下课后，小艾拿着饭盒飞奔进食堂，一路冲锋陷阵，好不容易买到了一份油淋青椒。好久不曾吃过辣椒了，她正吃得津津有味，耳边忽然响起安略带磁性的男中音："噢，原来你在这里呀！"他拿着一串钥匙，额角上满是汗，小艾这才想起，自己光顾着打饭，把钥匙丢在座位上了。

　　因为到处找她，安没能买到合口的饭菜，两人只好就着一份辣椒吃饭，这时，外面忽然下起了雨，纷纷扬扬地敲击着户外的旱柳，小艾不由得想起了多雨的江南。安狡黠地笑着说："想家了吧，可不许哭鼻子哟。"雨一直下着不停，他们只好东一句西一句地聊天。小艾惊异于学理工科的安，竟涉猎了众多古今中外的文学名著，而且，他居然和自己一样，是如此痴迷旷世才女张爱玲。于是，不约而同地，他们背出张爱玲作品中的一段名句："于千万人之中遇见你所要遇见的人，于千万年之中，时间的荒野里，没有早一步，也没有晚一步，刚巧赶上，那也没别的话可谈，唯有轻轻地问一声'噢，你也在这里？'"背完，他们相视一笑。看着安熠熠生辉的眼睛，她忽然有些心慌地底下了头，安，会不会是冥冥之中自己所要遇见的那个人呢？

一个月的短训很快就要结束了，分手的日子日益临近。

结业那天，小艾和安又坐到同一张桌子吃饭，安慢慢地用筷子挑着饭粒，一副落寞的样子。他轻轻地问她："今晚班里举行结业舞会，你会去吗？"小艾点点头。晚饭后，安早早地来到女生宿舍前的大树下等她。两人一前一后地来到学校的舞厅，灯光闪烁中，许多同学已翩然起舞。

安拥着小艾旋入舞池，他的舞姿很优雅，与他共舞，小艾心里有一种说不出的惬意感。得知她将乘第二天下午的飞机回家，他便邀她出去散步。两人沿着法大开满金盏菊的小径慢慢地往前走。那晚的月色很好，洒在小艾光洁的前额，有一种迷人的光彩。

第二天，小艾一直在等安来与她话别。然而，直到下午两点还不见安露面，她这才颇感失望地急急忙忙往机场赶。在即将跨入候机大厅的一刹那，她看见人群中立着的安。他把一块石刻扣进她的掌心。上面是他俊逸的字迹："沧海月明珠有泪，蓝田日暖玉生烟！"一时间，开朗的她，竟无语凝噎。

回到家乡后，小艾投入到紧张的复习中，然而，当阳光孤寂地照到她的书桌时，她还时时回想起那些在京的日子，回想起与安一同度过的那一段真真切切的求学历程。

初秋的一天，小艾突然收到了安的来信："小艾，记得吗？今天已是我们分别的第十五天了，这些天来，我一直试着把对你的思念深深地埋藏在心底，可是，不经意间，恬静恰如一泓湖水的你，总是在我的脑海中绽开一片靓丽的风景……"安的话语，如一片鸟羽，轻柔地撩拨着她的心扉，透过安那俊逸的字迹，她仿佛又看到了他粲然的笑脸。原来，安回去后不久，便被单位派往上海做一家外资企业的监理，小艾连夜给他写了回信，叮嘱他工作和学习之余，要好好照顾自己，并随信给他寄了厚厚的一叠律师考试复习资料。

从那以后，安的来信和电话多了起来，常常是一封还没来得及回，另一封又到了。他的来信有时只是一首新歌，有时只是从报上剪下来的小幽默、小漫画，但它们给小艾平淡的生活增添了许多亮丽的色彩。书信、电话把安与小艾的心，从距离那样遥远的两座城市慢慢拉近了。在那些准备律考的日子里，拆阅安的来信，成了她学习之余最大的乐事。

转眼到了10月，律师资格考试如期进行，安也从上海飞回湖南。考完后，安绕道来看小艾，沪上生活两三个月，使他更添了一份成熟与稳健。他们一起登上了南岳七十二峰的首峰——雁峰，看脚下不尽东流的湘水，小艾给安念"雁阵惊寒，声断衡阳之浦"的诗句，给他讲雁城古老凄美的传说。但小艾敏锐地感觉到，安有些心不在焉，不像以往交往时那样热情投入。因假期临近，安决定乘当晚的火车回上海。小艾托一位朋友买票，因时间太紧，那位朋友情急之中呼了在铁路工作的佳，在佳的帮助下，安得以如期返回。

不久，小艾顺利通过了律师考试，并被单位任命为法制科副科长。当小艾怀着激动的心情打电话告诉安时，安只是淡淡地说，他因20分之差而名落孙山了。

元旦，小艾意外地收到了一张署名佳的贺卡，小艾想了半天，才想起是谁。小艾随手把那张只写了一句"祝你节日快乐"的卡片收进了抽屉。从此之后，佳的电话却多了起来，每次都只说一些平平常常问候的话语，偶尔，他也会邀小艾去喝咖啡、听音乐。当冬日的第一场雪轻叩门窗的时候，小艾接到了安邀她去上海过春节的电话。小艾婉言谢绝了他的好意，虽然一直以来，小艾是如此地神往着大上海，但她并不是一个随随便便就为爱走天涯的女孩。安于是说，要在某一天突然来雁城，给她一份惊喜，并将登门拜见小艾的父母。小艾听了心里万分地感动。想，安毕竟是喜欢自己并理解自己的。然而，春节过去了，安美丽的承诺也如惊鸿般消失了，留给她的，徒有无限的惆怅，而那个并没因她无数次拒绝而灰心的佳，依然隔三差五地问候小艾，偶尔，被安搅得心情灰败的小艾，也会坐了佳的摩托车去茶座。佳不善言辞，只是默默地注视着她。耳旁的萨克斯管如泣如诉，让她有一种释怀的感觉。佳，像大哥一样的呵护，令小艾觉得踏实而平和，不知不觉地，小艾把一些心事告诉了佳，甚至与安之间的起起落落。他总是很用心地倾听着，并不妄加评价。

冬去春来，栀子花开的季节，安的来信，终于像经过了冬眠的蝴蝶，又翩然而至。安告诉小艾，自己去了一趟昆明，他还踌躇满志地说，他业余已加盟上海的富海传销公司，也许若干年后，他将拥有自己的洋房，开着属于自己的轿车，在上海的十里洋场驰骋。欣喜之余，小艾的心里掠过一丝隐约的不安：那个在菁菁校园与她谈诗谈小说的安，会不会在茫茫人海中迷失呢？

这时，小艾蛰居了两年的集体宿舍终于要拆迁了，单位打算在此建一栋新住宅楼，她也被列入了分房名单。安知道后，很快汇来一笔钱，说借给她交房款。小艾没有接受安的钱，因为家人凑的钱，已足够她交付首期的房费了。然而，小艾的心里，还是对安充满了感激。

不久，小艾收到了安的第42封来信，信中画了一个大大的等边三角形，一边写着事业，一边写着爱情，而底边写着家庭，三角形中则醒目地写着"Iloveyou！"信中，他恳切地问她是否愿意与他共造人生的等边三角形，并约她于近日赴上海开始一段旅行。

接下来的日子，安在长途电话中一遍又一遍地温柔呼唤着小艾，尤其是夜深人静之时，上着晚夜班的安的呼唤，更有着一种抵挡不住的诱惑。

于是，小艾开始打点行装，向单位告假，决意赴那一场生命之约。

送小艾启程的是佳，两人并排坐在计程车里，默默无语。看路旁的霓虹灯飞速而过，小艾的心里忽然涌上一种莫名的惆怅，眼泪不由分说地往下流。

上了火车，佳在车窗外一个劲儿地叮嘱她要小心，平时沉默寡言的他，那一刻却很像一个饶舌的哥哥。

经过二十几个小时的长途颠簸，晚上9点30分，小艾终于踏上魂牵梦系的上海。夜上海灯火辉煌，恍若隔世。

然而，欣喜的小艾很快变得焦虑起来，安并没有在约定的出站口等候，茫然失措的小艾，在人群中来来往往地找。他会不会在另一个出站口呢？她试着走向半里之遥的另一个出站口，果然，安正伸长脖子向里张望着。安看见小艾后，来不及问候，便牵着她的手往大街上跑，说是要赶最后一班地铁。

待二人气喘吁吁地到达地铁口时，地铁门已无情地关上了。"只有坐计程车了。"安一面叹气，一面连声抱怨小艾走错了出站口。两人上了一辆红色桑塔纳，安一路上紧盯着计程表，一边喋喋不休地说："司机不敢乱打表的，否则，我拨打投诉电话，让他吃不了兜着走。"到了目的地，计程表显示18.5元，安掏出18元给司机，拉着小艾扬长而去。在附近的广场上，安找着了自己的旧自行车，把小艾载到他租住的小屋。屋内一张窄小的铁床，一条薄被，一只用铁架和胶合板支起的桌子，让人体味独自在外工作的艰辛。"其实在上海能租到这样的房子已经很不错了。"安略带炫耀地告诉小艾。

昏黄的灯光中，小艾看不清安的表情，只是明显地感觉到他比在校时胖了许多。安用暖壶烧了一壶开水，又摆出些女孩爱吃的酸奶、巧克力之类的零食。也许因为事先有了那样一个待回答的约定，两人反而有些尴尬，只是说着一些无关痛痒的话。过了一会儿，安起身去同事那儿搭铺，小艾关上门，和衣躺在床上，听对面窗户里传出的吴侬软语，有一种恍惚迷离的感觉。

第二天正好是周末，安与小艾上街逛商店。大上海高楼林立，呈现一派繁荣昌盛的现代都市景象。在外滩、在商厦，着炫色衣装的靓女汇成了沪上一道道撩拨人心的风景。一路上，安的呼机响个不停，他告诉小艾，晚上传销公司有一个大的聚会，正好一起去感受感受。

到了传销公司，只见人声鼎沸，热闹非凡。这时，对面一个高个儿、体态丰腴的姑娘笑着走过来与安打招呼。安告诉小艾，这是他的上线韦小姐，韦小姐以为小艾是新的客户，便忸怩作态地对小艾进行传销启蒙教育。一边说，一边在手里的稿纸上画了许多枝枝丫丫，"鸡生蛋，蛋生鸡，鸡又生蛋，蛋又生鸡……"不停地向小艾讲了一大筐传销的美妙前景，一双凤眼还不断地向安扫来扫去。趁安去大厅看那些色泽鲜艳的传销服装时，韦小姐便直截了当地询问小艾与安是什么关系。小艾淡淡地说："同乡而已。"韦小姐仿佛终于松了一口气似的展开了笑容。又看小艾并不热衷搞传销，便不再与小艾多费口舌。这时，安已提着一条质地很普通的麻色长裤过来，标价却为2200元。小艾正纳闷这家传销公司货物的质次价高，韦小姐却娇滴滴地拍着他的肩膀说："你穿上这条长裤一定气宇不凡，可与当年演《上海滩》的周润发媲美，况且买了它，积分就会增加，不久就可以升为主任级呢！"安粲然一笑，当即买下这条价格不菲的裤子。

  接着，安又坚持要给小艾买一件礼物，左挑右选，终于挑中了一件纯白的羊毛外套。小艾试了一下，很不合身，不知是想着要送她一件贵重的衣服，还是想着那可爱的传销积分。安不顾小艾的反对，以2000元的价格买下了这件在南京路不过几百元的衣服，并与韦小姐一唱一和地幻想通过发展下线怀抱千年的幸福。韦小姐不断投向安的媚眼，令小艾浑身不自在。

  看着得意洋洋的安，小艾的记忆像断了电，无论如何也不能把眼前的安与记忆深处的人重叠，她一遍又一遍地问自己：这就是我魂牵梦系，不远千里来寻求的真爱吗？

  从遥远的爱情中逃离，回到小城，心情沮丧的小艾，不知如何才能把自己从情感的低谷中解救出来。好几个晚上，她都忍不住拨通了安的电话，听到电话那端安的声音，又快快地挂断了。而那个冬天，北风凛冽地展开攻势，使她体验着一种枯冷的悸动。

  安的来信，也渐渐变得反反复复起来。有时他意气风发地说，准备在上海干一番事业；有时，他又告诉小艾，真想找一个宁静的港湾，过一种真实平淡的生活。安的无常令她难过，又无可奈何。有时，连她自己也厌倦了那种牵挂，那份不可预知的等待。

  经过许多个不眠之夜后，终于，在一个阳光灿烂的清晨，小艾把安所有的来信细读了一片,然后点燃了一根火柴。在淡蓝的火苗中,那些曾使她心痛的初恋情书化作了一只只黑蝶随风而逝。沧海终究没有变成桑田,而滚滚红尘中,仍然日复一日地上演着别人的爱情故事。

忧心如焚,不久,小艾便患上了重感冒,佳知道后,买了好些水果来看小艾,并默默地陪她去看医生。在那些寂寞的日子里,她的床头盛开着佳送来的康乃馨和红玫瑰。颇受感动的小艾在心里说:"谢谢你,大哥!"

春去秋又来,安在小艾的记忆中已渐渐隐退,小艾与佳的感情仍如茶般清淡,然而,小艾的心里,有了一种从未有过的祥和与宁静。一位略通茶道的友人在听说了小艾与佳的故事后,在电话的那端直呼:"茶亦醉人啊!"听着这如佛般的禅语,小艾心里慢慢释然:倘若把浪漫的爱情比作咖啡,而把平实的爱情比作清茶,那么,我宁愿在这如茶的爱情中长醉……

初恋的爱情符号

诗慧20岁那年,是师院音乐系的高材生,正是骄傲的年龄。雯把法律系的阿宇带到她宿舍时,她一脸的不以为然。阿宇高高瘦瘦,嘴角叼着一支烟,眼神坏坏地偏着头看着她笑。雯借故溜走后,阿宇邀诗慧去校园散步,他顺手摘下一片树叶来,放在唇边吹一曲流行歌的旋律,诗慧听出那是一曲《你知道我在等你吗?》。诗慧很一本正经地问他:"业余都喜欢干些什么?"他一脸坏笑着说:"除了做贼,什么都干的。"诗慧心下想:雯也太小看我了,把这种圆滑世故的男孩推销给我。

后来女友问起诗慧对阿宇的看法时,诗慧没有说话,雯一再追着她问,诗慧说,她不喜欢油腔滑调、装腔作势的男孩。她以为故事到此就打住了。

"3·8"节那天,诗慧收到了一张挺雅致的明信片,写着"江南无所有,聊赠一枝春",笔迹隽永潇洒,诗慧有些惊讶,想了想,恍然大悟,一定是阿宇寄来的,诗慧有些感动。

诗慧正犹豫着,要不要给他回封信呢?

便又收到了阿宇的来信,这一回,他已自作主张地称呼诗慧的小名,并自以为是地写道:"像你这样清纯美丽的女孩真令人感动,属于珍稀动物了,你应该有人保护才好。不难看出,你是一个外表冷漠,内心火热的姑娘。"末了,又露出了庐山真面目,"周末请你去冰吧吃'红粉佳人',该不会拒绝我吧?"诗慧想:奇怪,阿宇怎么知道我喜欢吃冰淇淋?一定是雯告的密,这个小叛徒!

诗慧于是决定不回信,两天后,诗慧又收到了他的信:"什么时候能把你的语言和我的语言像堆积木一样堆积起来,盖一栋童话中的小房子,然后两人慢慢地相看着,一直到老?"诗慧这回不由得笑出了声,她对雯说:"你这位老乡八成是入错了行,他理应是一位中文系的高材生呢!"雯不说话,只是意味深长地看着她笑。

接下来的星期天,雯回市内的家中。吃过午饭,诗慧走在校园的林荫道上,她摘下一片树叶,试着学阿宇的样子,把树叶卷成一个小筒,然后放在唇边吹,声音很优美,她不知不觉地吹出《你知道我在等你吗》。这时,突然有人在为她拍掌,回头一看,阿宇正坏笑着看着她。他说请诗慧去看电影,诗慧想,反正闲着也是闲着,便跟着他走出校门。

他们沿着河畔一圈又一圈地散步。

走到桥头,意外地碰到了阿宇的一个朋友,面部表情怪怪地,阿宇掩饰不住脸上的得意,要他请他们吃冰淇淋。原来,他在与那个朋友打赌,今晚一定能约诗慧出来,如果阿宇赢了的话,对方必须请吃冰。诗慧竟成了他们的赌资,她有些不高兴。

相处久了,诗慧才知道,阿宇是一个挺不错的男孩。阿宇说,其实,幸福是朝同一个方向看,而不是相向地守着。

相爱的时光是温柔的,让诗慧觉得整个空气中都充盈着爱和关怀。她的心里反反复复地念着这样一句歌词:"让握花的手在风中颤抖"。天知道,当时小城根本没有鲜花,而诗慧却莫名地兴奋。

然而,阿宇的母亲极希望他唯一的儿子能回到她的身边,她瞒着儿子,给诗慧写了一封措词严厉的信,诗慧表面心平如镜,可内心却心痛如绞。

她哭着用毛笔给阿宇写了一封信,纸上是"……。?……!"她想知道阿宇的态度。

阿宇的回信很快到了:"毕竟你不是卓文君,我也不是司马相如,你能否给我写几个汉字,或且给我一个解释。"这是一个多么骄傲的人,诗慧想,他竟一点也猜不透自己的内心,而且语气居然这么横,可见不是一个可以依托终身的人。他再来的时候，诗慧把他所有的信都还给了他。诗慧要阿宇还她写给他的信，他表面答应，却不还。少年的负气，使她心一横，于是任凭他后来怎样解释，她都不再理会他。虽然大家脸上都有些挂不住，然而最终还是选择了分手。

大家毕业离开校园，她留校任教，阿宇回到老家当了一名法院的书记员，再次见面，两人竟都无视地走过。

听雯说，阿宇后来变得有些不可思议，终日饮酒，而且不久听说添置了一辆摩托车，成了飞车族。诗慧有些恨恨地说，说不定哪天会摔断腿脚的。果真，阿宇因撞车住进了医院，并且很不配合医生，他父亲去看他，他居然连自己父亲都不认识了，突然从床上跃起，给了父亲一记响亮的耳光。诗慧听了这些，很担心他成植物人，便一遍一遍地在心里祈祷，求上天保佑，那个聪明的男孩千万不要成了植物人。

几个月后，阿宇才恢复出院。可是，不幸的事儿一件接着一件，不久，阿宇的父亲突然毫无预兆地走了。

得知这个消息后，诗慧心里大惊，她疑心又是自己的蛊术害了阿宇的父亲。

两人恋爱时，阿宇送给诗慧家唯一的一件礼物就是一只钟，诗慧决定跟他分手后，便把钟送还给他家。父亲很不情愿地从墙上摘了下来，倒不是舍不得这口钟，而是想告诫女儿从一而终的道理。在他们所在的这座城市，"钟"同"终"音，"送钟"谐音"送终"诗慧疑神自己不该送钟给他们家。这本不是很吉利的事，诗慧又疑神，自己第一次去他们家时，是穿的一件纯白的衣服，是不是也是不好的征兆呢？

于是，诗慧更加固执地认为自己是一个懂得蛊术的女孩，她甚至认为捉挟鬼必在她不经意的时候，在她的身上附着了蛊术。从那以后，她再也不敢随便地诅咒谁了。

两年后的秋天，诗慧突然在看到了他的名字频频出现在她所在的城市的报纸上，原来，几经波折，他也来到了诗慧所在的这座城市上班，只是，人已不再依旧。

一天，他们相约在市内一家咖啡厅喝咖啡，说着那些已很遥远的往事，两人都有些感触，他仍然有些怨恨地问诗慧，当初为什么不愿解释那封信。他说："你知道吗，我至今还保留着那封自己当初没有看懂的信呢。"说着，他从口袋里掏出了那封信，

"……？……！"

诗慧看着他的眼睛，一字一顿地说："省略号表示人生的道路很长很长，句号表示两人之间的恩怨就此结束，感叹号表示两人经受压力共同走完这一生的坎坷，中间的问号是问，我们俩到底该选择哪一种生活方式？你回信的语气傲然而自负，让我完全没有余地。""原来是这样"。阿宇长叹一口气，原来是那么几个看似简单的符号，改变了他们的一生。阿宇说，当年，他甚至以为自己完全没有希望了。

诗慧看着他仍然灼亮的眼睛，说："有时，遗憾本身也是一道美丽的风景。"

女书香

1

"长亭外,古道边,芳草碧连天。"半夏立在窗前,咿咿呀呀地吊嗓子。她身穿藕色连衣裙,亭亭玉立的样子,扎着黑亮的马尾,白皙的瓜子上,有着一双黑亮的大眼睛。阳光透过窗帘倾泻下来,照着她微翘的鼻翼,小巧的嘴,有一种柔和的光彩。她的唱腔圆润而优美,真假声转换不着痕迹。如黄莺出谷,林中鸣凤。

半夏是前来省城参加艺考的考生。她和冬青先一天就住进了考场附近的宾馆。按老师的说法,只要发挥正常,她考上一本是没有悬念的。

楼上的卡拉OK唱到深夜,半夏翻来覆去睡不着,到天快亮时,才迷迷糊糊阖上眼。却噩梦连连,梦见自己迟到了,错过了进考场时间。

醒来时,她吓得大汗淋漓,头晕晕沉沉的,像灌了铅。

考乐理时,翻开试卷,考题都似曾相识,却又不能流利地答出来,发挥不出最佳水平。好在其他的考试发挥得不错。

出场时,冬青见半夏眼圈红着,知她考试失利,也没有什么。见半夏抹泪,她也跟着抹泪。末了,冬青心疼地劝道:"路再长,长不过脚板。万一考不上国内的大学,也没有关系,我送你去国外留学去。"

高考成绩出来，半夏离一本线只差了两分，只拿到一家艺术院校的录取通知书，她心里懊恼，独自回到外婆家散心。

云飘浮在青绿的山水间，薄雾似水般弥漫开来。凤尾竹碧翠如洗，彤管草月白色的穗子素雅而静谧，偶有老农在田间地头劳作，白鹭悄无声息地振翅掠过。

蝉声在耳畔悠然响起，这样的时刻，村子里几乎算得上是诗意的，这种诗意伴着蝉声，悄然浮动在周围。

半夏眼里，所有植物都是有灵魂的，花、鸟、虫都是有生命力的。它们都是这自然界的神灵，不可轻易冒犯。她见过树被砍伐后，流出的眼泪，也见过牛大而美丽的瞳孔里，流出晶莹的泪滴。

她徜徉在这青山绿水中，与草木为伴，吸天地之灵气，内心渐渐丰盈起来。

年轻人已纷纷走出瑶村，外出打工，村里只剩下些老人和孩子，显得冷冷清清。半夏在凤尾竹下吊嗓子。青山绿水是她的舞台，而百灵鸟当了她的老师。这里群山环绕，几乎与世隔绝，半夏翻出外婆留下来的女书作品，临摹、吟唱，仿佛回到久远的往昔，外婆还在眼前摇纺车。

开学后，半夏喜欢一个人安静地坐在图书馆里看书。她不喜欢逛街，不喜欢三五成群发议论。青涩单纯，素面朝天的她，既没有农村同学的自卑，又没有城里同学的傲气。她游走在城里的同学和乡里的同学之外，倒自得其乐。文字使她由懵懵懂懂逐渐变得多愁善感，她喜欢清丽、婉约的宋词，喜欢读李清照"寻寻觅觅，冷冷清清"之类的诗，并开始狂热地看一些外国文学作品。一天，她看到一套《中国女书》，如饥似渴地读起来，一面是女书字，一面是翻译过来的汉字。这些独特的文字，源自自己的家乡啊，外婆说过，这种女人独享的一种文字。她记得外婆教过的唱腔。这种独一无二的菱形字体，在现代文明的进程中，散发出独特的魅力。原来已有学者教授专门研究，发掘出这种文字的价值。女书的书法之美，诗词之美，韵律之美，已深入半夏的血液。

半夏想念外婆，心底有一个愿望不可遏制地升腾：她想排一出《女书》舞蹈，在大学生艺术节演出。

但她不想向冬青开口要这笔钱，她找了份家教，负责接送一个小女孩上钢琴课。凑足了钱，她购买了服装和道具，和马亚一起排演。

马亚高挑个，细长的眼睛，笑起来，性感的唇微翘着，桃花眼笑得眯眯的，有一种别样的迷人。

大学生艺术节上，一曲女书歌谣悠悠响起，犹如从远古传来，荡人心魄。镁光灯下，身穿瑶服的半夏与马亚旋舞而起，如两朵空谷幽兰，寂静开落。随着音乐的起伏，她们纤足轻点，衣袂飘飘，以轻盈优美的跃动，变换出万千的舞姿来。

长鼓声骤然急转，半夏美目流盼，以右足为轴，轻舒长袖，随之旋转，愈转愈快。忽然自地上翩然飞起，宛若凌波仙子。她用曼妙的腰肢，细碎的舞步，轻云般的慢移，旋风般的疾转，演绎出女书诗句里的离合悲欢。台下的观众几乎忘了呼吸。

演出结束，全场响起了热烈的掌声。中文老师也忘情地鼓掌。他有着低沉、磁性十足的嗓音，他满怀激情地给大家阅读课文，博古通今地讲文学概论，基本上不用带讲义。马亚由欣赏到靠近，用了一种赞赏的眼光仰望着他。

换服装时，马亚问，你觉得文学老师的课怎样？半夏说："不错的，有耳目一新的感觉。"

马亚点了点头，肯定地说："他是我见过的最棒的语文老师。"

半夏听她语气亢奋，侧身看她，见她眼神亮亮的，脸上有掩饰不住的光彩。末了，马亚又说："说实话，班里的女同学，你是我唯一看得上眼的。"

半夏没有料到，此后不久，中文老师不再担任她们班的文学课，马亚也转学去了另一所学校。

原来，班主任老师安排两名女生去听房，回来报告说，中文老师房里有马亚说话的声音。女生停顿了一下，又说，从门缝里看到床前摆着马亚和中文老师的鞋。这后一句话让班主任老师暴跳如雷。他闹到学生科，不依不饶，直到有了这样的结局。

突然失去一位才华横溢的老师和一位性情相投洽同学，半夏心里怅然若失。

2

半夏的五官长得越来越像冬青年轻时的样子，洁净、清爽的模样。只是，她的眼神里总像汪着一片薄雾似的。她虽然外表比冬青安静，但内心却蕴藏着更强的火焰。

冬青在那些青葱的岁月里，她也有过飞扬的梦想。但因为家里穷，她只得憋着劲，拼命赚钱。她如树一般被连根拔起，从僻静的瑶乡，移植于异乡之城。奋力扎根向下，并开枝散叶。对女儿的愧疚，是她心中最微弱的地方藏着的一份隐痛。

江洲招募应届大学毕业生赴新疆支教，半夏毅然报了名。在乡间长大的童年，使半夏像长了根的植物，有着顽强的生命力。新疆，仿佛有一种无法抗拒的力量，让她憋着劲，执意走上支教之路。

她的坚定，在冬青看来，如同年少负气的远行。冬青心里不舍，好话说了一箩筐，半夏坚持要远行。半夏知道，妈妈是爱她的，妈妈舍不得她独自远行。只是，这份爱，已横亘着距离，彼此之间都客客气气的，没有炽热的表达。

半夏和几个同龄人一起绕行天山，转了四趟车，辗转数天。抵达古老的丝绸之路。胡杨绵延不断，一片金黄。他们饱经沧桑，以各种姿态，叩问着苍天与大地，连成世界上最长的胡杨林长廊。

在半夏的想象中，新疆有着一望无际的草原，蓝天高远而明媚，风吹过，草儿拂动，满山坡是牛羊。葡萄鲜又甜，姑娘的辫子粗又长。可当她风尘仆仆到达目的地后，一下车就被震住了。天灰蒙蒙的，气候干燥。"荒碛长驱回鹘马，惊沙乱拍曼胡缨"，唐王城的繁荣辉煌早已灰飞烟灭了。到处是黄沙漫天，飞沙走石，几乎寸草不生。枯苇比人还高,飞蚊、跳蚤纷扰异常。

沿着丝绸之路前行,风沙骤起,吹散了她的长发,吹起了她的衣裙,却吹不动她内心的那份执著。

学校陈旧不堪,大块大块的石灰脱落。墙体裂开二指宽的缝,摇摇欲坠的样子,被几根大椽子支撑着,早已看不出年代了。几扇玻璃窗坏了,被旧报纸糊着,一阵风吹来,哗啦啦地响。课桌椅也缺胳膊缺腿的,上面歪歪扭扭地刻着一些字。

第一次家访,半夏步行了20多里。孩子们住的帐篷破败阴暗。除了上学,他们还要跟着父母上山放牧、狩猎……看着这些早早懂事的孩子,她仿佛看到自己的童年,心疼莫名。

晚上,下起了大雨,仿佛一个隐忍已久的女子,在悲伤与愁苦积累到一定的程度后,悲恸难挡,忽然就发了作,就这样一泻千里,就这样泪流成河。

大雨只管嘈嘈切切地泼将下来,屋顶上的瓦已经好久没有检修过了,屋里也下起了小雨。滴答滴答,半夏一摸,被子都被淋透了。她赶紧起床,把床挪了一个方向,又把盆啊、桶啊全用来盛水。水滴到盆里,噼噼啪啪,叮叮当当,大珠小珠落玉盘的感觉。

急雨敲打着大地,声声的叩问,如得得的马蹄声响起,千军万马从心上狂奔而过。这样的夜晚,很容易就让人失了睡意,怎么也进入不了梦乡。

半夏看到好些学生拿着铅笔头写字,短得实在握不住了,还握在手心里。她有些心急。她带着孩子们勤工俭学,用自己的薪水给孩子们买学习用品。并通过朋友、同学的QQ群,呼吁大家给孩子献爱心。

冬天很快来临,雪一天天地厚起来,树枝全都结冰肿胀起来,小草结成了厚厚的冰棍。冰越结越厚及至结成了许多的小冰球。孩子们手上长了冻疮,没有钱买木炭,冷得直掉哈喇子。

有一名头大个子矮的学生,半夏便在心里暗叫他"小丁头"。他已经很长时间没有洗澡了,头发胶成一团。他寄读在伯父家里,比别的学生要矮一大截。行动迟缓、语言木讷,常拖着两条清涕,提一个硕大的与年龄极不相称的手提人造革包。

放学排路队回家,他在四条队伍中转悠着,不知自己该站在什么位置,一副茫然不知所措的样子。

等大家都站得整整齐齐了,清点人数时,他费力拖着那个沉重的包,走到队伍的前排来,仰头结结巴巴地问半夏:"老师,我站哪呀?"头一回这么茫然地问她时,半夏耐心地问他:"你家住哪呀?"他侧着头想了半天,然后犹豫不决地说:"我住在我伯父家里。""你伯父住哪呢?"他又侧着脑袋想了半天,这才期期艾艾地说:"好像住在村东头。"半夏指着往东头方向的路队,一位小朋友便把他拉进了队伍中间。第二天排路队时,他仍旧跑上前台来,又这么仰头来问她该站哪一队,她把他带到队伍中间,嘱咐他说:"下次可要记得哟!"

可改天他又忘了,当他拖着那个笨重的书包一步一叩首地向半夏走过去时,学生们一瞧他的样子,不待他开口问,全都哄笑起来,半夏只得让站他前后的同学每天督促他,才不至于站错地方。

可上课时,他总是不自觉地站起来,要他坐下去,可不一会儿,又见他站在座位间,好在他站起来本来就不怎么起眼,也就罢了。每当她提问,他都会极快地举手。她问,他极响亮地答道。半夏一愣,纠正错误后,喊他坐下,她提问,他又高高地举起手来。她有意不喊他回答,可他仍旧响亮地答道:"等于8。"她于是上课尽量不让他回答问题,以免别的同学取笑他。

接下来期中考试,班里20多个得双百分的,小丁头只得了60分,计算题还好,关键是应用题,他几乎没有办法弄懂。

半夏于是将他留下来补课,不料,他接受能力又可以,很快茅塞顿开,将所有的错题改好了,原来,他只是没有养成听讲的习惯而已。做完后,他望着她笑。一幅纯真无瑕的样子。

改天,他用旧报纸包了一大包东西带给半夏,她打开一看,是几枝雪莲花,她插到玻璃瓶里,整个办公室都溢着一股凛凛的清香。

3

　　一天，半夏正上着音乐课，教学楼突然摇晃起来，房顶上的灯一晃一晃地，桌椅摇得厉害。学生说是地震了，她只是安静地停下来，等摇晃过后，再接着讲课。户外的那些胡杨树历经千年沧桑，听人说，胡杨树的生命力是极强的，他们千年不倒，倒下去后经年不腐。

　　漫天的雪花说落就落下来，三两只觅食的鸟在地里蹦跳着，叫声喑哑，让人顿时心生怜悯。路灯上，也结了厚厚的冰溜子，晶莹剔透的。

　　雪落声中，半夏抱一本蒋捷的诗词细细品读。白雪、梅花，回忆旧游，似荆溪流水难尽，风雪漫天，愁苦难挡。萦绕不尽的，是凄婉低沉的心境。正合了她的心境。胡笳声声，思乡的情绪像夜行的蝙蝠，左冲右突。"雁孤飞、萧萧桧雪。遍阑干外，万顷鱼天，未了予愁绝。"她思念南方的山水。于半夏来说，瑶村留给她的记忆，是吊脚楼后明媚的山间小径，是门前小溪流经的方向，是蒲公英飞扬的梦想，是收割后的稻草，满溢的芳香。

　　瑶村的良禽嘉木，让她生生怀想。那里虽人迹罕至，风景却美得无瑕。近山如碧，远山如黛，而漫山的天然草甸中，偶有乔木亭亭玉立，似在守望。潇水像一块玉带一样镶嵌其中，潺潺之声不绝于耳。待到冬来雪霁之时，山上银装素裹，万鸟飞翔，引吭而歌，煞是热闹。这些景象，清晰而又恍惚地出现在她的脑海。

　　由于水土不服，半夏咽喉炎发作了，去医院喷雾治疗，直喷得口水直流。吃药没起多大作用。在家乡感冒时可以去医院打点滴，而这里连一顿可口的饭菜也没法吃到，她思念家乡无辣不欢的日子，身体的抵触与内心的坚持，彼此较量着，搏斗着。

　　她漫无目的地在街上走着，风沙阵阵袭来，扬起她的衣袂，吹拂着她年轻的脸。看到家乡牌照的车牌号和家乡的电话号码时候，她心里都会咯噔一下。

在公交车站，她心思恍惚地随人群跳上了一辆公交车。

半个小时后，她发现自己已被拉到郊外的机场。她沿着机场走了一圈，看到显示屏上，飞往家乡的航班号，心里疼痛。

冬青打来电话，问她怎样？半夏握紧话筒，什么也不说，只是倔强地望着轰然起飞的飞机，待冬青问急了，她才答道：我很好，不用牵挂。

4

一年之后，半夏结束了支教，回到家乡。身高1.65米的她，体重已只剩下85斤。

火车缓缓驶进湘南，田野间的新绿扑面而来。终于回到了蓝天白云下的鱼米之乡，山清水秀，全是梦中的模样。沿途种满了莲花。有水的地方就有莲！是的，这是她生命初始的地方，也是她灵魂的皈依之处。

正逢市里招考公务员，冬青建议半夏报名试试。

在电视台工作的杨颖说："这种考试多是作秀，有什么好参加的？人员只怕是事先内定好了，你急巴巴地去凑什么热闹啊？左不过是被白白煎熬一场，何苦呢？"

"招考那么多岗位，当真全部都内定了？"半夏不信这个邪。

杨颖说："不信你去试试看吧！"

冬青打电话问老林。老林从瑶村蹲点回来后，不久当上了组织部常务副部长。他有一张和蔼可亲的娃娃脸，笑起来像个菩萨。瑶村的人遇到事情，总喜欢向他讨主意。

林部长说："企业不安稳，女孩子拿个铁饭碗好。不如报名试一试吧，兴许就考上了呢！"

半夏这才去照了报名照。大考的日子，半夏坐在临窗的座位上，摊开试卷，发现考题主要为语文和法律，她虽学的是声乐，但因为从小喜欢文学，大量的阅读让她有着明显的优势。

卷中有两道案例分析,她微笑了一下,与她平时所做的题目来说,容易了许多。她先答了两道案例分析题,又逐一把其他题做完。作文是一个反腐倡廉之类的题目。她略一思忖,便笔走龙蛇,从拿破仑滑铁卢战役到李自成农民起义的溃败,洋洋洒洒,又逻辑缜密,一气呵成,写了近一千五百字。

笔试成绩张榜那天,半夏在六百多位考生中一举拔得头筹。

面试那天,她穿着件淡蓝的真丝上衣,一条咖啡色的休闲裤,站在参考的人群中,亭亭的样子惹人注目。

按比例入围面试的48余名考生分坐在两辆大巴车里,往盘山公路上行驶,大约半小时后,到了一个颇为隐蔽的山庄。

考生们轮流抓阄面试,半夏抽到第二十八位。

她焦急地踱过来踱过去,用手指将衣服下摆扭来扭去,扭成了麻花卷,又迅速展平。一个小时急得跑了几趟洗手间。

轮到半夏面试时,她首先抽到的是两道关于本地旅游方面的问题。一看,都是自己熟悉的内容。她松了口气,之前,她已把本地旅游相关的知识背得烂熟,此刻说起来从容不迫,偶尔还顺出几句与本地景色相关的唐诗宋词,颇有才情的样子。

看到有几位考官朝她点头微笑,她心里正暗自庆幸,有些胜券在握的小得意。

冷不防主考官威严地发问:"你对'两个凡是'的看法如何?"半夏对这个问题毫无心理准备,心里嘀咕:"这个问题怎么从未听说过啊!"

她搜肠刮肠,脑子里怎么也找不出这句话的影子。记忆仿佛突然断了电,只留下大片的空白。想了半天,也没能理解题目的意思,主考官一张脸望上去硕大、威严,他咳嗽了一声:"怎么不回答?"

半夏心里愈发没谱,短暂的沉寂之后,她大着胆子问:"主考官,刚才的考题我没有听清楚,您能不能再说一遍?"

主考官生了气,把双眼睁得浑圆,白炽灯下,他过早谢顶的脑门愈发锃亮起来,声音也更加严厉,道:"这不是家喻户晓的问题吗?你连这个都不知道？也来考试？"

这掷地有声的话语，像惊堂木般敲响，震得半夏头晕目眩。她紧张得手心都出汗了，心想，真倒霉，自己怎么会抽到这样一道题呢？她轻轻摇摇头，越加心烦意乱起来。

考场静得出奇。留着八字须的考官，把面前的一杯开水喝得探了底，伸出一根手指头，捞了几片茶叶送进嘴里咀嚼着。

国字脸的考官朝左右各散了一支烟，"咔嚓"地点燃了一支，悠闲地吐起烟圈来。

一阵难堪的沉默后，主考官让她另抽一道题，她抽到了一道谈谈本地的历史人文的题目。她又回到状态中。

几天后，笔试面试的总成绩公示，经过面试这一关的折腾，半夏已从笔试的第一名，落到第十几名了。按一比五的比例，她顺理成章地入围体检名单。

体检那天，行程变得更加神秘起来。一大早，入围考生上了一辆大巴车，车窗都糊上了厚厚的报纸，封闭得很严实，完全看不到外面的景致，车子左拐右拐的，不知道要开往哪里去。

大巴一路颠簸着朝山里去，一车人紧张而静默着。半夏没吃早餐，胃翻腾起来，颇不舒服。

不知过了多久，汽车终于在半山腰的一处建筑前停了下来，半夏随着人群跳下车一看，已到了一家僻静的干休所。

她排队量完身高、测视力，又抽血化验，折腾了大半天，饿得不行，拿着餐券换了两个馒头，一碗照得见人影的稀饭。她用力咬了一口，馒头奇硬无比。

体检结果出来，半夏各项指标正常。

经过紧张的笔试、面试、体检，她终于力挫群芳，成功入围考察名单。

前来考察的两位同志对半夏颇为满意，有消息透露，在所有入围的考生中，她排在前三位，而在所有女考生中，她无疑是名列前茅的。经过一个多月的煎熬,眼看着诸事顺利,只等最后放榜公布了。

半夏不免有些紧张,一颗心七上八下的,也不知道能不能被录取。

5

放榜公布录取名单,已是在一周之后,半夏兴冲冲地去机关大院看榜,却意外地没有找到自己的名字,所有的考生中,亦没有录取一个女生。而一位成绩排名远在她之后的男生也上了榜。

回到家,她如一枚泄了气的皮球,把自己扔进沙发上,她百无聊赖地打开当天的江洲晚报,见上面赫然刊登了一条消息:"本市公务员招考,一招招了八罗汉。"这标题,让她心情愤懑,陪考了这么长时间,仅仅因为性别的原因,输给男生,觉得这场所谓的考试,存在严重的性别歧视。

主考单位领导如此重男轻女,为何不早说不想招女的?何苦让这么多女考生一路陪考,白受煎熬?

同学打趣道:"谁让你爹妈生你下来时,胯下不带两坨肉呢!"

半夏恼他那副嘴脸,可是,又能怎样呢?

一天,半夏正被同学捉住,用新买的指甲油替她涂指甲。她虽是不喜欢,但不好拂人家的盛情。

当有人叫她接电话时,她右手的四个半手指指甲已被涂成粉嫩的桃红色,星星点点地闪着光,散发出一种奇异的香。半夏就举着那只被涂了指甲油的手,接过了话筒。

电话那端,响起一个浓厚方言的男中音:"是半夏吗?"这声音是陌生的,半夏搜索不到记忆中的任何有关符号。

只听得他自报家门,说是群艺馆馆长阳庆生。

半夏之前对市里这样一个部门并不了解,想着就顺带把自己的疑问说了出来。

听她这么一说,阳馆长本来有些居高临下的语气低了下来,他略微迟疑了一下，问:"那你有兴趣来机关工作吗？抽空过来见个面如何？"

半夏心里没有紧张和兴奋，她清汤挂面，粉黛不施，完全是素面朝天的样子进了机关大院。

她乘了老式电梯轰隆隆地上了九楼，见阳馆长坐在一张宽大的写字台后，身后是一排胡桃木书柜，码放着清一色崭新的、甚至没开封的《文心雕龙》、《四书五经》之类的书籍。他见半夏进来，站起身来，握了握手，露出微微外龅的牙。他高大的个子，浓黑的眉毛，有些秃顶的头发，好不容易勉强梳成一缕，横在左额上。嘴角边，一颗黑色"好吃痣"尤其醒目。

半夏注意到，他摊开的那本杂志，正刊有她写的文章。

阳馆长直截了当地问了她一些比较私人的话题，比如，父母在哪里？有没有男友？近期有无成家打算？有没有买房？

半夏被他一连串的问题呛住，几乎是出于礼节，她略说了一下自己的情况。

阳馆长说，自己单位还有两个空编，急需注入新鲜的血液，尤其是像你这样年轻、有才华的姑娘。

半夏对单位的工作性质有些摸不着头脑，想仔细问一下，又不好意思开口，她心想，好歹也是在机关工作，来试一下也无妨吧。

阳馆长见她没有马上答话，又叮嘱她说:"我们到时会公开招考，你有兴趣的话，可以前来报考。"

不久，群艺馆果然对外公开招考，半夏报了名。

因为这家单位比之前的那家单位更偏门，且与自己所学的专业相去甚远，加之有前车之鉴，半夏对这种考试本不抱多大的希望，只是悄悄复习，反而考得更轻松。又加上不久前才参加过考试，有些知识还能牢牢地背下来。

这一次因为要求学的是艺术专业，参考的人少了许多，结果出来，半夏稳拿了笔试、面试第一名。

为着保险起见，冬青打电话给林部长，林部长听说半夏考了第一名，便说道："行，这事我知道了。方便时我会给阳馆长电话的。"

半夏又往阳馆长家去了几次，到群艺馆工作的事情，就算是一锤定音了。

6

初春，乍暖还寒。

天微雨，几粒细碎的桂花随风飘下来，落在半夏的羊绒外套上，奶白色调中，平添了些淡雅的黄。

半夏用纤长的拇指和食指揉捏着一枚花瓣，伸到鼻尖下嗅了嗅，花香淡淡的，若有若无，是她喜欢的味道。

办公室还空无一人，走廊上，烫着金字的招牌，虽历经岁月更替，仍然闪着金光。红底的幕墙却已风化发黄，颜色极其浅淡，用手一抹，就掉下一大把粉末。不起眼的角落里，几丝细微的蛛网，网着几枚干瘪的蚊虫壳。

半夏推开办公室的门，一股刺鼻的味儿急哄哄扑面而来，呛得她直掉泪。那是新换的办公桌散发出来的异味。这气味在屋子里郁积了一个晚上，终于找到出口，呛得她泪水直流。

她屏住呼吸，推开了朝北的窗户，一股冷风钻进来，她这才长长地透了口气。

半夏提起一红一绿两个描着牡丹花的旧热水瓶去打开水，瓶身已有些锈痕。

锅炉房在机关的后院。灰白的锅炉边，几个人正排着队在水龙头边等候。

一个穿碎花衣的女人和另一个女人低语："这位漂亮的小姑娘是哪个部门请来的打字员？"另一个摇了摇头："听说是群艺馆新招进来的工作人员。"

半夏假装没听见，她笑了笑，有些羞涩地把眼睛望向地面。

轮到她接水时，水龙头滑丝了，开水哗哗地流，她小心地侧着身子，把一只热水瓶放到地上，用一手提着，另一手托着瓶底凑上去，一些滚烫的水溅到她纤长白晰的手上，烫得她直皱眉头。

半夏提着两瓶开水，坐着老式电梯，轰隆隆地升到办公大楼9楼。见办公室门敞开着。宋科长正挥着一块辨不清底色的抹布，大幅度地抹着办公桌。一些细小的灰尘在白炽灯光下起舞。他虽已年过半百，身材瘦小，稀疏的头发油光发亮，由于长年大量吸食香烟，他的脸早已被熏成蜡黄色，蔫蔫的，似乎每一个折皱里，都有熏燎过的痕迹，眼角的皱纹也如老树根的年轮，一圈更比一圈往深里去。

见半夏进来，宋科长似笑非笑地看了她一眼，露出比肤色更深一层的，结满了烟垢和茶垢的黑牙。

李玉成甩开膀子拖着地板，他比半夏大几岁，毕业于A大历史系。白净的脸上架着副秀郎镜，1米78的高挑个子。当年是从A大毕业生中选调来机关工作的。可是，他既不喜欢写公文，又没有艺术专长，且放不下身段阿谀逢迎，几年机关生活下来，打磨得早没了当年的锐气，一副不苟言笑的样子。

半夏放下热水瓶，看抹布和拖把都在两人手里拽着，不知接下来该干吗，只是尴尬地立在门口。

宋科长见她没有主动接过抹布的意思，心里颇为不快，锐利的眼神从老花镜片后射过来，半夏有些抵挡不住，不知所措地搓着手。

宋科长把抹布重重地摔到半夏的办公桌上，作势扑过来，说："我来替你擦桌子吧？"

半夏赶紧拨浪鼓似的摇着头，接过抹布，不好意思地说："哪能让您擦呢，我自己来吧。"她一手捂着鼻子，一手擦拭着散发着刺鼻油漆味的桌子。

宋科长这才吁了口气，顺手从茶叶罐里捏了一小撮藤茶，冲了一大杯开水。他顺手从报夹上取过一张报纸，又悠闲地点燃一支烟，跷着二郎腿坐下来。

眼看着青灰色的烟雾从他灰白的头发里一缕一缕地旋舞出来，袅袅地升到房间的每一个角落，半夏不经意地皱了一下眉。

他端起浓浓的，见不到底的茶杯，吹几口气，啜上一口。

宋科长见李玉成拖完地了，也朝他掷过去一支烟，李玉成没接稳，香烟咻溜滚到半夏的脚下，他急忙俯身捡起来，吹了吹，凑上前，就着宋科长手上的烟火，吧嗒吧嗒地吸食起来。

狭小的办公室里，两杆烟枪不断地吞云吐雾，半夏一呼吸，烟便卡在喉咙里，她皱眉干咳了两声，她患有慢性咽喉炎，闻到烟味儿有些过敏。

见宋科长一杯茶已喝完，报纸也翻看得差不多了，半夏便问：今天有什么工作要我做吗？

宋科长从老花镜后翻起眼睛，瞟了她一眼，也不说话，又不慌不忙地续上了第二杯茶，又哗哗地翻开报纸。

半夏眼巴巴地望着宋科长，等他安排工作，而他却像完全忽略了她的存在似的。

时间过得如此缓慢，半夏眼睛不断瞄向墙上那面石英钟，石英钟像被什么粘住了似的，半天才"咔嗒"移动一小格。

单位的工作除了翻翻档案、整理资料，也没有硬性的工作任务，大家基本上闲着，闷声不响，半夏也慢慢沉默下来。

机关的生活，也并不像她先前想象的那样，是以阳光做底色的。

不知为什么，这样百无聊赖地过了两日，到了周末，半夏心身俱累，倒像加了几个通宵班似的，不由得倒头晕睡了一日。

7

宋科长捏着烟，头埋进报纸看新闻。李玉成与股市死磕上了，股市大盘是一片惨绿，他板着脸，把烟头掐灭后，往烟灰缸里吐了一口唾沫。大家默不作声，连空气都像凝滞了。

半夏练着女书小楷，忽然听见门口有人喊她的名字，回头一看，见杨颖灿然笑着，冲她挥手致意。

杨颖是电视台生活频道的主持人。她身着飘逸的玉荷色裙子，小巧精致的五官，一双杏眼含嗔似怨。她大学时就是个美人胚子，在电视台工作了两年，越发添了几分成熟，显得精致干练。

半夏没有女孩子惯常的嫉妒心和小心眼，所以四年同窗，两人倒成了形影不离的闺蜜。

杨颖知道半夏考进了机关，趁采访的空当，上楼来看看她。她调皮地眨了一下眼睛。

半夏连忙给杨颖介绍两位男同事，宋科长瞄了杨颖一眼，略微点了一下头，便不理不睬，将一张冷脸埋进报纸去。李玉成"哦"了一声，继续埋头看股评书。杨颖的笑容冰凌花一般地凝固在脸上。

半夏只得略为抱歉地冲她苦笑了一下。宋科长继续吐着烟圈，再不拿正眼瞧她们，他一本正经地板着脸，嘴角的皱纹密集地聚拢来。然而，他眼角的余光又分明像机关枪一样，不断地往她们身上扫射开去，她俩的一举一动都逃不出他的眼帘。

间或，他又故作威严地咳嗽一声。杨颖自以为什么人没见识过，却头一回遇见宋科长这么冰冷的人，只觉得有一股肃杀之气，从报纸下逼仄而来。她哪里受得住这令人窒息的氛围，在沙发上坐了几分钟，便匆匆起身告辞。

半夏神情尴尬，起身把她送出办公室。

杨颖感慨地说："你怎么到了这种单位呢，同事都阴兮兮的，你如何受得了。"

杨颖原以为半夏进了机关大院上班，光鲜亮丽，而见到这样冷漠的场面，确实有点意外。

半夏见她声音脆亮，不依不饶的样子，嗔了她一眼，小声道："快别说了，让人听见可不好。"

杨颖拍了拍半夏的肩膀，剜了她一眼："什么时候变得如此小心翼翼了?"她顿了顿,又说,"在这种地方待久了,只怕人不疯掉也要变傻了。"

半夏苦笑了一下,神情黯然地低下了头。

老式电梯颤巍巍地上来,两人径直乘了电梯下楼去。

春雨过后,院里的樱花颜色淡且浅,像褪了色的衣裳,有的还在兀自开着,有的却已零落在地,一些花瓣被风悠悠地吹落到水池里。生命,也只如这繁花开过罢,花期过后,花瓣凋零,是必然的过程。

一抹绿藻下,静静栖着一条红嘴鱼,它偶尔一动,把绿藻扯得一颤一颤的。

半夏想,自己不也正像一尾被绿藻缚住了身子的鱼,找不到出口和方向。

未进机关工作时,半夏每次到机关大院来办事,都觉得有几分神秘感,而今在她眼里,恰如一座愁城。自进了群艺馆工作,她变得怯声怯气了。

相比起大院其他部门来说,她所处的部门异常冷清。每天打好开水后,主动替他们泡好茶水,开始抹桌、扫地。这样周而复始地过了些时日,依然得不到肯定,讨不到一个"好"字,哪怕是理解的微笑也行。她倾尽笑容换来的,不过是些冷漠的眼神。

半夏刚回办公室,宋科长便话里有话地:"你跟社会上的人交往要有分寸,毕竟咱们这里是大机关,成天和娱乐圈的人混在一起,影响多不好?"

见半夏不作声,他又正色道说:"你进单位也有几个月了,凡事要依照机关的规矩办才好。来找你的杂七八糟的人也太多了。"

半夏怕他再说下去,指不定会说出些更难听的话来,只得诚惶诚恐地点了点头。人安静地坐在那儿,内心的隐忧却如潮汐般,一拨拨地漫上来,漫上来,无处可解,无处可化。

半夏不知道自己错在哪里了,感觉机关里果真是"机关"重重,似乎一不小心,每动一步,都有可能踩到"地雷",所以她愈发小心翼翼,如履薄冰,生怕越雷池半步。

她觉得自己像一棵从大自然中移植的树,陌生,困窘,找不到归属感和认同感。唯有研习女书文字,才使她在这种日子里得着些生趣。娟秀的女书字体,在她的眼中,如同女子的舞蹈。她仿佛看到那些久远年代的瑶家女子,且歌且舞,以一种原生态之美,穿越时空,款款而来,诉说或明或暗的前尘往事。那些低吟浅唱,在时间的长河里凝为绝响。

8

这天单位召开党支部大会,半夏刚宣读完入党申请书,已退休的溪老馆长便嚯地站起身来,大声说:"怎么连'为共产主义奋斗终生'都没写,这算什么入党申请书?你入的哪门子党?"

半夏在大学时期就已写过入党申请书。并被推荐上了党员培训班,是预备党员。群艺馆,党支部让她重新写了一份,又参加了入党积极分子培训学习,再不发展入党,也说不过去了。

她没料会遭到这么严厉的批评,委屈得眼泪都要掉下来了。

阳馆长挥手示意,让半夏自行回避,党员们留下来表决半夏入党的问题。

半夏还没走进办公室,背后又响起溪馆长严厉的声音:"听说院子里其他部门的同志称她才女?小小年纪,连个入党申请书都不会写,算哪门子才女?以后再不准乱叫才女了。"

阳馆长他深谙溪老馆长不过是借题发挥。他想,现在是自己当馆长,单位一干大小事情应该自己说了算,哪容得你一个退休的糟老头来作主。

何况,他听林部长无意中问起过半夏,心想,林部长是分管干部的常务副部长,日后要是提拔,免不了要过他这关,倒不如送个顺水人情。

他起先并不接言,待溪老馆长说完之后,他直接宣布,半夏的入党问题,请大家举手表决,刚落座下去的溪馆长闻听此言,又站起身来,说:"党内有不同意见,暂不能表决。"

阳馆长扬了扬眉,发出一声不易察觉的冷笑,说:"党内讲究少数服从多数,我们表决通过,您老可以持保留意见。"

文井生急忙插话道:"半夏是我和宋科长去考察的,她表现不错,党内民主表决,还是少数服从多数的好。"隔着一条长长的走廊,半夏坐在办公室内,只听到会议室里忽高忽低的声音,仿佛炸开了锅。

她心里没来由地觉着慌。

溪馆长道:"文井生,你最好把尾巴夹紧点,我当初真是瞎了眼。"

文井生是溪馆长当年一手从县里调上来的,在他手下当了几年办公室副馆长,一直对他唯唯诺诺的。

溪馆长原是政府办一只好笔,写得一手官样文章,恃才傲物,被人竟挤到了群艺馆当馆长。当初调文井生来群艺馆时,他亲自去协调有关的关系。退位后,换了阳馆长,不久文井生被提为综合科。文科长对阳馆长言听计从,早把溪馆长的那些规矩抛到脑后了。

溪馆长见阳馆长把过去的规矩不当一回事,早憋了一肚子火。觉得自己的权威被冒犯了,加上宋科长早几日到他家里,添油加醋地说了一通文科长的坏话。溪馆长早憋了一肚子气,这会儿趁机发难,他以半夏入党条件不成熟为借口,大闹支部大会。

他说:"党内的事情应该民主,事先应广泛征求老党员的意见,怎么能直接就拿到党员大会上来讨论?党内的规矩还要不要讲?"

会议室里传出激烈的吵闹,溪馆长扯着嗓子,连名带姓地骂:"文井生,你个忘恩负义的东西、叛徒,你最好把尾巴夹紧点做人。"

一时里边气氛紧张起来,仿佛一场没有硝烟的斗争,却是以半夏的入党点燃了导火索。她在办公室里听得真切,早已吓得心惊肉跳的,不由得落下泪来。

几个老同志见气氛尴尬,纷纷打圆场,说今天的会议大家各抒己见,充分体现了党内的民主。不如大家各自回去酝酿一下,等过一段时间专门召开支部会议表决吧。

阳馆长想，下次就下次吧，也不差这两天，也就顺台阶宣布散会。

散了会，宋科长看半夏的目光，分明抑制不住地漾着笑意，连眼角的皱纹里，都深藏一抹得意之色。

他对半夏说："年轻人，受点挫折对自己的成长很有好处啊！"

半夏紧闭双唇，本想一言不发，但又不得不又作出感激的样子点点头。眼里却分明汪着些晶莹的泪水。

她曾听李玉成说，宋科长有个侄儿也想进这个单位，他去找了阳馆长，报名参加了考试，本以为阳馆长会给他点面子，岂料第一轮笔试就被刷下去了。加之平日阳馆长并不待见他，这些零七八碎的事情，让他心里很不爽。这些不良情绪郁积在心里，成了心里的暗疾，不能爽快地发泄出来，倒蓄成了暗藏的导火索，送给溪馆长，一把火给点爆了。直接把党支部大会煮成一锅粥，让阳馆长和文井生下不了台，这使他心里充满了胜利的愉悦感。

这些小小的伎俩，半夏不是看不明白，但越是看得明白，心里便越是不舒服。

她想，与其这样，何苦还和大家说笑着凑一起呢？倒不如痛痛快快地打一架呢，也比背后搞这些小动作强。背后使绊子，真让人看不起。

半夏性情越发沉郁起来。脸上又不得不作出什么事也没发生的样子来。以免自己受到更大的伤害。

而心内叠加的不安，越发如夜行的蝙蝠，在黑暗中撞撞跌跌，生怕一不小心，便受到伤害了。

每日里的坐班，愈发像坐牢，而宋科长和钱副科长这样的同事，在她眼里，既是牢友，也是监工。

半夏先前走路时爱哼点小曲，现在她刻意把自己闷成一个葫芦。她的眼神，忧伤而明亮。

9

半夏好不容易挨到下班，提着包准备离开时，被阳馆长笑嘻嘻地拦住了："组织部林副部长，可是你亲戚？"

因林部长和半夏说过，倘若单位有人问起他，就说是舅舅，日后也好有个照应。而今半夏见他突兀地问起，只得模棱两可地笑了笑。

他接着又问："半夏妹子，找男朋友没？"半夏抿嘴低头笑了一下，这样私密的话题，她答也不是，不答也不是，愧不能找个地方把自己藏好了。

阳馆长说，他老婆想给她介绍对象，要请她吃顿饭。

半夏想回绝。又不好意思，怕开罪阳馆长，他又是个惧内，老婆开了腔，他只得涎着脸，要她去一下。半夏没法，推辞了半天，只得去了。

阳馆长的老婆倒是一个性格开朗的中年妇人。席中有红烧猪脚、小炒驴肉、紫苏煮鱼、凉拌马齿苋等。怕半夏拘谨，她一个劲地给半夏夹菜，席中有她的娘家侄子、侄媳妇，以及侄媳妇的弟弟，那小伙子长得颇为英挺，黑里透红的脸，五官轮廓分明，眼睛深邃，鼻翼微翘着，笑起来颇有魅力。

米饭是用小竹筒蒸的，香喷喷的。一筒一两左右，他居然一口气吃下了六筒。半夏暗暗吃惊。

他在邻市的乡镇财税所工作，正思谋着调到江洲市来。阳夫人想把小伙子介绍给半夏做男友，好让她找林副部长出面帮忙调动。

半夏心里暗暗叫苦，这种事情怎好意思去麻烦林部长？

见他们一大家子吃得开心，半夏局促不安，觉得如赴鸿门宴。吃了人家的饭，到时又帮不上忙，可怎么办？早知道如此，不如不来呢。

大家热热闹闹地吃过饭后，一连几天，半夏提心吊胆的，生怕阳馆长说他侄媳弟弟的事情。

阳馆长见她对自己的内侄没什么热情，倒也罢了，对半夏说，如果有机会，帮忙在林部长面前美言几句。

　　半夏这才舒了口气，心想，终于没事了，不然，还真不知该如何收场呢。不几天，财务科的钱副科长钱梅神秘地把她拉到一边，说，自己有个长得挺帅气的弟弟，平常眼光高得很，有回来单位，不知怎么看到半夏了，想请她看场电影。

　　半夏想，姐姐都长糊了，弟弟指不定长成怎样一颗歪瓜裂枣了呢。

　　钱梅长得尖脸、窄额、龅牙，有些鼠相。高中毕业后，在印刷厂当拣字工，群艺馆成立时，钱梅被招进来当了一名打字员。钱梅喜欢嚼牙花。半夏刚来时，钱梅在她面前不停地说单位的趣事。从老文的惧内到小李的阳痿，津津乐道。好在老文小李之流一则怕事，二则好男不跟女斗，然而心里头却像吞了只苍蝇。半夏不喜欢听这些，有意与她保持距离。

　　这么着，钱梅还嫌不够刺激。既然大机关里导演不了谋杀暴力之类的巨片，那么导演三两个色情片、偷盗片，也是不错的。她时不时地大呼小叫地制造出一串串绯闻来。

　　现在虽混上副科长，仍兼着出纳和打字员的职责，大家都用电脑写作了，油印打字机也早就被淘汰了，但她不会用电脑，只会用机械打字机敲打文件，印出来的字体既不好看，又显得脏兮兮的。

　　她怕见了面反而尴尬。但又不好得罪钱梅，左右为难。钱梅说："看场电影又不会吃了你，这么矜持干吗？"不由分说地塞给半夏一张电影票，半夏拂不过脸面，只得如约前去电影院。

　　钱进站在电影广告牌下等她，远远地见她来了，便扭着身子迎上来。半夏意外地发现，他比姐姐钱梅生得周正，只是牙齿也稍微有些龅。他肤色白皙，唇部没长胡须，长了个比女人还丰满的臀部。

　　钱进从臀部的裤兜里掏出一沓10元一张的人民币，从中抽出一张，买了一大筒爆米花，肥猫似的扭着臀部进了电影院。

　　半夏在后面看着又别扭，又好笑。

银幕上正上演着一部打打闹闹的喜剧片，钱进托着爆米花，殷勤地递到半夏面前，半夏吃了几颗爆米花。

钱进的右手慢慢变得不老实起来，借着那筒爆米花的遮挡，如游蛇般伸到她的腰前、贴着她的敏感部位摩挲。半夏吃了一惊，黑暗中迅疾地用眼瞪了他一下。

电影还只放了半场，他越加大胆，他一只手伸进她的衬衣，蠕蠕地，如软体动物般地滑向她的臀部。

她皱着眉头，心生厌烦。用眼神去制止，谁料他得寸进尺，并不知收敛。

半夏终于失去耐心，推开他蛇一般游走的手，立起身说："不好意思，我有事要先回了。"

钱进正微闭着眼陶醉着，看她起身，想要伸手去拽她，却捞了个空，她头也不回地离开了影院。在大街上拦了的，飞也似的逃回家了。

夜里，半夏睡得很不踏实，梦里自己浮在水中央，风高浪急，随时都有可能把她淹没。

第二天一早，走廊里响起钱梅尖而厉的声音："现在的女孩，高不成低不就的，也不撒泡尿自己照照。"

半夏听见她的声音尖锐，如菜市场卖小菜的大嫂一样粗糙，就不搭理她，由着她去发疯。

一整天，她觉得钱梅的眼神都在狠狠地盯紧她，让她浑身不自在，走路都不知道先迈哪条腿。

10

周一例行工作会议，大家在会议室的椭圆形会议桌上落座后，阳馆长拿出一包烟，抖了抖，散了一圈烟。

他每抽一口烟后，便像害了喜的妇人一样，往烟灰缸里吐痰。

半夏打开本子，正要记录，阳馆长突然站起来，说有人来了单位这么久,连扫把都没有碰过,他话里有话地说:"一屋不扫,何以扫天下?"

大家不约而同把目光投向半夏,她觉得意外而又委屈,又无从辩白,只低下头去。她抿紧双唇,一张脸憋得红一阵白一阵的,一双手不停绞着衣角。

不知怎地,传来传去,倒传成她贪图安逸,不爱打扫卫生,每日晨扫时,连扫把都不曾碰一下,只肯擦自己的办公桌。

半夏自小独立生活惯了,像一颗生命力顽强的小草,她自尊敏感,并不知偷懒。安静的她,内心有着与外表不相符的倔强。

她想,自己每天来回打开水要花上十几二十分钟,而扫地抹桌椅这类活儿总不能全等自己一人来干吧?

恰在此时,办公室的电话铃声尖锐地响起来,坐在门口的司机踌躇着,跑去接了电话,说是找半夏的。

半夏尴尬地站起身来,宋科长说:"不要把单位当成个人的娱乐交际场所,年轻人要以事业为重。"这些话,从他嘴里一个字一个字蹦出来,掷地有声的样子。

一屋的目光,落在她白底素裙上,像要燃烧起来的样子。

钱梅鼓着两只三角眼,煽风点火:"一天到晚找她的人比市长还多呢,不如干脆把电话移到她桌子去,当她的专用电话得了。"自从半夏拒绝了钱进后,钱梅明里暗里嚷嚷过几次,要求换一个会用电脑的年轻人来当打字员。这话显然是冲着半夏来的。只是半夏不主动接碴,钱梅便着实恼了她,总是阴阳怪气地说风凉话,冲她翻白眼。每每听外单位人叫半夏才女,心里更是忌恨莫名,对她哪有半点好声气,一天到晚指桑骂槐的,让半夏像吃到苍蝇似的不爽。

半夏索性不去接电话了,她低下头,含着泪,半声不吭地坐在那,只恨脚底下没有个洞让自己钻进去。

群艺馆虽说也是在机关大院,但与其他部门比起来,既无权又无钱,即便是偶尔有人找上门来的话,也多半是要找别的部门而走错了地方,问问路罢了。

当初考进这家单位,半夏原以为工作轻松,可以安静地写点东西,做自己喜欢做的事情。而同事们的刻板与无趣,和莫名其妙的眼神,似笑非笑的表情,让她忽然不自信起来。她有些后悔当初的决定。

不良的情绪,与满屋的青烟一道郁积着,成了半夏工作中的打底色。而尘俗之外,一些美好的词汇,总是在深夜里,一再刺疼她的双眸,让她猝不及防。她不甘心就此消沉,任岁月之手,频频举刀,镂刻美好的青春时光。她想让自己振作起来。

11

阳馆长请来分管的领导吃饭,群艺馆人少,阳馆长把大家都叫去作陪,挨挨挤挤坐了一大桌。正好展示一下他亲民的形象。男人们用分酒器把一瓶白酒均匀分了,开始举杯拼酒。

几杯酒下肚,阳馆长拨拉着那盘新上来的扣肉,意味深长地说:"扣肉好吃,领导多吃些。"他殷勤地夹了两片扣肉放进领导碗里。

上来一道肉丸汤,阳馆长用勺子拨拉着,说:"肉丸子好,来来来,给您两颗肉丸子。"一边说,一边用筷子夹给领导。钱梅听到这些暧昧的语言,禁不住放肆大笑起来。

阳馆长自以为深谙机关生存之道,他说:"讲真话领导不喜欢,讲假话群众不喜欢,讲痞话大家都喜欢。"

他插科打诨,说的不过是些男女之事的痞话,半夏听着,羞红了脸,觉得阳馆长不仅笑容暧昧,连动作都是猥琐的。很是替他丢人。钱梅立马怪腔怪调地说:"哎,阳馆长,你忘了这桌上还有高雅之人呢?"阳馆长用眼角的余光瞄了一眼半夏,道"食、色、性,乃人类生存之基本需要也。"

满桌愕然,十几双眼睛齐刷刷地盯着半夏看。半夏实在看不下去,便把筷子放下,端起茶杯,她脸色微嗔,抑制不住,把内心的不屑写在脸上。

自打半夏拒绝了钱进,钱梅看她横竖不顺眼,但凡能让半夏的形象受到损失的事情,她没有也要编几分出来的,何况半夏这会儿自己撞到了枪口上。

钱梅说:"那些表面上一声不吭的人,才是闷骚型的呢,心里想得格外复杂,不知打的什么鬼主意。"

半夏不想撕破脸,她站起身来,走到户外喘口气。

饭毕,阳馆长送走领导,与钱梅、李玉成、宋科长凑了一桌打麻将。

钱梅喜欢打麻将,她终于生拉硬拽,成功把阳馆长拖下了水。教会了他打麻将。从打两元一片子起步,加码到十元,阳馆长慢慢从麻将游戏中找到了乐趣,并乐此不疲。

钱梅坐在阳馆长上首,她手里有三对牌,碰了一筒,打出一张两筒,阳馆长便说:"你出两筒,我打给你张幺鸡才好玩。"

钱梅果然碰了,说:"我不嫌鸡多,再自摸一只正好开杠,我摇个甩子胡杠上花。"

见阳馆长拆了九万、七万打出来,分明是在调八万,钱梅打出一张八万,媚笑着说:"趴开。"阳馆长立马伸开五指将这张牌捉住,说:"哈哈,趴开好,我胡了。"

"钱堂客就是灵泛,领导要趴开,她马上就趴开了。"文科长调侃道,一干人暧昧地笑了起来。

阳馆长又伸手扎鸟,碰巧扎中,笑声更爽朗起来,朝钱梅伸手道:"快给钱。"

钱梅装作不情愿的样子,从兜里掏出两张10元的钞票。大家纷纷把牌推进麻将桌,自动麻将机哗哗的洗牌声响起,几分钟后,四排砌得整整齐齐的"长城"自动送上桌面,又开始了下一局。

伴随着打麻将的声音,有恣意的笑声。

阳馆长听了牌,只等别人出一、四、七索和牌。打了两圈,见没有人放炮,他有些紧张起来,手颤抖着摸上一片子,并不着急反转过来,而是死死地捏在手里,再用中指抠着麻将,看是不是自己想要的那张牌,然后猛地反转过来,扣在桌上。

几圈下来,他果然摸到了一索,啪地推倒自己的牌,高兴地拍掌大笑,指着钱梅说:"你不给我放炮,我自摸,总可以吧?"

打麻将的、看麻将的、扎鸟的,全都哄笑起来。

半夏呆坐了一阵,心里觉得无趣,回办公室写论文。

阳馆长早上让她以他的名义写一篇有关本地经济建设的论文,想发在刊物上。半夏翻着大沓资料,那些连篇累牍的文章,有些连语句都是不通顺的。

她看了半天,越看越觉得头晕脑涨,除了空话、套话,就剩大话,全是可以删掉的。她心里苦笑,她索性按自己的想法开始写论文。

整个办公室静悄悄的,只有她哒哒哒地敲打键盘的声音。

她是个急性子,恨不得一口气把要做的事情做完。只是,每当她做完一件事情之后,总是有新的事情安排她做了。人家笑眯眯地说,半夏,帮我去复印一下资料,半夏,帮我去邮局取个邮件。她都好脾气地应承下来。把自己忙得像只陀螺。

眼看到了晚餐时间,半夏揉了一下疲惫的双眼,去食堂要了份盒饭。

后院里,樱花树已开了小小的粉色的花朵,四个花瓣安静地打开,微风中蝶一般轻颤着,徐徐飘洒下来,漫不经心地落在红栌木上,像下了一场细小的樱花雨。微白的花瓣,在红栌木的紫红叶上铺开了,层层叠叠的,宛若另一场花事。

半夏写写改改到 12 点。好不容易理顺了思路,一阵疲惫袭来,她有些支撑不住想睡觉了。她收拾了回家,在电脑前一连坐了十几个小时,走路都有些打飘了。

路过传达室时,她见门卫俯在办公桌上,已鼾声如雷。她蹑手蹑脚经过他身边时,门卫猛然惊醒过来,睁大一双眼睛迷迷糊糊地瞪着她,反倒把她吓一大跳。

末班车里很安静,车上除了她,再无一个乘客。车轮擦地的声音分外响亮。她突然想起有关末班车的传说,心里不由有些发毛,特意换了后排坐下。

车哐当哐当地过了解放路,又过了大桥,到达终点站后,半夏匆忙跳下车往前跑,这里离自己住地还有两站路,公交车已停开了。

她一路小跑着,看见自己的影子在路灯下一跳一跳的,和她比赛似的。不知怎么地,她莫名有些心慌。

眼看就要经过铁路口,道旁的草丛中,几只萤火虫点着微弱的灯火,明明灭灭地飞,像捉迷藏。

再跑几十米就到家门口了,半夏不由加快了步伐,谁知越是心急,越是跑不快,一不小心,把一只脚上的鞋带踩松了,差点摔了一跤。

她心里恨道:"真是欲速则不达。"

她正要弯腰去系鞋带,说时迟,那时快,一股风从她耳边呼啸而过。她回过神,见背上的包已被人紧紧拽住,她心里暗惊:不好,遇上劫匪了!

她下意识地死死拽住包带,包带是帆布的,质量还算比较牢固。两人往死里较着劲,谁都不肯松手。劫匪拼尽全身的力气往前拉,半夏站立不稳,被拖倒在地,但她仍然牢牢抓紧包带,被一路拖着往前挪。

一缕清白的月光照着,半夏依稀见抢包的青年个子矮小,看起来形容消瘦,像吸毒的样子,不禁更加害怕。但她不但没有松手,反而更加拽紧了包带,这时,迎面有车灯照过来,半夏立马大声呼救,劫匪这才松了手,一溜烟跑进茫茫月色中去了。

半夏爬起来,发现自己已被歹徒强行拖了五六米远,她满身泥灰,新买的全棉裤膝盖处被划破了。

她惊魂未定地跑回家,拧亮灯,才看清手臂上还有多处擦伤。

她忍着痛把伤口清洗干净,擦了些碘酒。有些钻心的疼痛涌上来。她睁开双眼仰躺着,一颗心仍"怦怦"跳得厉害,想起自己不要命地护着挎包，她颇有些后怕。假若劫匪带了匕首，后果岂不是不堪设想？万一劫匪感染了艾滋病，又传染给她，岂不是更加可怕？不知过了多久，她才迷迷糊糊睡着了。

12

半夏早早地来到单位，见整座大院静悄悄的。红栀木上，一只蝴蝶依然熟睡着，纯白的翅膀埋进稍卷的叶子里，无法看清她的脸。粉白的栀子花，花瓣深深地垂着，一副未曾睡醒的样子。不仔细看，也像一只被露水打湿了翅膀的蝴蝶。

半夏搞完卫生，又打好开水，把稿子仔细校正了一遍，打印出来装订好，等宋科长来上班了，立马交给他看。

宋科长瞄了一眼标题，并不伸手接住，说："这么重要的论文，我哪晓得看，你直接交给阳馆长看好了。"

这篇论文，原是阳馆长交给李玉成写的，但李玉成迟迟没有动笔，几个星期过去，连一个字也没写。阳馆长在会上点名批评了他，李玉成低着头，一声不吭。

阳馆长只得把半夏找去，交给她。宋科长装作不知。半夏揣摩不透宋科长笑容后面的意味，也听不出弦外之音，便拿着论文稿到阳馆长办公室。

阳馆长接过论文匆匆浏览了一下，说："我们办事也要讲究程序，你先交给宋科长过目吧，免得他有想法，说不尊重他。我们要集大家的智慧。"

半夏于是把宋科长才说的话原样说了一遍。

阳馆长沉吟半晌，说："既然如此，你就送给文科长把把关吧。"

半夏便拿着稿子敲开了文科长办公室。文科长拉长着申字脸，深度近视的眼睛，几乎要贴到文稿上了。他哗哗地翻看着论文稿，半夏见他的眉头越锁越紧，一颗心悬在了半空。

文科长半晌"哦啊"一声,看见半夏期待的眼神,像是得到了一种精神上的满足。

他语气笃定,摆出一副很内行的样子,说:"领导论文哪能写成这样呢?要高屋建瓴,站在领导的高度,站在全市的高度,要写出恢宏的态势来。你不能只顾站在自己的立场讲话。你得提高自己,懂吗?"

他说这些话的时候,一双手不断飞舞着,似乎已站在高高的发言台上了。

半夏见他说得有道理,然而又落不到实处,一时心急,便问:"请问文科长,到底哪些地方需要改?"

文井生没料到她会这样问,神情颇为尴尬,他摸着稀疏的几根山羊胡须,苦着脸,表情像便秘。

他重新又翻了一遍论文稿,伸出几根瘦长的手指在桌子上敲击着,眼睛急速地在文稿上逡巡。半夏如坐针毡。他略为指点了一二,半夏仍是不得要领,觉得他虚张声势,并不能落到实处。

半夏又绞尽脑汁,照文井生的意思,坐下来重新修改了一遍。

交给阳馆长时,阳馆长说,怎么市里有些重要的政策反而没提到?一定要添上的。半夏一看,阳馆长要求被添上的内容,正是文井生要求她删去的。

半夏强忍着,一言不发。

她心里好不郁闷,觉得一个群文工作者,不好好把精力放在如何提高群众文化水平上,而去写这种经济类的论文,真是无聊。她一时摸不透玄机,内心却骄傲不羁,年轻的生命,如一束空瘪的麦穗,在风中高傲地扬着头。

狭小的办公室,大家虽共处一室,却少有言语交流。仅有的交流,也是虚虚的、飘飘的,落不到实处。像打太极拳,柔软绵长。同事们的行事作风,让她有些度日如年的感觉。

13

一大早,李玉成灰着脸,坐在办公室抽闷烟。他穿着一条灰不灰,麻不麻的长裤,半夏注意到,整个夏天,他几乎都穿着同样一条长裤。他说自己就这么一条像样的裤子,晚上洗净风吹,第二天又穿着来上班。

半夏问他为何叹息,他说,有位大学同学要举行婚礼,请他喝喜酒。

半夏开玩笑道:"同学结婚,你叹什么气?因为新郎不是你么?"他苦笑着说:"你不当家,哪知道柴米油盐贵。"

原来先天晚上,他做了老婆爱吃的豆腐煮鲫鱼,先给老婆盛了鲫鱼汤,又把鲫鱼刺小心挑出来,盛到儿子碗里。老婆见他分外殷勤,说:"你是不是又要打什么鬼主意了?"

他摇头笑笑。饭后主动洗好了碗筷,早早把儿子哄睡了后,抱到小床上。他呵着气,跳脚上床来和老婆腻歪。老婆正看一本生活杂志,嫌他满身的烟味,说:"去去去,快去洗洗。"

他起来帮老婆抹干净,麻着胆子跟老婆说要两百元钱吃喜酒。老婆见他提到钱,本来生理没有得到满足的她,心里正怄火,说:"钱钱钱,你整得自己像个面首似的,人家找面首也得健壮能干的不是?"

她越说越生气,伸腿踢了他一脚。他毫无防备,竟被踢到床下。

他赌气抱了一条毛毯来,不与老婆睡同一个被窝。他越想越觉得活得窝囊,气得一夜没合眼,又受了些风寒,咳得厉害。

半夏建议他喝瓶香港产的川贝枇杷止咳糖浆试试,谁知这话正好被在门外探头探脑的钱梅听见,她立马伸进脑袋呵斥道:"谁让你们喝这么高级的药了?香港产的,公费不予报销。"钱梅管财务,李玉成苦笑了一下,不吱声了。

凑不出份子钱,别的人还好说,随意编个出差的谎言,推脱一下,也就蒙混过关了。

可是这位同学，是上下铺的兄弟。又是以前的班长，两个人还一起办过文学社团，要好得穿同一条裤子似的。若不去参加他的婚礼，面子上如何过得去？

半夏见他犯难，从身上掏出几百元，说，你暂时拿去用吧。

李玉成也不推辞，连声谢着，接过半夏手里的钱。

这时，阳馆长进了办公室，他故作神秘地叫过半夏，说已打电话给医药总公司的齐书记，说妥给单位500元赞助款，让半夏开了票去取就是了。

阳馆长近日琢磨出成立一个群众文艺研究学会，他说，这样一则造成声势，扩大一下单位的知名度；二则可以顺带化点缘，找些单位出点赞助，也好搞点萝卜白菜钱。单位除了财政拨的工资，平时过年过节，也就发个百把元。而上面拨下来的办公经费，连养一台车都不够。茶叶呢，只是基层单位送来的一点本地产的藤茶，也很快被喝完。他给每个人都安排了赞助任务，按10%提成。

半夏是个实心眼，把阳馆长说的话当了圣旨，没来得及多想，骑自行车到了医药总公司。

经人指点，在一间宽大豪华的办公室里，半夏见到了齐书记。一问，才知道他并不认识阳馆长，只是接了他的电话，说要成立一个什么研究会，让给些赞助费。齐书记说自己单位境况也不见得好，答复说看情况再说。现在见半夏急巴巴地找上门来了，也不好意思让她空手而归，便答应给两百元。

半夏想，阳馆长说好了是让她来收500元，自己没完成任务回去不是要遭他严厉批评？

于是便央求齐书记给500元才好，齐书记见她快要掉泪了，说："我们两家单位平素也没什么往来，一下子拿这么多钱去赞助，也不太好，怕惹人说闲话。再说了，给你们赞助，我们单位能得什么好处？"

半夏听出了些弦外之音，便说，听阳馆长说给来出资的会议代表每人发50元误餐费呢。齐书记思忖了一下,说,这样啊,我会带司机去,司机也可以拿份误餐费吧?

半夏想,人家即便是只给200元赞助费,也得给参会人员50元误餐费,现在人家肯给500元,回两个误餐费后,单位还赚了400元,应该没什么不妥吧?这样一想,便点了点头。齐书记分管财务,于是签字画押,让她去找党办秘书办理这事。

谁知半夏兴冲冲地回到单位,当着钱梅的面,汇报给阳馆长,钱梅立马吊着一双三角眼,训斥道:"你算老几?凭什么在外面自作主张,答应给100元回扣?"

这尖锐的声音把半夏吓了一跳,无意中得罪了钱梅,睚眦必报的她,自然不会让半夏有好日子过。她委屈地辩白:"我也不是乱做主张,不是想给单位多拉点赞助么?"

这还得了?钱梅的三角眼越发要迸出火来,把半夏骂得再不敢回话。半夏感觉自己像撞到了马蜂窝,仿佛有千万只马蜂不断地"嗡嗡"地朝自己袭来。见两人吵起来,阳馆长这个始作俑者也不吱声,不知何时,竟悄悄溜出去了。

钱梅越骂越起劲,不仅如此,她还跳脚跑进了阳馆长办公室,说:"完全不懂得机关的规矩,没把单位领导放在眼里,擅自在外人五人六地自作主张。"

事情弄成这样,半夏心里后悔不迭,又怕钱梅再给她穿小鞋。整个下午,心里惴惴不安的。她越想越害怕,索性跑到钱梅办公室给她赔礼道歉。

钱梅扬着瘦猴似的尖下巴,从鼻子里哼哼两声,翻了她一眼:"你个大才女,还用得着跟我道什么歉,我可消受不起。"

像被人无端地打了一巴掌,半夏两眼一抹黑,觉得眼前似乎有一条看不见的线,又似有许多机关和暗礁,她一时又看不分明,似乎自己怎么做怎么错。

果然,下午钱梅交完单位的电话费之后,故意打出长途电话单子,见有几个电话是半夏打的，便去阳馆长那告了状。阳馆长把半夏喊到办公室，严厉地批评了她，众目睽睽之下，半夏补交了45元电话费。

14

宋科长和李玉成下乡去收集资料，半夏好不容易落得个清静，她打开电脑，查找一下有关女书的资料，她想写一篇有关女书的专题。刚起了个头，门突然被猛地推开了："单位的电话簿，是不是你拿了？"

她抬眼一看，虚掩的门缝中，悬着钱梅那张尖脸，嘴唇涂成了猪肝色，两颗门牙挤出唇外，三角眼射过来凌厉的光。她不过四十出头的年纪，已开始掉发，颇有秃顶之势。

半夏正盯着她头顶一块榆钱大小的疤出神，一时没反应过来，吓了一大跳，说："没有呀。"她手里倒是有一本市委组织部编的通讯录，是有一回去林部长办公室时，他顺手送给她的。

钱梅开始在走廊上大呼小叫："单位出了内鬼呐，连一个电话簿也存不住。不知被哪个眼浅的偷了去，真是可恶。"半夏因为手里刚好有一本，听钱梅的声音在走廊上一声长一声短，心里就暗自着了慌，被钱梅当成怀疑的对象，心里憋屈得很。

好在她的这本是专供组织系统内部使用的，上面还印有主要领导的手提电话，与钱梅买的那本版本不一样，这才脱了干系。

刚好单位晚上有应酬，阳馆长让半夏参加，钱梅就当面发飙。"要她去干吗？她去我就不去了。"谁看不过去，替半夏说句话，她就说："凭什么这么关心她？是不是要得她什么好处？"

女人最大的敌人，其实是女人，因为更能懂得女人的弱处与痛处。年华渐逝的女子，慢慢地分化成两种：一种是努力吸取知识，不断以内心的丰盈来充实自己，来抵御年华不再的孤独。另一种是越老越索性破罐子破摔，尤其见不得比自己年轻的女人，仿佛自己的青春逝去是这些年轻女人的错，把她们当成洪水猛兽。这部分人的生之乐趣已在于不断制造事端，让别人活得不安生。钱梅无疑是这后一种女人。

在钱梅的强势面前，半夏少不得忍气吞声，连替自己申辩一下的勇气都慢慢磨灭了，她不仅没有早日适应环境，心里越发惶惑起来，举止行事越来越像个小媳妇。可怜艺术专业出身的她，连走路都不知该先迈哪条腿了。有人善意提醒她，要知道机关的潜规则："水至清则无鱼"，"不近人情，举足尽是危机，不体物情，一生俱成梦境"。而那些潜规则，她一时半会儿又领会不出来。她已渐渐失去刚来机关时的灵性，变得讷言起来。

拉完成立研究会的赞助后，阳馆长又鼓捣着要编一套书来卖，他振振有词地说："屠户杀猪，群艺馆卖书，是天经地义的事情。"

他安排大家把市直各单位文艺方面的工作情况收拢了，稍加格式统一，美其名曰《艺术志》，又以此项目变着戏法向财政要经费。书编好后，每册定价188元。再把推销书的任务下达到各县市区群艺馆，作为年终评先的重要条件之一。

阳馆长说："谁消极懈怠的话，我就直接去跟他们县委书记、县长反映，让他吃不了兜着走。虽然我这种单位不能成事，但败事却不成问题。"半夏听了这话，不知怎的，觉得阳馆长身上有股流氓气。

单位每人分配了卖五十本书任务。先前虽然待遇差点，半夏也不至于到处去找老乡、同学化缘，现在好了，添了卖书的任务，她不得不去求大家帮她消化掉一些。熟人明确跟她说，不是不给她面子，只是这书呢，可读性不强，做厕纸又嫌厚，宁愿请她吃一顿饭，也不愿意花冤枉钱。听了这话，半夏红了脸，觉得越发连活着的尊严都要丢掉了。她又是这样眼里容不下沙子的人，一不留神，无意之中。

于年轻的她来说，此身如寄。要到哪里去，未来会怎样，她越发觉得窘迫而惘然。

15

半夏沿着江边漫步，见杨柳已浅碧如洗，茶花开得鲜艳，大红的，深红的，颇有些竞妍的样子，有人偷剪了一枝，拖着急急前行，两眼直视着前方，那枝上，有三朵、五朵茶花正绽放。半夏想，像一棵树、一株花那样活着，多好。

半夏骨子里是喜欢植物的，她喜欢植物与植物之间的交流方式，只是无言欢喜，寂静喜欢。不贪不怨，又不具有攻击性。他们默默垂立，默然相伴，不管风来雨来。半夏知道，自己喜欢植物，亲近它们，分明有了些避世的倾向。然而，她又不能因此而自闭起来，有些事情，必须面对，无法逃逸。她想，如果有来生，一定做一棵树，静默着，听风听雨，笑看日出日落。

江堤的风光带上，两个中年女子在打羽毛球，都上了年纪，腰间无一例外地，堆着一堆赘肉，像围了个硕大的救生圈。有人在练拳，有人正捻着一把二胡唱京剧"苏三离了洪洞县"，有人打开了录音机，在跳扇子舞。

对面的音像店里，飘出来些流行歌曲，嘶哑的嗓音唱着："我这么爱你，你怎么舍得离开我。"像自说自话，细听，有些悲伤不足，哀怨有余的样子。

手机铃声忽然响起，原来是阳馆长打来的电话，说是有领导来视察，让她喊几个女同学过去陪跳舞。

半夏便约杨颖，杨颖说台里有事正加班，要稍晚些，又约了另外几个师大毕业的同学。等她赶到酒店时，阳馆长几个刚陪客人吃过午餐。钱梅拿牙签剔着牙缝，"噗"地吐出一点碎肉，鼠一样的目光锐利地看了她一眼。

钱梅不会跳舞，只会搓麻将，见阳馆长热衷跳舞，便对半夏说了几句风凉话，拂袖而去。半夏心里像吞了只苍蝇，心里叫苦不迭，她一言不发地跟着阳馆长来到舞厅。

舞厅开场时，几位同学相继赶了过来。

阳馆长让半夏几个人主动去邀领导跳舞，原来，下面有个副县长的位置空出来，阳馆长想争取一下。

半夏见文井生讨好地看着自己笑，便跟鲁丽耳语了一阵，让她陪文井生跳舞。

鲁丽身材高挑，笑起来时，会有深的鱼尾纹在眼角微漾开去。这使得她的长相比同龄人稍老气，但她却是极开朗热情的一个人。她不厌其烦地教文科长跳慢三。文井生只顾拿眼睛盯着自己的脚尖，生怕出错了脚，越是这样，越显得手忙脚乱的，一曲终了，他仍不会跳，尴尬地搓着手。

半夏在一边看着，心里暗笑，脸上却不敢表示出来。

因为入党的事情，文井生在会上受了些委屈，她还有些过意不去。她想，人性总有善的一面，也有恶的一面。总不能只看人家恶的那面吧？对他的厌恶感也就少了几分。

第二天，半夏看见走廊里贴了一首打油诗，是用毛笔写的，笔锋圆润刚正，一看就是溪老馆长所为，无非是首讽刺诗。

阳馆长怒不可遏地撕了下来。来群艺馆几年了，他并没有想在这种单位长久待下去的想法，不过是想解决正处级了，再以此为跳板，跳到理想的部门去工作。

因为没有竞争到副县长的岗位，他又思忖着去文化局当局长。

他已经和馆长说好了，由他出面提出来。馆长觉得宣传部长是自己过去的副手，心想，难度倒不大。

无奈女部长说阳馆长不能写文章，又不能唱歌，放到这个位置，怕不好开展工作。

阳馆长从此更恨女人，在会上指桑骂槐道："娘希匹的，我掘了她的祖坟了？要和我过意不去？"

16

阳馆长办公室里传出剧烈的争吵声:"你这个狗日的,不知好歹的东西,快给老子滚出去。"阳馆长嘴里吐出来的每个字都钢筋般坚硬,康司机肉球似的脸憋成了紫红色,几颗青春痘肿胀得厉害,像要爆裂的样子。他中午显然在外面喝了酒,口出狂言道:这对王八蛋,只顾自己赚钱,老子让你们好看。

临走时,他气呼呼地说:"我左不过也是一条命,哪天买个炸药包,把你办公室炸了。"

康司机刚从倒闭的企业调过来时,逢人便露出笑脸,一双肉肉的小眼睛,笑起来堆满了讨好的意味。没过两天,他就跟钱梅混个烂熟,梅姐长、梅姐短地跟在她屁股后,好得像亲姐弟。两人热切地嘀咕着,一聊就是一上午,把个钱梅乐得像朵开败了的花,笑声从她办公室溢出来,尖锐刺耳。

单位广告业务发包那天,宋科长道:"这里边有可观的利润,只要练就一副蛤蟆嘴兔子腿,估计一年下来多赚十几、二十万元没问题。"他是个精明能干的人,儿子曾留学英国读博士后,现已是一家外企驻中国总代理。女儿也赴澳大利亚读过研,在一家央企当翻译。

在他的劝说下,李玉成和半夏都报了名。阳馆长说了底价后,大家暗自在简易的标书上标写价格。李玉成报价8万,半夏报价10万,结果钱梅以10万零1元戏剧性地中了头标。

钱梅与单位签好合同后,和阳馆长一道,迅速以20万元的价格转包给专以机关各部门名义揽活出书的康明。单位腾出一间办公室给他们办公用。康明迅速以群艺馆刊物总编的名义,招揽了一批河南人来上班。给他们各自封了办公室馆长、科长等等。钱梅把那些人的姓名职务发到正式员工手中,告诫大家,说如果有人问起来,只说是转业到单位来的新同事。

那些人大声打着电话,以市委名义下达赞助指标。先是要求提供稿件,然后说,市财政有些困难,但编书是千秋伟业,希望提供经济上的帮助。果然有单位领导主动派人前来交费订彩版,更有一些私人小企业的头头,见被政府机关的刊物相中,有些受宠若惊,交了款后,还好酒好菜款待。一时间,静寂的群艺馆忽然热闹起来。

阳馆长和钱梅坐着单位的小车,去各县市区拉赞助。他们把市直各单位的广告业务权承包给了河南人,而县市区的广告则由阳馆长亲自打电话谈。县市领导多是从市直机关下派的,见他有求,大体上会给点面子。几个县市区都跑下来,获益颇丰。康司机见两人一下子能私分这么多钱,心理有些不平衡,他试探着提出来,希望自己也能分上一份。

阳馆长想,你是什么东西?敢跟老子分成?

康司机就在油费与修理费上打起主意来。他开车到油库加油,再以低于市场价转卖给哥们儿。又把车开到修理店,不过换了只轮胎,也敢开一万元的大修费回单位报账,单位的修车费和油费直线上升。

阳馆长的父亲清晨吃碗米粉后,歪在椅子上睡着了。喊了几声没人应,才知道已经归去了。阳馆长让康司机去买丧葬用品,康司机也从中克扣,阳馆长恼他贪得无厌,从此就给他脸色看。

阳馆长考上驾照后,天天自己开公车上下班,再不让康司机碰方向盘。

酷暑的天,阳馆长分配康司机外去卖书。每本标价198元,每个单位也就只能买一本,一些大的局,顶多也不过买个两三本。康司机以前开惯了车,手里没有方向盘,像被人打断了一双腿,行事诸多不便,他每日里唉声叹气,有时也会跟宋科长诉诉苦。

书卖完后,阳馆长不再给他安排任何工作干,只当他不存在,康司机提出来要事干,阳馆长便冷嘲热讽的。宋科长在大会上替康司机说好话,说这样下去,康司机的老婆会和他闹离婚,不要一棍子把人打死了,还是从长计议的好。

阳馆长说,这件事情以后再议。

见宋科长说情无济于事，康司机又请来他叔叔，机关党委副书记前来说情，他坐在阳馆长办公桌的对面，干咳了几声，说：小伙子不懂事，多有得罪，但他还很年轻，以后的路还长着呢，阳馆长你大人大量，就给他一次改过的机会吧。阳馆长说，不是我不想帮他呀，关键是怕同志们心里有想法。

过了春节，阳馆长索性不让他来单位报到。康司机来他办公室闹过几次，每次都气冲冲地走了。后来见不用上班，反正工资卡的工资却每月一分不少到了账，竟以为落了个轻松自在，索性破罐子破摔，再不来单位上班了。

有人看见他开了一辆破旧的捷达，在火车站附近兜圈子接客。

阳馆长又临聘了一位部队转业干部来当司机，但刚拿到驾照的阳馆长，开车的瘾很大，索性自己开车。

年终考核时，阳馆长要给康司机打不称职，康司机便到阳馆长办公室闹，阳馆长说，就算是我答应，大伙儿也不会答应呀，你这样的害群之马，旷工这么久，公务员法、劳动法都说不过去了。康司机说要到纪委举报阳馆长，最后却不了了之。

康司机连着被打了两年考核不称职后，单位名正言顺地上报到组织把他除名。

宋科长说，这好比是门角落阉狗，神不知鬼不觉就把他黑掉了。惋惜之余，半夏也挺替他不值的，越发觉得人心叵测。

单位要新添一名副馆长，宋科长和文科长都符合条件，两人暗地里较着劲。宋科长比文科长年长八岁，又不像文科长会来事，明显处在劣势。

宋科长不服气，觉得自己比文科长资历更深些，一心要当副馆长。

小小的办公场所，便总是弥漫起硝烟的味道。

宋科长没能挤上领导岗位，他郁郁寡欢，身体愈发消瘦，人也更加沉闷。不久后，宋科长便办了病退。他把自己多年来积累下来的方志资料，一一分发给了李玉成和半夏，算是作别礼物。半夏抱着这一大沓资料，不胜唏嘘。

17

纪委办案室的李馆长突然风风火火地来到半夏办公室,他问道,阳馆长是不是开公车撞到人了?

把半夏吓了一大跳,她想,坏了,阳馆长可能要倒霉了。她下意识地说,自己不太清楚这事,也没有听人说起过。李馆长一拳拍到桌上:"单位出了这么大的事情,你怎么可能不知道?你可别揣着明白装糊涂。"

桌上杯子里的茶水被他猛然一拳震翻了,茶水一溢出来,箭一样四下里射去。把半夏吓了一大跳。经此一吓,她反而镇定下来了,态度更加肯定地说:"我真的不知道。"

李馆长盯着她的眼:"你可知道,知情不报便是包庇罪。"半夏看着他,一副无辜的样子。他丢下这句话,悻悻地迈着鹳鸟似的长腿走出了办公室。

半夏呆坐了一阵,隐约记起在餐桌上听阳馆长的老婆提过这件事。是当晚就餐的人告发的?那么,会是谁呢?是那位急着要提正职的副馆长?

那晚,阳馆长几个人在包厢里喝过酒,顺势打起了麻将,出来时,已是子夜。

小赢的他,带着微微的酒意,驾着单位的公车回家。他咳嗽一声,把窗玻璃摇下来,往外吐出一口浓痰。方向盘向左边飘了一下。黑暗中,左前方突然冲出一辆自行车,他来不及躲闪,直接把那人挂倒在地。他痛苦地扭作一团,已起不了身。阳馆长慌忙拨了120,送往医院照X光后,才知左腿已粉碎性骨折。

那人是个农民工,花20元在修车摊上买回辆旧单车,才骑头一回呢。阳馆长吓得赶忙打司机给单位新聘的老实巴交的杨司机,让他赶快过来处理。

私下和农民工谈妥了赔偿协议，原以为私了就没事了，不料却被人告到了市纪委。

半夏决定打电话告诉阳馆长。

她拨通他的电话，电话打不通，原来，这会儿阳馆长已被办案人员带到宾馆询问了。一同被询问的，还有杨司机。杨司机长相敦实，人也本分。因嫌转业的单位效益不好，没去上班，经人介绍，投奔了阳馆长，留在大院工作，现在连个正式编制都没确定，拿的是临聘人员的工资，能不能转正，还指望着阳馆长替他说话呢。

不等纪委办案人员询问，阳馆长便给杨司机使了眼色，让他担下来。杨司机便咬牙顶替了这件事情，任纪委的怎么盘问甚至辱骂，他都不改口，咬定是自己开的车。他一个劲地跟伤者赔礼道歉。

阳馆长又抓紧时间找人说情，这件事情就不了了之了。虽然有惊无险，但因为被纪委关过一日，他还是气急败坏的，又不知如何发作。只在办公室怒骂道："我日他妈的X，嫌我占了位置是不？挡了路是不？有本事去找领导弄县太爷当当呀！那才油水足。"

半夏听他指桑骂槐，想，难道是副馆长急于转正，告了他的状？

自此后，阳馆长性情变得越来越敏感多疑，生怕身边的人加害他。有时明明锁好了办公室门，走到电梯口后，又折转身来，推一下办公室，看门锁是不是真的锁好了。

他隔三差五通知各位开会，并不布置具体的工作任务，只是翻来覆去说些日常小事，无非是想敲山震虎。他话里有话："你们是不是嫌我挡了道？要去纪委告我？只要被我查出，绝没有好果子吃。"

"放心，我会提前请求退休的。"

会后，他理所当然要去吃会议餐，然后再打麻将。

市委组织部派人来考核班子时，阳馆长用了一种酸溜溜的，哀怨如悼词般的语调，陈述自己到群艺馆后的种种窝囊与不得志："除了几个死工资，再无活络钱，我阳某前世作了孽，今世才爬格格（写文章），逢年过节，连孝敬给老父亲的烟、酒都要自己花钱买。某些没良心的人，为了自己往上爬，还去告我的冤枉状。如不能交流到其他工作岗位的话，过完年，我就打辞职报告。"

考核组的人说道："每个单位性质不一样，对工作人员的要求也不一样，说到交流，也要外单位负责人愿意才行呀。"

然而，他也只是嘴上这么说，观察别人的反应，断不会天真到当真去递交提前退休报告。

说罢，他又语重心长地说，名利是把双刃剑，要看淡些。考核组前脚刚走，收发员送来一封急件，他拆开来一看，是省里评先评优的通知，分了一个先进个人指标给市群艺馆。他打着哈哈道，我阳某在这个单位，没有功劳也有苦劳呀。对不对？这个评优指标大家可有异议？不如大家在会上当场举手表决？

几位副职面面相觑，以为他去年评了省里的先进，今年会主动把指标让出来呢，谁知他竟然这样。然而，谁也不便与他争，只得举手评他。在这个深宫后院待久了，得不到领导的赏识和提拔，又无处可以施展自己的才华，长年压抑的生活，使他逐渐滋长了些宦官的秉性。

18

午休时，半夏在院子里的合欢树下坐着痴想了半天，竟迷迷糊糊睡着了。过去的人事，走马灯似的，在她脑海里晃。一会儿，是钱梅那张涂抹得惨白的鼠脸，一会儿，是宋科长那张清冷消瘦的脸，一会儿，又变成了阳馆长五官变形的脸。杨颖的声音似乎又响起来："你那个单位，简直像条干瘪臭虫，有什么好留恋的？"

机关里的明争暗斗，让她夜里失眠，多梦，仿佛得了抑郁症，越来越不快乐。

她想逃离，然而，能逃到哪里去？伤痛的感觉在心底变得愈发冷冷的，自尊心在这种压抑的环境下，反而如韭菜疯狂拔节生长。

醒来时见合欢已落了一地。半夏捡了一朵，见那丝丝垂绦分明有着灵气，鲜亮如初的样子。合欢，在树上开得妖娆，被风吹落到草地上，倒像是赴另一场未了的花事。

半夏憋屈得慌，感觉身体越发不行了，勉强支撑着回办公室，只觉得万难。

究竟是哪里不对劲，她也说不上来，只是觉得头晕，眼睛里像有一只蚊子在飞。在办公室坐久了觉得气短胸闷，憋得难受。

她实在撑不下了，抱了条薄被，去会议室里的长沙发上躺下来休息了一会儿。起来上厕所时，竟然头晕目眩，差点晕倒。

她仿佛听见钱梅莫名笑着，对男同事说，该不是未婚先孕了吧？她蚊虫一样的窃窃私语，把谣言四下里扩散开去。这个女人，随着更年期的到来，更是一心树她为敌。半夏百口莫辩，她找谁解释去？越解释越像心里有鬼似的。她想，清者自清。

内心的不安，像黑暗中的蝙蝠一样，肆意撞来撞去。人也越加敏感、多疑，心思薄脆如纸，似乎风一吹，就要皱裂了。

人们三三两两地下班了，办公室静谧下来，偶有秋虫的叫声在窗外此消彼长。半夏坐着不动，她的剪影在光影里越来越凝重。忧伤如此深重，自心底涌出，驱不散，赶不走。愈是深入到生活的内里，她便愈忧愤难当。她清醒地知道，有些疼痛是绕不过去的。既然不能很好地逃避这些伤痛，遮不住也盖不好，她想，与其这样一天天耗费生命，倒不如静下心来，做点自己喜欢的事情。

半夏开了电脑，听盘琴的《盘王之女》。

那歌声像是从天外传来的，她一时怔住，呆坐无语。而那些心灵深处的呢喃，一咏三叹，愈来愈近，声声叩击她的心扉，若天籁之音神秘而辽远。

闭上眼，她仿佛看见，一位远古时代的瑶族女子正跨越时空，款款而来，深邃而又厚重，诉说古老民族的传奇。

绵延千年的古老民族的血脉，在她的心底奔腾汹涌起来，体内忽然像注入了某种神奇的勇气和力量。

半夏提笔写字,一些话语涌向笔端,似乎不吐不快,非写不可。

她在写一篇叫《密码》的短篇小说。小说写当年太平天国的部队经过瑶村,年轻的瑶族女子随太平军北上天京(今南京),她们巧妙地用神秘的女书文字传递情报,在南京立下赫赫战功。写得活色生香、文采斐然,有着一种神奇的力量,小说发表后,引起了很好的反响。

本市报社老总薛总看完《密码》后击节叫好,多方打听,找到半夏,给她开辟专栏《女书》,那是报纸的周末版。

19

周末,半夏回了瑶村。屋门前的榆钱熟了,一大串一大串地,从树枝上垂下来,风一吹,铜钱似的哗啦啦作响。

阳光如期而至,洒满吊脚楼,半夏习女书,听音乐。有草木为伴,有书香萦绕,她觉得心安。对于女书,于半夏来说,是骨子深处的欢喜。除了用文字表达,她幻想自己穿越到了女书时代,身着绚丽的瑶族服饰,用女书演绎着丰收的喜悦,用歌声唱尽迁徙的悲凉,唱尽尘世的悲欢离合。

至晌午,蓝天高远,更觉温暖明媚。半夏去山上祭拜外婆。

她一边拔着坟前见风而长的青草,一边轻轻吟唱着外婆教她的女书歌谣。

檵木树下,尼可正在写生,他是从英国归来的华裔画家。身材挺拔的他,肤色白皙,有着高挺而俊俏的鼻子,湖水一样深邃的眼睛。他被半夏奇异的歌声所吸引,循声望去,原来是一个妙龄女子在哭坟。

她有着小鹿一样修长的脖颈,一头黑亮的秀发梳成马尾扎在脑后。眼睛里似嗔似怨的,如汪着一层薄雾。金色的阳光给她的剪影也镀上了一层金光,显得静美而灵动,刘海也像风信子一样好看了。

他展开新的画纸,他要画上这个既有草木心,又有淡雅书香味的女孩。寥寥数笔,他便勾出了一个可爱的现代瑶家女子的清丽形象。

很小的时候,他就听爷爷说,自己的祖先是从湖南迁徙到越南,然后再几经波折,从越南去了英国。大学时期,他就对这片东方的土地充满了好奇,有前往湖南寻祖的愿望。

此次,他趁到北京来参加一个画展的机会,辗转来到了瑶村。他很快就喜欢上了这种世外桃源的感觉。

小溪不缓不急地流经瑶村的岁月,瑶民安静地生活着,看到前来访幽览胜的陌生人,一点也不好奇,也不围观,仿佛不属于这个喧嚣的时代。暗红的彤管草随处可见,在微风中轻舞着,给清野的乡间添了些诗意。白菊花扬着清丽的脸,在道旁微笑着,素雅而静谧。有着同样颜色的蝴蝶,总是好好地藏在花间,悄无声息地蛰伏着。而松针树,已开了一种淡紫的小小花朵,辅以深沉的浓绿。

暖阳下,连狗洞里悠然走出来的土狗,草堆里觅食的黄母鸡,眼神都是淡定悠远的。几只小鸭,悠闲地嬉戏玩耍。对溪水里悠扬而棹的竹筏,有些熟视无睹的淡然。仿佛大自然只许了它这一川灵山秀水,它们才是这山水真正的主人。一切都如同被洗涤似的,宁静、空旷、舒爽。

这些事物彼此遇见,成就了瑶村独特的美好。如同长河与落日的相遇,大漠与孤烟的相依,西风与落叶的共舞,这一切美得那么自然,和谐。那种疏淡的样子,正是水墨画的最高境界。他一下子迷上了这方山水,深深沉醉其中。

他试图用自己的画笔,画下长满绿苔的古村残桥,画下石板路上悠悠走过的牛车,驿道两边日渐模糊的石刻,田埂间休憩的农夫。

半夏看见一名年轻的男子正在画自己,脸上不由得飞起一朵红云。

他给她看他笔下的吊脚楼、古戏台、古井,看到自己熟悉的场景在他的笔下鲜活过来,半夏惊赞不已,一念如水,心中柔软。

半夏下山时,风吹动了她的长发,尼可望着她的背影,眼里分明有了些依依不舍的情绪。

20

半夏给冬青去了电话,想和她聊聊外婆坟头修葺的事情,得知她正在湘菜馆忙着。她怏怏地收了线,去了村口的菜市场。

一只黄母鸡,被红绳扎了脚,半眯着眼睛,躺在太阳底下打盹。瑶民翻起鸡肚皮上的毛,给半夏看它的胸脯肉:"瞧,这是我生蛋的母鸡呢,正宗的本地土鸡,吃谷长大的跑步鸡。"

几个人围过来,拨拉着鸡毛,夸颜色好看。半夏怕鸡毛飞到身上,稍稍站开了,笑着,终于没买。

见有几尾鲫鱼在水盆里快活地游着,轻灵灵的样子,半夏看着好喜欢,把七、八条鲫鱼全都买下来。

见卖油豆腐的女人,举着手机对着阳光,自言自语:"几点钟了?眼睛怎么看不见了?"半夏想做豆腐煮鱼,又怕豆腐是用地沟油炸的。正犹豫着,卖油豆腐的女子见秤稍稍有点上翘,就随手掐了一块,放进嘴里吃掉了。半夏想,她自己都敢吃,还有什么不放心的?遂买了半斤。

回头见一位老婆婆摆着几根花带在卖。有好看的花纹,精致的色彩。也许是饿了,她拿着一根胡萝卜,用衣袖抹了一下,慢慢地咀嚼着。

老婆婆的发箍上,绣着几行清丽的女书字。半夏仔细一看,原来是同外婆。风把她的脸冻得通红。唇边布满了皱纹,眼睛也不太好使了。听到半夏叫同外婆,她吃了一惊,眼睛盯着半夏看了半天,皱纹里才渐渐泛出了笑意。阳光透过树梢,斜斜地照了下来,在半夏脸上镀了一层柔和的光泽,细碎、温暖。

半夏邀同外婆回家,同外婆已经很老了,老得像根用了几十年的竹篙。

她回忆起外婆还在时,两人共同度过的那些艰难而温馨的时光,不由落下泪来。半夏煮了满满一锅鲫鱼炖豆腐，汤色浓白，放了点葱，给同外婆盛了一碗。同外婆已经没牙了，只能含在嘴里，细细地嚼。

同外婆虽然老了，但说起女书来，她的眼神依然显着亮光，仿佛一下子年轻了好几岁。同外婆已八十高龄，时光在她脸上刻下深刻的烙印，她眼神中流露出来的对生命的眷恋之情，让她悸动不已。而她所历经的磨难，使得她传奇的一生，如同她撰写过的女书一样令人着迷。同外婆说，人的生命，像上天上好发条的一枚陀螺，从出生开始，能转多久，完全由不得自己做主。

她送给半夏一本三朝书。触摸着原始神秘的脉络，半夏试图探寻那绵延了千百年瑶族女儿的血脉与灵魂。这些神秘的字符，盛满了瑶家女儿的泪水与欢乐。

同外婆一字一句地教她唱，半夏在这古老的韵律中，渐渐着迷，深陷。天空里的星星如眸子清亮、闪烁，同外婆轻轻唱着古老的歌谣。半夏，星空下，月夜里，外婆和外婆的外婆们，是怎样将自身的血泪经历，血泪书成独特的文字倾诉、吟唱，她们，又何尝不是那个时代的女作家呢？

21

半夜，半夏忽然被耀眼的光芒惊醒过来，睁开眼，竟有一轮光彩夺目的圆月挂在天边，月的光芒穿透乌云和黑暗，直射而来，将周边的云映成无数黑色腾跃而起的海豚。而放眼望去，整个夜幕上都凝滞着轻薄的、立体的、鱼鳞状的黑云。

月色于她的印象中，一直是凉如水、轻柔而温和的，而此刻，她完全被这种突如其来的月的光芒所折服了。

她没有开灯，立在窗前看着那轮圆月呆了半晌，才忽然忆起，原来已是十五了。半夏想起了外婆，童年时外婆教过那些悠悠吟唱，至今犹如清歌漫耳。半夏开始整理外婆的遗物。一把折扇，一本三朝书，在她来说，都如获至宝，她对女书文字越发着迷起来。

她试图读懂外婆，"嘤其鸣矣，求其友声。相彼鸟矣，犹求友声。"她想，这便是女书文字最初的起缘吧，也是上辈妇女们争相结拜老同的初衷吧。女书让女子在冷漠人世的之外，有一方精神的净土，那里有阳光，有花香，有诗，有画。一如青春年少的韶光。它一直在生命初始的地方，若远若近，若即若离，却让人一念温暖。

这些素雅简洁，如女人舞姿般优美的女书文字，以纸、手帕、扇子为载体，记录着旧时女子自己对生活的感悟歌咏，对苦难的感怀，对真情的感恩与感念，以及对万事万物的独特见解。其实更像女人灵魂深处的低语，是内心深处的碰撞。瑶村有一句老话："丈夫面前当不得真，老同面前说不得假。"她们虽然在各种权威的压迫下，却在内心深处存有一份温暖。

字里行间，有善意流淌，有真情流露。这便是女书的魅力所在吧。只是静静地守候，安慰，不给你任何压力，如花与花相伴，草与草结缘。这份如植物般单纯而静谧的相容相生，是女书的恒久的魅力所在。时光会改变一个人的容颜、心性，甚至初衷。但流传下来的女书，历经岁月更替，恒久而弥新。

半夏在神秘的女书中遨游。每周报纸专栏一篇文字，每篇 1500 字左右。只是 1500 字的版面非常有限，如何容得下这千种情丝和万般感动？她只能蜻蜓点水，深入而浅出。

当半夏写的文章一而再再而三地呈现在读者的视野中后，她逐渐有了名气。一些平日不联络的同学、同乡，都会纷纷打来电话，为她所写的女书故事所感动，表达对她的赞赏。

渐渐地，也有人主动给她讲述那些从先辈那里听来的故事。她只需聆听、记录、整理。她笔下的人物，已触伸到越来越久远的岁月深处。

她自己都不知道，下一刻，在什么地点，有人会跟她讲述怎样的故事。只是聚少离多，爱恨成空的故事听多了之后，让她对人性越发悲悯。而男女之间的情感，是那样的脆弱，不等风来雨来，更不用等到大难来时,一点点的风吹草动,就如夏日里的蒲公英似的,一飞两散。

她对那些被上天苛责,乃至诸般磨难的女人们,充满了同情。有些女人生下来,上苍就没让她安生过,给予了那么多的苦难、那么多的生离死别,还有各种意外。她们与世无争,却饱受磨难。只能借助外人所不懂的方字,来慰藉自己,抒发心中的愁与怨。

半夏觉得,自己的提问,于采访对象来说,像是在不疾不徐地揭伤疤,而那些岁月风雨中暗结的伤痕、沧桑与疼痛,随着自己的提问,被一层层撕裂开来,有些血淋淋的残忍。

她能体会到她们心中的痛楚。

她心中不忍,她想,人来世间,不是某些痛苦非尝试不可,不是某些苦难非经历不可,也不是某些灾祸非亲历不可,但是,身为女人,就是注定逃脱不了这样的宿命。

她越来越相信,无形之中,有命运之手在操纵着人生。对于那些被上天苛责,乃至诸般磨难的人们,充满了同情。上苍给予女人更多的苦难,更多的担当。贫穷、疾病、意外,无一幸免,让女人越活越坚强。

这些聚少离多、爱恨成空的故事听多了,写多了之后,半夏对情感颇有些绝望。她想,这些善良的女子,却得不到一个可以祝福的未来。

在她眼里,亲情友情相比爱情来说,是更为稳固的,是打断骨头还连着筋的,不像爱情,弱不禁风。常常不等风来雨来,更不用说大灾大难了,一点点的风吹草动,就如夏日里的蒲公英似的,一拍两散,再也找不着痕迹。

她在别人的故事里,过早深刻体会到了什么是生老死别,什么是悲伤与绝望。

女书,于半夏来说,像是一门很好的治愈系功课。她在女书的研究撰写中,抒发自己的真性情,寄托自己的梦想。她用文字疗伤,自我救赎,并深深沉迷其中。再次遇到尼可,是在半年之后。得知她是一位女书传人,尼可更是睁大了眼睛。她沉静的外表下,眼神中的桀骜不驯,让他着迷。他请求她写给他看,唱给他听。他的画笔下,有唱扇的半夏，舞蹈的半夏，灵动可爱的样子。

他的作品见报后，半夏听了这个现代版的女书故事，心中悲愤，当即写下了这个故事。作品见报后，报社发行部的人打电话给半夏，说有人要见她。她跑去报社一看，一位中年女人诚惶诚恐地站起身来。她丰满的身材，相貌端庄，衣着打扮颇为讲究。只是文过眼线和唇线的脸，稍嫌僵硬。

半夏觉得来人似曾熟悉，原来正是笔下所写的那位女书传人。见她找上门来，半夏心里有些忐忑。

春节时，市报迎新，薛总在报上发了她的照片和祝辞，和各行各业的代表一道，向全市人民恭贺新禧。

阳馆长拿着报纸，指着她的照片，不满地问：“凭什么轮到你在这儿拜年？”

半夏说：“我也不知道呀，报社老总说给张照片，配几句话，我就给了。”

阳馆长没再说什么，半夏心里隐隐觉得有些不妙，是不是这样太张扬了呢？是不是事先得请示单位的领导？她不得而知。

说她不务正业的声音却如蚊声般，此起彼伏着，她不以为然地想，只要自己喜欢，又没妨碍到别人，只是不喜欢与人打麻将、闲聊，而她，只不过选择了女书，作为心的寄托罢了。

半夏用一个剪贴本，贴着自己公开发表有关女书的文字及女书书法作品。一天，她突然发现，剪贴本不翼而飞了，她心里暗暗叫苦。

在电梯里遇见林部长，问她在单位工作还好吗？她说不出好，也说不出不好，眼泪便溢了出来。

林部长见她不说话，知是受了委屈，语重心长地说道：“女同志要学得泼辣一点，才能保护好自己。”

22

瑶村的吊脚楼已经很破旧了,冬青征得几个哥哥的同意后,出资新建了吊脚楼。新吊脚楼依然临水而立、依山而筑,一半平整,另一半依山势而用长短不一的杉木支撑着,架上杉木板,再与挖平的屋场合二为一,依势而上建房。山里气候潮湿,这样的设计有助于通风防潮。梁柱、墙壁、门窗以及地板,无一不是用杉木做成的。表面只简单刷了层桐油清漆,能看清杉木天然的纹路,闻到杉木的原香,他们仿佛只是换了另一种方式活着,古朴之中蕴涵一种自然之美。大到买木材,买水泥,小到一颗螺丝钉,冬青都亲力亲为。

冬青还费心思专门装修了一间书房,水曲柳的书柜和写字台散发出一种清香。推开窗户,户外翠竹清流,而远处山岭上的摩崖石刻,在阳光下,字体雄浑苍劲,仿佛诉说着瑶族崇尚耕读的闲适与浪漫。

冬青请匠人在门楣上雕了花鸟草虫,窗户上刻有精美的图案。找这种传统的手工艺人很不容易,冬青给的工钱也是格外丰厚的。她费尽周折,修建了下水道、厕所、洗澡间,一应俱全。

每天都有乡邻送来新鲜的菜:大白菜、菠菜、大蒜,应有尽有。也有送来自己喂的鸡、鸭的,也有从塘里打了鱼送过来尝鲜的。

多年不来往的亲戚,得知冬青在广州开店之后,会守在她回家的时候,前来借钱。有些甚至还穿着灰扑扑的外衣,扎着两根扫把似的头发,时光更替,竟然没有影响到她们的生活。

有的为着儿孙的学费,有的为着治病、买化肥。那一张张愁苦的脸,眼神满是希冀,而脸上每一道折皱里,都隐含着言说不尽的苦衷。这些陌生的,有些甚至从未见过的三亲六眷,让她有些心累,也让她心生怜悯,不忍心拒绝他们。从不让人空手而归,或给钱,或给物。

有位亲戚受她恩惠,在她临去广州时,执意要塞给她一只母鸡。车里便弥漫着一股鸡屎味,司机只得打开了天窗,在高速路上一路行驶了近八个小时，等到广州，冬青才发现自己感冒了。

几个哥哥也比赛似的建起新吊脚楼来，也不管有钱没钱，先把吊脚竖起来再说。

先是大哥建了新房，冬青给了钱。接着，二哥、三哥也不落后，先后动了工。开始一个个伸手向冬青借钱，冬青心里暗暗叫苦，但总归一个也不能得罪，每家都汇去几万元。

大哥和二哥又为了宅基地的事情，吵了起来。都争相给冬青打电话，让她出面主持公道。

冬青不断从中调和，见那两人寸土不让，冬青烦了，不免也说上几句难听的公道话，大哥道："不要以为你现在有两个钱了，就骑到我头上去了。再怎么说，我都是你大哥噻。"

家里的事情，店里的事情，桩桩件件的，哪件都不让冬青省心。这些年来，她习惯了一个人面对，一个人苦撑。忙碌，总是从起床那一刻起，一直到晚，不敢偷闲。生活、工作，都一样不可以松懈。那么，就难免活得有些手忙脚乱。

她脾气倔，不会偷懒，不会讨巧，当然一针一线都得自己来。

一直以来，冬青心底也有过无数梦想和渴望，但生活让她无法轻松，她只能一次次放弃。她想让自己的生命更轻些，更轻些。可是，生活却总是赋予她无法承受之重。当意外的打击或是伤害不期而至时，她只能试着让自己坦然面对。

伤害使她更为坚强和达观，磨难使她更加沉稳和厚重。挫折也只能让她越挫越勇。她想，只要内心有足够的坚定，就不怕风雨。只要在心里为自己点亮一盏灯，就不惧怕黑暗。

冬青听着听着，着急上火，忽然觉得眼皮跳得厉害。大哥还在电话那端扯长声调讲要与二哥"滴水为界"，冬青突然头晕目，眼睛像被什么东西绞痛。头晕、眼花，瞳孔里像有根线条。

晚上睡觉时更觉眼痛莫名。

连着吊了几天消炎药后，亦没有好转。

挨过一周后，眼前如像被黑影遮住，眼内有线条状的东西迅速移动，如蚊虫飞舞，眼睛突然就看不清了。去到医院，一量血压，已是高血压Ⅱ期。经检查，才知道是因高血压引起眼底出血了，医生说要住院手术治疗。

住进医院的那天晚上，有着很好的月亮，青白的月光透过窗户，照进病房。

医院走廊上的灯偏偏坏了，接触不良，忽然毫无征兆地亮起，忽然又悄无声息地灭了。风一吹，那灯愈发明明灭灭的，如鬼火般闪烁不定。冬青身体虚弱得很，眼睛一阵紧似一阵地疼痛。

半夜里，冬青迷迷糊糊听到有人在嘤嘤地抽泣，她睁开眼，见一位白衣女子在柜子里翻着衣物，她努力睁大眼睛，想看清楚些，却怎么也看不清白衣女子的容颜，那女子低低切切地诉说着，她听不真切，又不敢言语，连大气也不敢出一声。

冬青平躺在床上，思维清醒得很，手脚却不能动弹，这间病房里就住着她一个病号。怎么会有人哭呢？

因为建好新院要搬迁了，所以这家医院的旧址便缺乏必要的修整。

冬青平日里争强好胜的，胆大得能吓死鬼的样子，又喜安静，住院前提出，要一个人住一间病房，此时却有些害怕了。

那女子哭了好一阵，打开衣柜开始拿东西，仿佛拿着衣物之类的，无声无息地走了，并没有看她一眼，仿佛她完全不存在似的。

好不容易挨到天亮，一位年老的护工推门进来打扫卫生，冬青迫不及待地说起自己的梦魇。老护工看了她一眼，淡淡地说，一年前，这屋子住过一位脑出血死去的年轻女子。那女子皮肤白皙，长发披肩，正如她所描绘的模样。

冬青听了，心下悚然，不由惊出一身冷汗。她一向不相信所谓鬼神之说，但却有宿命的想法，觉得人之生死，上天自有安排。

再回想自己打拼这么多年，是否无意之中得罪了谁？

对面屋子的一位女病人，是第二次来医院做手术，讲了许多故事给冬青听。

她说有一个病人，手术后，伤口没有及时愈合好，肠子溃烂，每天在内科的走廊上游荡，因为无钱医治，谁也不愿搭理他，冬青听不得这种血淋淋的故事，赶紧让她住了口。

冬青恢复得很快，第三天便能下地走动。隔窗便是繁华的街道，人声鼎沸。半夏来看她，连声抱怨她做手术也不打个招呼，又叹了口气，说："你成天操心这个那个的，心里装那么多事，神仙也会倦累的啊！"

冬青笑笑："日子过得真快，一晃又是白露了。"

半夏道："是啊，鸿雁来，玄鸟归，群鸟养羞。"

窗外，从未有过的蓝天白云。广州的天空，再没有大雁的痕迹，但，它们是来过的，从遥远的北方，向着温暖而来。

南下广州这么多年，妈妈竟然没有好好休息一下。她来不及享受生活，像一头驴，挫折之后，整理一下纷乱的脚步，天明时继续低头只管拉磨。半夏忽然有些心疼她。

她轻轻地为妈妈唱起了歌谣，那是她揣摩女书的独特魅力，自己编写作曲的女书歌谣—《女儿谣》，歌词单纯而又深邃，旋律清扬，引人遐想。

冬青一时有些恍惚，往事恍惚明亮，如昨日重现。

出院那天，冬青在半夏的陪伴下，去天河百货买衣服。

不料转了半天，她嫌那些品牌衣服贵，半夏抢着付钱，给她买了件绛红色真丝衬衣。

阳光很好，照着院子里的桂树，树上结满了青绿椭圆的桂子。冬青侧眼看了这栋已经租用了十年的房子，听房东说，准备出卖这房，冬青盘算着，是时候买下了。

冬青说，半夏，你来广州吧，我这些年赚的钱，够我俩衣食无忧地生活了。

半夏轻笑着摇头，她有自己的梦想和渴望。

23

半夏接到邀请，要和年届八十的同外婆一同前往纽约进行女书文化表演。半夏想，如若外婆在天之灵能感应到，她一定会感到欣慰的。她把同外婆接来与自己同吃同住，抓紧时间研习女书。她试图从同外婆的唱腔中找灵感，从女书文字的形体之美找到舞蹈的感觉。

她想，一定要尽可能地在国际舞台上展示女书文化，使她开出绚丽的花。书写、吟唱这些都是基本功，半夏想通过舞蹈来表达女书的原始与野性之美，表达女人对苦难的叩问，对光明的渴望。她聆听、妙舞，沉醉其中，抽丝剥茧般，领悟并阐释这世间唯一的女性文字。

一连几天，她拿着这份邀请书，像藏着一个巨大的惊喜。

单位的工作，她已干得得心应手。她去找阳馆长请假："我请假去表演女书，回单位后会加班加点完成手头的工作，保证不耽误工作进展。"

阳馆长竟一口回绝了她，说："表演女书跟单位的工作有半毛钱关系吗？今年的任务这么紧迫，你是业务科骨干，哪有闲工夫去参加这样无聊的活动？"

他又说："反正我已向市委打了提前退休报告了，这事儿等新任来的领导再定吧。"

半夏感到意外而委屈。她完全没有料到，阳馆长会一下把路封死。半夏想：果真如此，这事儿不就黄花菜都凉了吗？过了这村，就没有这个店了。

她没了主见，只得去找林部长，求他帮自己拿主意。

林部长看她泪眼婆娑的样子，说："出国表演女书，于公于私，都是件大好事呀，读万卷书，不如行万里路，你去更大的舞台历练一下，对自己的成长会很有好处的。"

他笑眯眯地说："别急，我来帮你跟阳馆长好好说说。"他放下手头的批件，立马拿起话筒，当即拨通了阳馆长的电话。

阳馆长在电话那端抱怨，说单位人手少，人员又不流动，林部长一边解释，一边替半夏说好话，说："半夏进机关以来，工作勤勤恳恳的，现在终于能有一个出国的机会，对展示江洲的文化也是个很好的机会，只要她回来后按期完成工作，何乐而不为呢？"

末了，林部长更换了低低的口气，几乎是恳求道："半夏年轻，不懂事，请阳馆长多包涵、多担待些。不如让她去圆了自己的梦吧。"

说了约有二十几分钟，林部长才挂了电话。他肯定地说："你回办公室找阳馆长吧，他会准假的。"

谁知等她回到办公室，阳馆长板着脸，瞪大眼睛盯着她说："哦，这么快就跑去搬救兵了？你听好了，你如果一定要去纽约的话，将来可是会影响你的政治前途的。"

接下来的那句话，更是把半夏气得脸红一阵紫一阵的，他说："难道林部长的比我大？我看不见得呀！"

半夏气结，她实在不甘心失去这来之不易的机会，又想不出别的法子，只得给林部长打电话，轻泣着，说阳馆长还是没同意。只是，阳馆长最后说的那句痞话，她无论如何也学不出口。

林部长颇感意外地"哦"了一声，他沉吟半晌，问："你身体状况如何？有不有什么病呢？"

半夏说："这两年心情压抑，血压是日复一日地高了。其他，倒无大碍。"

林部长说："那你去医院好好检查一下，如果不违反原则的话，让医生开张病假条，看能否请半个月病假去参加演出吧。"

半夏想，也只能这样试试了，她于是前往市人民医院看病。

由于连日里来的不快，测量血压时，果然高出正常血压许多，医生颇为吃惊，关切地问道："你这么年轻，怎么会有这么高的血压？依你目前的状况，要马上住院治疗才好。"

他一边说，一边提笔给半夏开了住院通知书。半夏连忙说："我没有时间住院呢,您帮我开一张病假条,我好请病假。"

医生说,那至少也得住院几天全面检查一下才好。半夏还是不答应,医生拗不过她,只得给她开了些降血压的药,并开了一张建议病休一个月的证明。

半夏将证明揣进包里,回到单位后,递给阳馆长,说是要请病假。阳馆长瞄了一下病假条,虎着脸,阴阳怪气地说:"既是血压这么高,那你就老老实实待在家里养病吧,人吃五谷杂粮,哪有不生病的呢?"

半夏遵阳馆长所说,把医院证明放到文副馆长那里。

因演出在即,半夏也顾不得许多了,立马办理手续,并订了机票,和同外婆一道,经北京飞往纽约。

从俗世的生活中剥离开来,于半夏来说,不能不说是一种莫大的幸福。而与同外婆的交流,也给了她太多的鼓舞和触动。让她更抽丝剥茧地理解女书。

表演那天,镁光灯下,同外婆用古老的唱腔悠然吟唱着女书,半夏身着黑色的瑶服,在忧伤的旋律中,精灵般旋舞而出,翩若惊鸿。

古老幽怨的乐音清泠于耳畔,但见她忽而低眉垂首,表现女子婉转低回的娇羞;忽而展颜一笑,露出明眸皓齿,表现无边的喜悦;忽而如休栖雪鹭,夜寒惊起;忽而又昂然而立,如铮铮弦响。

她浑然忘我,也忘记了台下满剧院的观众。她轻扬如梦,飘逸若蝶,以曼妙的身体,在舞台上不尽地抒写着神秘的女书文字,活灵活现地表现了女书的字形之美,韵律之美。

和着同外婆的唱腔,她用舞姿——呈现出缠足、歌堂哭嫁等遥远的瑶族习俗。她以柔如水的韧性,表达瑶族女性生活在低处的匍匐,拮难与挣扎,对美好生活的向往。又以如水般的韧性,展现女书千百年来的魂魄精髓。真个是"飘然转旋回雪轻,嫣然纵送游龙惊。小垂手后柳无力,斜曳裾时云欲生"。

一曲终了,人们爆发出热烈的喝彩声,外交官们也纷纷伸出了大拇指交口称赞。尼可微笑着,朝她竖起了大拇指。

一位金发碧眼的老人专门来看同外婆,两人在金色的夕阳下,用手比划着,相谈甚欢。她们聊得那么轻松,愉悦,仿佛已相识了好多年。

　　她们各自在不同的光阴里长大,有着迥然不同的语言和文字,而女性特有的细腻,让两位远隔重洋的老人,在一颦一笑中,读懂了对方。

　　是的,文字与音乐,原是没有国界的,原是可以一见倾心的。

　　尼可陪半夏去参观,漫步第五大道,现代气息扑面而来,两旁的玻璃幕墙闪动,西装革履的男士和身穿时装的女士,进入现代化高楼大厦。

　　郁金香安静地开放,阳光从枞树的树梢倾泻而下。她心里安静美好,仿佛叠积起来的折皱,被一一抹平,有了些微醺的喜悦。而眼中的岁月尘埃,也被一一拂拭,眼神变得更为洁净透亮。